www.bbulmedia.com

# 너와 헤어지던 그 날

DAHYANG ROMANCE STORY

민희서 장편 소설

너와
헤어지던 그 날

# Contents

프롤로그

가끔 나는 너에게 무슨 존재인가 생각하곤 했었다.

네가 나를 사랑하는 것은 맞을까, 하는 생각은 예전에 접어 두었다. 이 사랑은 처음부터 철저히 나 혼자 하는 사랑이었기에. 너에게 내 사랑의 깊이만큼을 강요하려고 했던 적은 없었다.

그저 네가 날 사랑하지 않는 만큼 내가 널 더 사랑하면 될 거라는 어리석은 착각을 했었다.

모두 다 속절없고 부질없는 것들인데, 나는 너무 어렸고 그만큼 어리석었었다.

"우리 그만 헤어지자."

한 음절 한 음절 어렵사리 내뱉은 말이었다. 내 말에도 아무렇지 않은 듯 바라보는 네 눈 속에 나는 없었다.

그때 알았다. 너와 난 될 수 없고, 너는 날 사랑할 수 없다는 걸. 그런 널 보는 나조차 이제 힘이 들어 지쳐 버렸다.

"왜?"

몇 달을, 아니 몇 년을 고민한 끝에 말한 내게 고작 한다는 말이 저것이었다. 왜, 이 한 단어로 모든 것을 어떻게 말할 수 있을까.

네가 날 예전부터 배신해 와서? 그것도 아니면 날 기만해서? 모두 다 아니었다. 너는 나를 기만한 적도, 나를 배신한 적도 없었다. 모든 것에 당당하고 솔직했던 너이기에, 너는 나에게 모든 것을 공개했었다.

너는 나에게 독이었다. 동시에 마약 같은 존재였다. 한번 시작하면 헤어 나올 수 없는, 너는 나에게 그런 존재였다.

너의 솔직함이 나에겐 독이 되고, 내 뿌리를 자르고, 내 가지를 잘라, 나를 아무것도 남지 않은 빈 몸뚱이로 만들었다.

나에게 남은 것은 이제 너에 대한 사랑이 아니라, 그저 썩어 문드러져 까맣게 타들어 간 이 가슴밖에 없었다.

"이제 내가 그만하고 싶어."

너의 자신만만했던 그 눈이 좋았다. 다정하게 속삭였던 너의 입이 좋았다. 그리고 나를 따스하게 보듬어 주던 네 손이 좋았다.

하지만 이제 따스했던 너의 기억을 모두 다 잊을 생각이다. 나는, 너를 온 마음을 다 바쳐 사랑했었으니까.

그래도 후회되는 것은 있었다. 왜 너를 사랑한다고 더 말해 주지 못했을까. 혹시 그랬다면 네가 나를 사랑하지 않는 일도, 다른 여자를 만나는 일도 없었을까.

그것도 안 된다면, 내가 널 사랑한다는 것만이라도 네가 온몸으로 느낄 수 있었을까.

모두 다 아니라는 것쯤은 안다. 하지만 바람이 스치고 간 자리처럼 잔 여운이 남는 것까지는 어쩔 수가 없었다.

너의 자취는 나를 평생 이렇게 따라다닐 것이다. 가슴속에 만든 거대한 운석 자국처럼 지워도 지워지지 않는 너의 자리는 내 안에 평생 있을 것이다.

"우리 지금까지 잘 지내 왔잖아."

너답지 않게 긴 말을 해 왔다. 입가에 씁쓸함이 묻어 나왔다. 바리스타가 됐던 것도 사실은 너와 닮은 커피가 좋아서였다.

네가 내게 처음 커피가 맛있다는 말을 해 주었을 때, 사랑한다는 그 말보다 어쩌면 더 기쁘고 행복했었다.

모든 것이 너에게 맞춰진 내가 과연 널 잊을 수 있을까. 수없이 많은 의문들과 두려움들이 매일 나를 덮쳐 왔었다.

하지만 이런 내가 너를 잊으려고 한다. 그리고 너에게서 도망치려 한다.

"너는 그럴지 몰라도 나는 이제 지쳤어."

너는 내게 단 한 번도 사랑한다는 말을 해 준 적이 없었다. 습관처럼 내뱉던 나와는 다르게 너는 그저 스치듯이라도 내게 사랑한단 말을 하지 않았다.

너에게 듣고 싶었던 그 한마디를 끝까지 듣지 못해 못내 아쉬운 감정들이 남았지만, 이대로도 괜찮았다.

네가 내가 원한 그 한마디를 내뱉으면 다시 너에게 안길지도 모르는 한심한 내가, 너무 가여워지니까.

"후회 안 해?"

나는 쓴웃음을 지었다. 후회 안 할 자신이 있을 리 없었다. 하지만 이제 온전히 너에게만 매달리는 내가 아닌 김하연 본연의 모습으로 살아가고 싶었다.

"하겠지. 그래도 이제 그만할래."

너는 말없이 앞에 놓인 물을 한 모금 마셨다. 나의 이별 통보에 적잖이 당황한 모습이었다.

아니면 그 오만한 자존심에 내가 너를 사랑하지 않는다는 그 말이 듣기 싫었는지도 몰랐다.

"미안해. 먼저 일어날게."

너는 나를 붙잡지 않았다.

이상했다. 이별 통보는 분명 내가 한 것인데 어째서 내 마음이 미어지고 아파 올까.

너와 만나는 동안 수도 없이 흘러 이제는 말라 버렸을 거 같은 눈물이 내 뺨을 간질이는 것은 왜일까.

나는 그렇게 너에게 닿지 않는 말들을 해 본다.

고마웠어. 그리고 미안했어. 너에게 더 매일 사랑한다 말해 줄 것을. 아쉬움이 가슴속 응어리로 남았다.

그리고 사랑했어, 정우야……

안녕, 나의 정우야.

나는 그렇게 너를 보냈다.

너와 헤어지던 그 날은 지독히도 맑았다.

## 01. 너에게 나는……

하연은 울리지 않는 전화기를 속절없이 바라본다. 조금 전 보았던 광경들을 아무렇지 않게 넘어가려 했지만 그것이 뜻대로 되지 않았다.

스쳐 지나가던 여자를 몇 번이고 목격했었는데, 항상 그 여자와 함께 있는 정우를 볼 때마다 하연은 가슴이 무너지듯 아파왔다.

하연은 다시 한 번 정우의 번호로 전화를 걸었다.

정우가 그녀를 다시 만나기 시작한 것은 만난 지 1년쯤 됐을 때였다. 그 날은 정우의 생일 선물을 사러 가는 길이었다.

곧 겨울이 오려 하고 있었다. 그에게 잘 어울릴 거 같은 스웨터를 벌써 며칠째 바라만 보고 있던 참이었다. 학생이었던 하연에겐 꽤 비싼 금액의 스웨터였다.

백화점에서 며칠째 만지작거리며 혹시라도 월급이 들어오기 전에 스웨터가 나갈까 봐 발만 동동 구르고 있었다.

정확히 일주일 만에 하연은 그 스웨터를 품에 안을 수 있었다. 차콜 색상의 스웨터였는데 하얀 정우의 얼굴을 더 돋보이게 만들어 줄 것 같은 스웨터였다.

하연은 백화점을 나오면서도 쇼핑백 속에 담긴 스웨터를 몇 번이고 꺼내 보았다.

정우가 좋아했으면 좋겠다.

그 스웨터를 입은 정우를 상상하는 일조차 하연에겐 큰 기쁨이었다.

하지만 그 기쁨은 그리 오래가지 못했다.

자신의 옆을 스쳐 지나가며 여자의 머리카락으로 장난을 치고 있는 그를 맞닥뜨렸을 때, 하연은 멍청하게 그 광경을 바라만 보고 있었다.

정우는 하연을 모르는 사람이라도 되는 것처럼 아무렇지 않게 그 옆을 지나쳐 갔다. 뒤늦게 정우를 쫓아가 봤지만 그는 이미 사라진 뒤였다.

그 자리에서 정우의 이름을 몇 번이나 불렀는지 모른다.

정우야, 정우야. 애달프게 널 불러도 너는 나에게 오지 않았다.

그리고 정우는 다음 날 아무렇지 않게 하연에게 돌아왔다.

'네가 끓여 주는 미역국 먹고 싶어.'


　일말의 거리낌도 없는 말이었다. 일상적인 대화와 다를 바 없이 정우는 그녀에게 말을 내뱉었었다.
　그 여자는 누구냐고 하연은 묻지 않았다. 어렴풋이 그의 첫 번째 존재를 하연은 눈치채고 있었다. 아니, 처음부터 정우는 그녀의 존재를 하연에게 말했었다.


　'기다려.'


　하연은 정우의 말에 환하게 웃어 줄 뿐 다른 말을 하지 않았었다. 그저 그때는 그가 돌아와 줘서 감사했다. 서정우, 너를 다시 볼 수 있다는 자체로도 행복했었으니까.
　그때부터였을 것이다. 단추가 잘못 끼워진 옷처럼 다 어긋났던 것이.
　그를 좋아한 것도, 고백한 것도, 모두 하연이 먼저였다. 동기였던 하연의 고백에 난감해하던 정우는 그녀에게 말했다.


　'나는 네가 첫 번째가 될 수 없어. 미안해.'


　다른 여자들에게 했던 말과 똑같은 말. 하연은 정우의 옷자락을 서둘러 붙잡았다.

'괜찮아. 첫 번째가 아니어도 난 상관없어.'

정말 괜찮았다. 정우의 공식적인 첫 번째가 되는 것만으로도 하연은 정말 괜찮았다. 그리고 가까이에서 항상 정우를 볼 수 있다는 것만으로도 하연은 행복했다.

정우는 예상과는 다르게 그녀에게 꽤 착실한 남자친구였다.

지하철 데이트를 하던 다른 친구 커플과는 다르게 벤츠 카브리올레를 타고 와 그녀의 어깨를 으쓱하게 만들어 주기도 했고, 커다란 레스토랑을 빌려 그녀에게 이벤트를 해 주기도 했다.

하연은 정우의 여자친구라 정말 행복하다고 생각했다. 하지만 그의 말은 전혀 틀린 것이 아니었다. 그의 말처럼 첫 번째는 항상 그녀의 것이 아니었다.

군대에서 휴가를 나와도, 그는 복귀하기 전 마지막 날에만 그녀를 찾아왔었다.

'네가 보고 싶었어.'

정우는 항상 그녀를 무력하게 만드는 말을 잘 알았다. 그가 미워 죽겠더라도, 그를 보면 그 감정들이 모두 사라졌다.

정우는 그녀를 누구보다도 잘 아는 사람이었다. 하지만 동시에 잘 알지 못하는 사람이기도 했다.

면회를 가고 싶었지만 괜찮다는 정우의 말에 하연은 포기해야만 했다. 그리고 전역하는 날 역시, 그녀는 군대 문 앞에서 비참함을 안고 돌아와야만 했다. 그 날도 첫 번째는 결국 그녀의 몫이 아니었다.

"야, 그만 헤어져."

선주는 술을 마실 때마다 그녀에게 말해 왔다. 하연은 그저 웃으며 소주잔만 기울일 뿐 별다른 대답을 하지 못했다.

이건 사랑일까, 그것도 아니면 집착? 하연의 인생에서 정우를 빼놓고는 생각해 본 적이 없었다. 정우는 그녀의 인생 그 자체였다.

"실실 웃지 말고, 잘 생각해. 너 만약 쟤가 너랑 결혼한다 해도 바람 안 피울 거 같아? 연애 때도 저러는 놈이?"

"정우는 나랑 결혼 안 할 거야."

하연은 씁쓸하게 웃으며 소주를 입안에 털어 넣었다. 그와 결혼에 대해 이야기를 나눈 적이 있는 것은 아니었다. 하지만 암묵적인 분위기로 그는 그녀와 결혼하지 않으리라는 것을 어렴풋이 알고 있었다.

아니, 정우는 그 누구와도 결혼할 사람이 아니었다. 누군가에게 얽매여 살아가는 정우는 정우가 아니었다.

"너 나이가 지금 스물여섯이야. 몇 달 있으면 스물일곱이고, 그러다 보면 금방 서른 온다고. 근데 지금 결혼도 안 할 남자에게 목매서 시간을 허비하겠다는 거야?"

그런 생각을 해 보지 않은 것은 아니었다. 정우와 헤어지고, 그 뒤는?

그와의 이별은 쉬운 것이 아니었다. 삼 년쯤 됐을 때, 그와의 이별을 차곡차곡 준비한 적이 있었다. 예상했던 대로 그동안 미안했다 대답하고 돌아선 정우를 달려가 잡았던 것은 하연 자신이었다.

그가 자신을 사랑하지 않아도 내가 사랑하면 되는 거라고, 그날 확실하게 느꼈다. 비록 빈껍데기일지언정, 하연은 그가 좋았다. 아니, 그를 사랑했다. 그가 없는 세상은 생각하고 싶지도 않았다.

"진심으로 말하는 거야. 정말 다시 생각해 봐."

선주답지 않게 이번엔 사설이 꽤 길었다.

"나 얼마 전에 강남역 앞에서 정우 봤어. 여자랑 함께 있더라."

"아……."

충격? 그런 것 따위 이미 지나간 지 오래였다. 입가에 나오는 한숨을 막으려 하연은 소주잔을 입안에 털어 넣었다.

"아, 이게 네 반응이야? 도대체 너희는 무슨 사이야? 일반적인 애인 사이면 최소한 화라도 내야 하는 거라고. 근데 넌 아무것도 아니잖아. 화도 안 나?"

"나. 나는데……. 정우가 날 떠나가는 게 더 무서워."

우리는 연인일까, 아니면 친구일까, 그것도 아니면 그저 엔조이일까. 하연은 자신과 정우의 사이를 도무지 정의 내릴 수 없었다.

아버지 회사에 입사한 정우와 달리 하연은 커피가 맛있기로 유명한 한 커피 전문점에 입사했다.

그녀는 바리스타가 되는 것이 꿈이었다. 부모님의 반대 때문에 부모님이 원하는 대학에 입학했지만, 장래까지 부모님 뜻대로 하고 싶진 않았다.

매일 커피 향과 함께하며 원두를 볶고 그 미묘한 차이를 맞추며 아이 다루듯 세밀하게 작업해야 하는 이 일이 그녀는 좋았다.

예민한 작업이었지만 하다 보니 요령도 생기고, 이제는 그 예민한 작업마저 즐겁게 느껴졌다. 그리고 입가에 감도는 그 씁쓸함과 시큼함이 정우와 닮은 느낌이라 더 애착이 갔다.

"정말이야. 잘 생각해. 난 네 친구로서 하는 말이야."

"알아."

하연은 웃으며 오이를 와삭 베어 물었다. 이상하게 취기는 올라오지 않고 오히려 정신이 더 또렷해졌다. 독한 소주를 입안에 가득 쏟아부어도, 정신이 점점 또렷해졌다.

"아, 정우 보고 싶다."

"미쳤어. 정말."

"우리 정우 보고 싶네."

선주는 측은하게 하연을 바라봤다. 사랑이라는 것은 둘이 같이 함께 해야 하는 것이었다. 하지만 하연과 정우의 경우는 달랐다. 하연 혼자만이 저 사랑을 아등바등 지켜 내려 하고 있었다.

언제 깨어져도 이상할 것이 없는 관계였다. 친구로서 조언도 해 보고 때려 보기도 하고 욕해 보기도 했다.

언제나 정우의 마지막이 하연인 것처럼 하연의 마지막은 정우였다. 이상한 관계에 선주는 답답증을 느꼈다.


하연은 하얀 눈을 밟으며 비틀비틀 골목길을 걸었다. 가슴속에 불어닥치는 시린 바람에 울고 싶어졌다.

선주만 본 것이 아니었다. 그 날 하연도 그 자리에 있었다. 누구보다 행복하게 웃고 있는 그 여자와 그런 여자 옆에 있는 정우의 모습을. 하연에겐 보여 준 적 없는 환한 미소로.

정우는 그 여자에게 어떤 표정을 지으며 어떤 말로 사랑을 구걸할까.

우리는 참 이상한 관계였다. 나는 너를, 너는 그 여자를. 그 끊을 수 없는 고리들이 연결되어 5년 동안 이어져 가고 있었다.

한 번은 정우에게 물어본 적이 있었다. 나는 너에게 무엇이냐고. 돌아오는 것은 속절없는 웃음뿐.

그 후로 그런 물음 따위 해 본 적이 없었다. 그대로 깨어질까 두려워 아무것도 물을 수도 없었다. 네가 나에게 헤어지자고 말을 한다면, 우린 당장에 깨어질 수밖에 없는 관계이기에.

너에게 많은 것을 기대할 수도, 기댈 수도 없었다. 당당히 자신의 옆에 와 그 여자의 향수 냄새를 풍기는 너에게, 내가 할 수 있는 일이라곤 아무것도 모른다는 듯 웃는 거밖에는 없었다.

"이제 와?"

코끝이 빨개져 자신의 집 앞에서 기다리고 있는 그의 모습이 환영인가 싶었다. 하연은 가만히 서서 자신의 뺨을 꼬집어 보았다.

"정우?"

정우였다. 눈을 비벼 봐도 가로등 밑에서 그녀를 보고 웃고 있는 것은 틀림없는 정우였다.

"웬일이야?"

연인 사이에 이런 물음이 존재할 수나 있을까. 일반적인 연인 사이가 아니라 더 아프고 서글펐다.

"네가, 보고 싶어서."

정우의 한마디는 그녀를 거부할 수 없게 만든다. 아무 감정 없이 흘러나오는 정우의 저 한마디보다 하연 자신이 더 정우가 그리웠기에, 하연은 달려가 정우의 품에 안겼다. 주체할 수 없는 감정들이 그녀의 마음속에서 흘러넘쳤다.

"나도, 나도, 보고 싶었어."

"술 마셨어?"

다정하게 묻는 정우의 물음에 눈물이 왈칵 쏟아질 거 같았다.

"응, 응. 네가 보고 싶어서."

하연은 정우의 가슴에 얼굴을 비볐다. 정우의 체취였다. 정말 정우였다. 일주일간 연락조차 제대로 되지 않았었다.

어렴풋이 알고 있었다. 그 여자가 다시 떠나갔구나. 그래서 나에게 돌아왔구나. 다시 언제 돌아갈지 알 수 없지만 언제나 그 끝은 내게 있으리라. 하연은 자만 아닌 자만을 하고 있었다.


집 안에 찬기가 가득했다. 갑자기 맞닥뜨린 찬기에 하연이 어깨를 바르르 떨자 정우는 다정하게 어깨를 어루만져 주었다. 그 순간이었던 거 같다. 차디찬 그의 입술이 하연의 입술을 뒤덮었던 것이.

며칠 사랑앓이를 했던 사람처럼 정우는 신발을 벗을 새도 없이 그녀를 탐해 왔다. 지독한 갈증이 이는 입술을 차지하고 빨아 들였다.

혀가 서로 얽혀 들고 타액이 목구멍으로 밀려 들어왔다. 키스엔 씁쓸한 담배 향과 소주의 향이 섞여 있었다.

"하아……."

입술을 뗀 정우가 촉촉하게 젖은 눈망울로 그녀의 머리칼을 쓸어내렸다. 그의 눈에선 욕망이 번들거렸다.

"네가 그리웠어."

그녀가 듣고 싶어 하는 단어는 결국 나오지 않았다. 아프게 흔들리는 눈동자에 하연은 그의 시선을 피하려 했다. 하지만 그는 하연의 턱을 집게손으로 낚아채 농밀하게 입을 맞췄다. 정우와의 키스는 뜨거웠고 애틋하고 아련했다. 하연은 자신의 마음을 한껏 담아 그의 입술을 탐했다.

네가 너무 그리웠다고.

"그리고 네가 보고 싶었어."

아아, 이 남자를 어쩌면 좋을까. 사랑한다는 말 따위로 감히 표현되지 않았다. 하연에겐 정우가 그녀의 전부였다. 그립고 보고 싶다는 말 따위로 감히 표현할 수 없는 남자였다.

정우는 차례차례 그녀의 뺨, 목덜미 구석구석 입을 맞췄다. 애틋함을 표현하는 듯 그녀의 온몸에 키스를 내뿌렸다.

그리고 그녀의 티셔츠를 벗기고 봉긋한 가슴에 입을 맞췄다. 항상 자신의 손에 꼭 맞춰 놓은 듯한 가슴을 뭉그러트리듯 어루만졌다.

정우는 벽에 밀어붙여 그녀를 어루만지는 것이 성에 차지 않는 듯 그녀를 번쩍 안아 들었다.

"으악!"

"침대로 가자. 널 안고 싶었어."

허스키한 목소리로 정우가 귓불을 잘근거리며 속삭였다. 하연은 얼굴이 빨갛게 달아오른 채로 정우의 목에 팔을 감았다.

그가 그리웠다는 말과 비교도 안 되게 하연은 정우가 보고 싶었다. 집에 오기 전까지 몇 번이고 걸었던 그 번호가 머릿속에 아른거릴 정도였다.

　침대에 하연을 눕힌 정우는 자신의 옷을 다 벗어젖히고 하연
에게 달려들었다. 다급하게 하연의 브래지어를 벗기고 그녀의
가슴을 어루만지고 길게 입을 맞추었다. 빳빳하게 곤두선 유두
를 키스하듯 빨아들이고 혀로 톡 건드렸다.

　하연은 정우의 등을 손으로 어루만졌다. 정우 느낌. 그의 단
단한 등과 그의 부드러운 머리카락. 정우의 느낌이었다. 뱃속부
터 차오르는 야릇한 이 감정들, 모두 정우를 위한 감정들이었다.

　그는 유독 하연의 몸에 집착했다. 삽입 직전의 애무를 좋아
하는 듯 정우는 항상 하연의 몸에 공을 들였다. 그녀의 여린 목
덜미부터 발끝까지 정우의 진한 키스가 묻어 있지 않은 곳이
없었다.

　정우는 하연의 입에 진한 키스를 퍼부으며 여린 골짜기를 손
으로 매만졌다. 검은 수풀 위를 손으로 배회하며 부드럽게 골짜
기 안으로 검지를 넣었다.

　"웃."

　몇 번을 해도 이 느낌들은 생경했다. 하연이 엉덩이를 비틀며
자연스럽게 허벅지를 벌리자 정우는 대범하게 그녀의 여성을 희
롱했다.

　"정우야, 정우야……."

　익숙하지만 생경한 느낌에 하연은 정우를 불렀다. 그는 대답
없이 그녀의 여린 살에 입을 맞추며 그녀의 몸을 열 준비를 했

다. 입술이 아래에 닿는 열기에, 그리고 부드러운 그의 입술에 온전히 몸을 맡겼다.

하연은 그의 머리를 두 손으로 잡으며 엉덩이를 비틀었다. 뱃속 깊은 곳부터 열망이 차올랐다.

하연은 정우의 몸이 좋았다. 그리고 그와 한 몸이 되는 것이 좋았다. 그때면 그가 자신을 예뻐해 주고, 자신을 사랑해 준다는 느낌을 한껏 받을 수 있어 좋았다. 사랑하는 사람과의 관계가 이리도 좋은 것인 줄은 예전엔 몰랐었다.

고등학교 시절 친구들과 본 야동은 그저 더럽기만 했다. 여자의 아래를 핥는다니, 감히 손으로도 만지기 어려운 곳이었는데 어린 나이의 하연으로선 굉장한 충격이었다.

하지만 정우의 이런 행동이 싫지 않았다. 이 모든 것은 정우이기 때문에 가능했다. 그가 좋으면 하연 자신도 좋았다.

우리가 어쩌다 섹스까지 나누는 사이가 되었을까. 모든 것은 자연스러웠지만, 우리의 연애는 일반적인 연애가 아니었다.

정우는 하연의 허벅지를 벌리며 그녀의 여성 안으로 천천히 침입했다. 언제 느껴도 아래의 이물감은 익숙해지지 않았다.

정우는 온전히 그녀의 몸에 자신을 묻으며 그녀의 입술에 입을 맞췄다. 그러곤 허리를 조심스럽게 움직였다.

"정우야, 사랑해……."

조심스럽던 방금 전과는 다르게 정우가 거칠게 움직여 대기 시작했다. 그녀의 아래서 정우는 하연의 가슴을 뭉그러트리며 하연의 입술에 입을 맞췄다. 하연 역시 그의 움직임에 맞춰 허리를 움직였다.

그리고 몇 번이고 속삭였다. 사랑해, 정우야. 사랑해.

돌아오는 대답은 없었지만 정우는 하연의 눈가에 흐르는 땀방울을 혀로 핥아 주었다. 그 어느 때보다 다정하게.

감히 사랑한다는 말로 다 쏟아부을 수 없는 감정들이 증폭돼 물밀 듯이 밀려왔다.

아, 나는 이 남자를 사랑한다.

정우가 그녀의 안에서 움직이는 이 느낌을 감히 잊을 수가 없었다. 하연은 정우의 목을 두 팔로 껴안으며 그의 입술에 입을 맞췄다.

그리고 마지막으로 속삭였다.

"돌아와 줘서, 고마워."


까무룩 잠이 들었던 거 같다. 세심한 정우는 그의 흔적들을 모두 다 닦아 내 주고 그녀의 옆에서 색색 잠이 들어 있었다.

그의 고른 숨소리에 하연의 철렁했던 가슴이 안정을 찾아갔다. 혹시나 그가 갔을까 봐, 썰렁한 침대 언저리를 보기 싫어 부러 눈을 감고 있었다.

하연은 몸을 돌려 잠이 든 정우의 뺨을 손으로 어루만졌다. 자신을 바라보고 웃던 예쁜 눈, 오뚝한 코, 입을 맞춰 주던 부드러운 입술까지. 애틋한 손길이 정우가 깰까 조심스럽게 바뀌었다.

하연은 정우를 무연히 바라보다 그의 품 안으로 파고들었다. 맨살에 닿는 이 열기가 좋아, 정우의 살 내음이 좋아, 그의 가슴에 코를 파묻었다.

행복한 미소가 입가에 저절로 지어졌다.

보고 싶었던 정우, 그리웠던 정우.

독점욕이 점점 증폭되어 갔다. 다른 여자와 나누어 갖고 싶지 않다. 온전히 내 거였으면 좋겠다. 하지만 자신의 생각들을 알게 된다면 정우는 이 관계를 끊을 것이다.

누구 하나한테 얽매이고 싶지 않아 한다는 것을 하연은 너무도 잘 알고 있었다. 누구 하나에게 얽매이고 싶지 않아 한다는 것을 하연 스스로가 너무도 잘 알고 있었다.

그에게 있어 첫 번째라는 여자의 존재를 묵인하며 모른 척 온전히 그만을 사랑해 주는 것. 이것이 그가 5년이란 시간 동안 그녀와 함께하고 있는 이유일 것이다.

똑똑하게 주인의 마음을 잘 아는 애완견처럼 하연은 그에게 모든 것을 맞췄다. 정우가 좋아하는 것이면 자신도 좋았고, 정우가 싫어하는 것이면 자신도 싫었다. 하지만 문득 생각할 때가 있다. 과연 언제까지 맞출 수 있을까.

오늘도 하연의 한숨이 늘어만 갔다.

하연은 정우가 깨지 않게 조심스럽게 몸을 일으켰다. 그는 하연이 내린 핸드드립 커피와 소고기뭇국을 좋아했다.

조화가 전혀 어울리지 않는 둘이지만 정우는 뭇국에 밥을 말아 먹고 그녀가 만들어 준 커피를 마시는 것이 가장 행복한 시간이라고 했다.

그때 지어졌던 정우의 다정한 미소를 잊지 못한다. 하연은 언제 올지 모르는 정우를 위해 늘 냉장고에 재료들을 준비해 뒀다.

하연은 쌀을 씻어 밥솥에 밥을 올려 두고 무를 총총 썰었다. 정우가 먹으며 기뻐할 것을 생각하니 괜스레 기분이 좋아졌다. 소고기를 볶다가 물을 붓고 간장과 무를 넣고 한참을 끓였다.

"뭐 해?"

"일어났어? 조금만 기다려."

"어쩌지? 나 늦었어."

하연의 얼굴이 순식간에 실망감으로 물들었다. 시시콜콜한 이야기들이 많이 남아 있는데……. 또 언제 올까. 그사이에 그 여자가 정우를 다시 찾으면 어떡하지? 여러 가지 생각들이 실타래처럼 얼기설기 엉켜져 있었다.

실망하는 하연의 모습에 정우는 하연의 허리를 껴안았다.

"저녁에 올게. 그때 꼭 맛있게 해 줘."

"응, 알았어."

하연은 고개를 세게 끄덕였다. 아마 더 시무룩해 있다가는 정우가 난감할 것이 뻔했다. 애써 웃으며 정우를 밀어냈다.

"얼른 씻어."

"그래."

대충 씻고 급하게 나가는 정우를 바라보는 일은 꽤 곤욕이었다. 하연은 머릿속에 가득 찬 정우의 뒷모습을 지우기 위해 출근 준비를 했다.

[미안해. 이따 일찍 갈게.]

정우의 메시지에 하연은 아침의 생각들을 지우고 애써 웃었다.

하연은 근처 카페에 바리스타로 일하고 있었다. 오늘은 오픈 멤버여서 8시까지 출근하는 날이었다. 하연은 유니폼으로 옷을 갈아입고 매장 포스를 켜고 음악을 틀었다. 그러고는 빗자루를 가져와 매장 청소를 했다.

"언니, 뭐 좋은 일 있어요?"

이제 막 출근하는 영은이 물었다. 어제까지만 해도 세상이 다 없어진 것처럼 죽을상을 하고 있던 하연이 오늘은 아침부터 콧노래까지 부르고 있었다. 무슨 일이 있느냐고 물어도 아무 일도 없다고 했지만 무슨 일이 있었던 것이 분명했다.

영은은 얼른 유니폼으로 갈아입고 행주를 들고 하연에게 다가갔다.

"언니, 솔직하게 말해 봐요. 분명 뭐 좋은 일 있는 거죠?"

"아니야. 없어."

"아니면 남자친구랑 화해했어요?"

"그런 거 아니야."

하연은 수줍게 웃으며 머신에 초수를 맞추기 위해 키친으로 들어왔다. 영은의 말처럼 정우와는 화해할 일 따위를 만든 적이 없었다. 그와 싸운 적도 없었다. 서로와의 적정선을 지키듯, 정우와 하연은 항상 그 상태였다.

하루가 멀다고 하는 사랑싸움이나, 불타오르는 정열적인 사랑을 둘은 한 적이 없었다. 아니, 하연은 혹여나 정우가 헤어지자고 할까, 그것이 두려워 웬만한 일은 정우에게 맞춰 주는 경우가 많았다.

정우 역시 다르지 않았다. 그녀가 그의 모든 것을 맞춰 주기 때문인지 몰라도 정우는 그녀에게 화를 낸 적이 없었다.

"사장님, 나오셨어요?"

영은이 세준에게 반갑게 인사를 하며 그에게 쪼르르 달려갔다. 세준이 오자 영은은 얼굴색부터 바뀌었다.

세준과 7살 차이나 나는 주제에, 사랑에는 국경도 나이도 없다며 세준에게 자신의 사랑을 열렬히 어필 중이었다.

하지만 그것이 단지 동경이라는 것을 세준도 영은도 하연도 모두 다 알고 있었다.

"그래. 하연 씨 일찍 나왔네요?"

세준은 참 살가운 사람이었다. 사람 사귀는 것에 서툰 하연에게 항상 먼저 다가와 말을 걸어 주었던 것은 세준이었다.

그는 사람을 편안하게 하는 재주가 있었다. 부담스럽게 다가오지 않고 적정선을 유지하면서 사람의 경계를 허물게 만들었다.

하연은 세준이 싫지 않았다. 오히려 감사했다. 어느 순간부터 자신도 모르게 낯을 가리게 된 후부터 새로 사람을 사귄 일이 거의 없었기 때문이다.

"네, 사장님. 안녕하세요."

하연은 아늑하고 편안한 이 카페가 마음에 들었다. 유명 프랜차이즈 카페 대신 이곳에 이력서를 냈던 것은 바로 그 이유에서였다. 복잡하고 틀에 박힌 업무보다는 좀 더 자유로운 분위기에서 일하고 싶었다.

가끔 정우와 연락이 잘 되지 않을 때면 이곳에 멍하니 앉아서 하염없이 정우의 연락을 기다리곤 했었다.

책을 읽어도 되고, 노트북을 가져와 웹서핑을 해도 될 일이었다. 하지만 하연은 그저 하염없이 아메리카노 한 잔을 시켜 놓고 앉아 있었다.

그때마다 본 이곳의 직원들은 언제나 활기차고 밝아 보였다. 그래서 더 이곳에 오고 싶었는지도 모르겠다. 자신도 이곳에 동화되어 물들면 정우에 대한 생각을 조금이나마 잊을 수 있을까, 하는 마음 때문이었다.

항상 그가 그리워 눈에 아무것도 들어오지 않았으니까. 선주는 그녀의 사랑을 인정하지 않았다. 그리고 정우와의 관계도 모두 인정하지 않았다. 이 모든 게 허상일 뿐이라고 했다. 돌아서면 아무것도 아닐 신기루 같은 것일 뿐이라고.

사막 한가운데서 오아시스를 찾아낸 것처럼 정우를 볼 때의 설렘이 하연에겐 항상 그랬다. 그가 없으면 죽을 거 같고, 그가 자신을 떠날까 봐 겁이 나고 조바심이 났다. 누구와 나누어 가지고 싶지 않았지만 나누어 가져도 좋았다.

그 옆자리는 누가 봐도 자신의 것이었으니까. 그리고 다시 돌아올 가능성이 있어서, 그래서 괜찮았다. 그거 하나면 하연은 꽤 버틸 만했다.


온종일 바쁘게 일이 돌아갔다. 큰 프랜차이즈 카페에 비해서는 작은 규모였지만 이곳의 커피 맛은 이 동네에 꽤 소문이 나 있는 상태였다. 세준 역시 이익을 덜 남기게 되더라도 좋은 원두만을 고집했고 그것은 곧 소비자들이 직접 체감했다.

"핸드드립 커피 두 잔이랑 티라미수 케이크 하나 주세요."

"네, 잠시만 앉아서 기다려 주세요. 언니, 오늘 유난히 바쁜 거 같지 않아요? 힘들어 죽겠네."

계산을 끝낸 영은이 손님에게 진동 벨을 건네주며 그녀에게 말을 걸었다.

하연은 이 시간이 좋았다. 정우에 대한 생각을 하지 않고 일에만 열중할 수 있는 시간. 이 시간만은 정우에게 얽매이지 않은 온전한 김하연 본연의 모습으로 숨 쉬며 살아가는 거 같았다.

"영은아, 생두가 떨어졌어. 갔다 올게."

"엥? 언니 들고 올 수 있겠어요?"

"걱정하지 마. 그 정도야, 뭐."

하연은 괜찮다는 듯 어깨를 으쓱거리며 창고로 걸어갔다. 그 사이 은행을 갔다 온 세준이 영은에게 하연이 어디 가느냐는 식으로 눈짓을 했다.

"생두 가지러 간대요."

"영은아, 옷 내 사무실에 걸어 놔."

"사장님!"

세준은 영은에게 재킷을 던지고 창고로 가는 하연에게 얼른 따라붙었다.

"혼자 못 들어요."

"괜찮아요."

천성적으로 남에게 기대는 것을 못 견뎌 했다. 아니 그것들이 모두 불편하게 느껴졌다. 세준은 아랑곳하지 않고 창고 안에 있는 생두 자루를 품에 안고 저벅저벅 밖으로 걸어 나갔다.

"같이 들어요."

"꼭 그래야겠어요?"

"네."

칼같이 대답하는 하연의 모습에 세준은 웃음을 터트렸다. 뭐가 웃기냐는 듯 하연이 어리둥절하게 쳐다보자, 세준은 억지로 웃음을 참다가 더 크게 웃어 버렸다.

"미안해요. 하연 씨 표정이 너무 재밌어서."

"제가요?"

"네. 남에게 말할 때 얼굴이 굉장히 경직돼 있어요. 이 정도 지냈으면 친해질 법도 한데 하연 씨는 항상 깍듯하고 예의 발라요."

"칭찬인가요?"

"어떤 의미에선? 예의 너무 차리지 않아도 돼요. 가끔은 남에게 의지도 하구요. 자, 여기 하연 씨 몫."

하연은 세준이 남겨 주고 간 작은 자루를 물끄러미 바라봤다. 자신이 일은 똑같이 하겠다며 바득바득 우길 것이 분명했기 때문에 세준은 그런 그녀에게 맞는 몫을 건네주고 간 것이다. 하연은 자루를 품에 안고 세준을 얼른 따라갔다.

"여기다 두면 될까요?"

"음, 이왕이면 생두 통에 좀 부어 주세요."

"예, 말단 사장은 직원님 시키는 대로 하겠습니다."

변강쇠 흉내까지 내며 생두 자루를 옮기는 세준의 모습에 하연은 저도 모르게 웃음을 터트렸다.

"안에서 뭐가 그렇게 즐거워요? 전 너무 힘든데."

영은의 볼멘소리에 킥킥대며 웃던 하연은 얼른 입을 닫고 세준이 생두를 붓는 것을 돕기 위해 다가갔다.

"여기 맞아요?"

"네."

하연은 걸어가면서 발밑이 미끄덩거리는 느낌이 들었다. 미처 비명을 지를 새도 없이 하연의 몸이 중심을 잃고 바닥으로 떨어지고 있었다. 하연은 눈을 질끈 감았다.

그런데 정작 아파야 할 몸은 아프지 않고, 단단하고 차가운 바닥 대신 따뜻한 온기 같은 것이 느껴졌다.

"괜찮아요?"

하연을 붙잡으며 팔꿈치를 부딪친 듯 세준이 팔꿈치를 비비며 몸을 일으켰다.

"괘, 괜찮아요."

얼떨떨하게 대답하는 하연을 세준은 세심하게 살폈다. 행여 어디 다친 곳이라도 없는지. 다행히 그의 몸 위로 떨어지는 바람에 그녀의 몸은 작은 흠집조차 나지 않았다. 이 정도면 한 몸 바쳐 그녀를 구한 보람이 있었다.

"하연아."

익숙한 목소리에 하연이 몸을 얼른 일으켜 고개를 들었다.

"정우?"

정우는 주방 입구에 와서 몸을 기댄 채 하연을 보고 웃고 있었다. 햇살을 담은 환한 미소로.

정우는 이제 막 퇴근을 해서 이곳으로 온 모양이었다. 몸에 딱 달라붙는 화이트 셔츠에 좁은 타이를 매고 블랙 재킷을 멋스럽게 입고 있었다.

"정우야."

하연은 멍청하게 정우를 올려다보다 튕겨 나가듯 그에게 달려갔다.

영은은 어리둥절한 표정으로 정우와 하연을 바라보고, 세준은 다정하게 하연의 머리칼을 쓰다듬고 있는 정우를 바라봤다.

"하연 씨, 괜찮아요?"

제 눈으로 확인했으면서도 세준은 재차 하연에게 물었다. 하연은 그제야 자신이 넘어졌고, 자신을 잡으려다 세준이 자신의 밑에 깔렸다는 사실을 기억해 냈다.

"사장님, 괜찮으세요? 생두는……."

"전 괜찮아요. 보시다시피 튼튼하거든요. 생두도 아직 자루를 푼 건 아니라서요."

세준의 말에 하연은 안도의 한숨을 내쉬었다. 하마터면 자신의 부주의로 바닥에 생두를 다 쏟을 뻔했다. 하연은 다친 곳이 없는지 세준을 살펴보려 했지만 정우 때문에 쉬이 다가갈 수가 없었다.

혹시 오해하면 어쩌지?

하연은 걱정스럽게 정우를 올려다봤다.

"퇴근 시간 얼마 안 남았지? 나 저기 앉아서 기다릴게."

하연과 세준은 그 자리에 덩그러니 남은 채 돌아서 가는 정우의 뒷모습을 바라봤다. 어떤 표정이었더라? 아니, 아무렇지 않은 평소의 모습 그대로였다.

하연이 정우를 모를 리 없었다. 그냥 정우였다. 허탈한 웃음이 왜 비집고 나오는 것일까.

"남자친구 맞아요?"

세준이 옷을 털고 어느새 하연 옆에 서서 물었다.

"네. 맞아요."

그래, 정우는 내 남자친구였다.


하연은 정우에게 줄 핸드드립 커피를 정성스럽게 만들었다. 그 어느 때보다 온도에 신경 쓰면서 조심스럽게 물을 부었다.

정우가 좋아했으면 좋겠다. 정우가 웃어 주는 모습을 보고 싶었다. 그 여자에게 웃어 주는 것처럼.

"언니 남자친구 진짜 잘생겼네요."

정우는 창가 테이블에 앉아 아이패드로 남은 업무를 보고 있었다. 긴 다리를 한쪽으로 뻗으며 한쪽 팔을 걷어 올린 그의 모습이 섹시하게 느껴지는 것은 비단 그녀뿐은 아니었나 보다.

"웬만한 연예인보다 훨씬 더 잘생긴 거 같아요."

"그래?"

정우는 정우만의 분위기가 있었다. 태생적으로 가진 우아함과 기품. 그것은 여느 남자들과 비교할 수 있는 것이 아니었다.

"난 사장님이 제일 잘생긴 줄 알았는데, 언니가 사장님한테

안 넘어가는 이유가 있었어요."

"주문이요."

"아, 네. 잠시만요."

영은이 재잘거리면서 그녀에게 말을 걸다 얼른 카운터로 뛰어 갔다. 하연은 자신이 가장 좋아하는 하얀 머그잔에 커피를 담았 다. 그리고 정우가 좋아하는 달지 않은 쿠키를 함께 담아 그에게 로 다가갔다.

"이거 마시고 있어."

"네가 내린 거구나?"

너는 알까. 내가 너에게 이 한 잔의 커피를 건네기 위해 수십 번, 아니 수백 번의 노력을 해 왔다는 것을.

카페를 갈 때마다 입맛이 까다로운 정우는 커피조차 쉽사리 마시지 않으려 했다. 그러다 시작한 것이 바리스타였다.

그에게 하나부터 열까지 맞추기 위한 불순한 동기였다. 시작 은 그랬지만, 이제는 자신의 적성에 꼭 맞는 이 일이 무엇보다 좋았다.

"언제나 좋네. 네 커피."

정우가 웃는다. 그것도 기분 좋게. 입가에 번지는 그윽한 커 피 향처럼 하연의 입가에도 덩달아 미소가 지어졌다. 좋았다. 그 가 웃는 것을 보는 것이.


정우의 손을 잡고 거리를 걸었다. 차는, 이라는 질문에 정우는 너와 걷고 싶어, 라고 대답했다.

하연은 환하게 웃으며 정우의 손을 꼭 잡았다. 작은 자신의 손이 쏙 들어가는 정우의 큰 손을 잡자 마음이 한결 가벼워졌다. 따스한 온기가 가슴속으로 스미는 것 같았다.

한편으로 스치는 불안감의 정체를 잊어 보려 노력하고 있었다.

있잖아, 그 여자는 아직도 만나고 있니?

가슴속에서 흩어지는 질문은 입 밖으로 내기엔 너무 힘든 것들이었다. 자신의 소중한 시간을 송두리째 버릴 수는 없었다.

"정우야, 정우야."

"응?"

하연이 몇 번이고 불러도 정우는 싫은 내색조차 하지 않고 대답을 한다. 하연은 까르르 웃음을 터트리며 다시 한 번 불렀다.

"정우야, 정우야."

정우의 이름이 참 좋았다. 언젠가 다신 부를 수 없게 될 이름처럼 하연은 계속해서 정우를 불렀다.

빈집의 찬 기운 대신 옆에 있는 정우의 온기를 느끼며 하연은 집 안으로 들어왔다. 하연은 신발을 벗자마자 머리를 화장대 위에 있는 검은색 끈으로 질끈 묶고 바쁘게 움직였다.

"배고프지 않아?"

항상 입이 짧은 정우가 걱정돼 하연은 최대한 그의 식성을 맞춰 주곤 했다. 엄마보다 더 엄마 같달까.

정우는 소파에 앉아 하연의 뒷모습을 조심스럽게 좇았다. 작은 몸으로 경중경중 뛰다시피 하며 바쁘게 움직이는 그 모습을.

아침에 하다 만 뭇국을 버리고 새로 무를 썰고 담았다. 반찬들을 작은 그릇에 가지런히 담고 밥그릇에 밥을 듬뿍 퍼 올렸다. 그러곤 보글보글 끓어 대는 뭇국을 그릇에 담아냈다. 정갈하게 그릇에 담긴 음식은 한 치의 흠도 없었다.

정우는 항상 조용히 밥을 먹는 쪽이었다. 재잘대는 것은 선천적으로 맞지 않아 하연도 정우가 먹는 모습을 마냥 지켜만 보았다. 어떤 반찬에 더 손이 많이 가는지 하나도 놓치지 않고 정우의 모습을 좇았다.

너는 알까. 하나부터 열까지 나는 너에게 모든 것을 맞추고 있었다. 너에게 사랑받고 싶어 하는 안달 난 가련한 강아지처럼.

"요새 마른 거 같아."

밥을 먹다 말고 정우가 하연에게 말을 했다.

"그런가? 잘 모르겠어."

"어서 먹어. 나는 마른 여자 싫어."

정우가 하연의 손에 밥숟가락을 쥐여 주자, 그제야 하연이 밥을 먹었다. 하연은 정우 못지않게 입이 까다로운 편이었다.

음식을 잘 먹는 편도 아니었고, 딱히 좋아서 찾아 먹지도 않았다. 습관적으로 밥을 먹을 뿐, 맛있는 음식에 대한 입의 즐거움은 아직 몰랐다.

그녀는 마른 체형이지만 먹어도 찌지 않는 체질이 아니라 그저 먹지 않아서 말랐다는 표현이 더 옳았다.

설거지를 하려는 하연을 말리고 정우가 고무장갑을 꼈다. 하연은 그런 정우의 모습을 눈에 하나하나씩 담았다.

이상하다. 너는 항상 내 옆에 있는데 곧 어디론가 가 버릴 사람 같았다. 항상 정우의 옆에 있으면서 느끼는 이 외로운 감정들이 그 때문은 아니었을까.

하연은 정우의 겉옷을 옷걸이에 걸기 위해 그의 재킷을 들었다.

툭, 발치에 떨어지는 하얀 종이를 하연은 아무 생각 없이 집어 들었다.

정우가 고등학교에 입학한 날. 예쁘고 가지런한 글씨체로, 그렇게 적힌 사진 속엔 무표정한 정우와 그의 목을 한껏 껴안고 개구지게 웃는 그 여자가 있었다.

그리고 이 여자가 정우의 그녀라는 것을 직감했다. 그 여자는 이렇게 생겼구나. 스치듯 지나간 것을 빼고 이렇게 제대로 그녀의 얼굴을 본 것은 처음이었다. 하연은 비집고 나오려는 허탈함과 상실감들을 애써 눌러 담았다.

웃는 예쁜 여자. 그리고 자신의 남자를 빼앗은 나쁜 여자.

"뭐 해?"

설거지가 끝났는지 정우는 어느새 뒤에 서 있었다. 정우는 하연의 손에 들린 사진과 하연을 번갈아 가면서 바라보았다. 그리고 그는 건조한 표정으로 하연의 손에 들린 사진을 가져와 재킷 안주머니 깊은 곳에 넣어 두었다.

"이런 내가 싫어?"

정우가 물었다. 너는 참 약은 남자였다. 하연이 싫다는 말을 내뱉지 못하리라는 것을 너무도 잘 알고 있었다.

"싫지 않아."

하연을 감싸고 있는 쓰디쓴 패배감이 목구멍까지 치밀어 올랐다. 걷잡을 수 없는 상실감, 분노들이 뒤섞여 가슴속에 커다란 응어리가 생겼다.

목 안이 까끌거렸다. 방금까지 울었던 사람처럼 목구멍이 한 없이 메어 왔다.

"나 오늘 자고 갈까?"

너는 교활한 남자였다. 하연의 대답을 모두 다 알고 있는 주 제에 정우는 예쁜 입술로 잔인하게 속삭였다.


정우가 하연의 입술을 집요하게 빨아들였다. 그 어느 때보다 격렬하고, 농밀하게. 집요한 키스는 그의 입안에서 쏟아져 나오 는 눈물 같았다.

있잖아, 너는 내일이 없는 사람 같아. 너는 나를 안을 때면 항 상 그래.

주체할 수 없는 감정들을 하연에게 모두 쏟아 내듯 정우는 항상 그녀를 열정적으로 껴안았다. 두 번 다시 볼 수 없는 사람처럼.

그래서 항상 정우와 섹스를 할 때마다 하연은 눈물이 났다. 가슴속에 맺힌 응어리를 다 쏟아 내는 것만 같아서. 정우의 마음이 전해지는 것만 같아서. 덩달아 하연도 슬퍼졌다.

정우의 손에 꼭 맞는 가슴을 거칠게 만지며 아이처럼 핥았다. 손아귀에서 밀가루 반죽처럼 속절없이 뭉그러지는 가슴을 잡고 가슴 정점을 이로 깨물었다.

"하앗."

예민한 살에서부터 퍼지는 짜릿한 느낌이 발끝으로 퍼져 나갔다. 자신을 손아귀에 쥔 악마처럼, 정우는 하나씩 하연의 몸을 정복해 나갔다. 예민하고 여린 살에 집착하며 물고 빨면서 배에 길게 입을 맞췄다.

"정우야, 정우야."

그의 입술이 닿는 곳마다 불길이 피어나듯 뜨겁고 아려 왔다. 꺼끌꺼끌한 턱수염 자국 밑으로 여린 살에 작은 생채기가 생겼다.

손가락부터 팔 안쪽까지 정우의 입술이 스치지 않은 곳이 없었다.

"알아? 너한테선 항상 좋은 냄새가 나. 향긋한 장미 향 같기도 하고, 달콤한 초콜릿 향 같기도 해."

"간지러워."

하연이 까르르 웃음을 터트리며 정우의 입에 쪽 입을 맞췄다.

그러는 너는 알아? 나는 너에게 모든 것을 맞추기 위해 작은 향수 향까지 신경 써.

네가 좋아했던 향들까지 모두 기억하고 있어. 그 여자와 다른 김하연만의 향을 만들기 위해서. 그리고 항상 네가 그 향에 중독 됐으면 하는 주문을 넣어. 너에겐 닿진 않지만.

검은 수풀을 지나 정우가 그녀의 여성 안으로 손가락을 집어 넣었다. 발끝을 타고 드는 쾌감에 하연이 엉덩이를 비틀었다.

그의 손은 천천히 움직였고 그의 입술은 그녀의 여성을 자극 했다. 야릇하게 퍼지는 쾌감에 하연은 몸을 비틀며 정우의 머리 를 잡았다.

"정우야……."

"손가락에 퍼지는 너의 온기가 좋아."

"하훗."

격렬한 움직임 속에 하연은 겨우 고개를 끄덕였다. 입술을 뗀 정우는 번들거리는 입술로 뇌쇄적인 미소를 선보였다.

"그리고 네 안에 들어갔을 땐 뜨거움을 견딜 수가 없어."

이미 한 번 맛본 쾌감에 여성이 움찔거리며 그다음 행위를 기 대했다. 정우, 정우를 갖고 싶었다.

"정우야……. 어서."

끊어질 듯 애절한 목소리로 하연이 속삭였다. 이제 그만 너를 갖고 싶다고.

단번에 여성을 가르고 정우가 들어왔다. 악, 비명을 지를 새도 없이 단단하게 자리매김하고 있는 그의 남성에 하연은 그 밑에서 바르르 떨었다. 한껏 벌어진 다리의 아림보다 여성에서 느껴지는 아픔과 동시에 느껴지는 쾌감들에 온몸이 전율했다.

그녀의 허리를 잡고 정우가 몸을 움직였다. 그리고 몸을 숙여 그녀의 입에 입을 맞췄다. 섹스보다 더 진한 입맞춤에 혀가 얽혀들고 타액이 넘나들었다. 자신의 소유권을 주장하듯 정우는 그녀의 입술을 격정적으로 빨아들였다.

정우가 그녀의 등을 일으켜 그의 위에 앉혔다. 엉덩이를 받쳐 들고 그녀와 호흡을 맞추자 하연이 그의 몸에 매달려 허리를 움직였다.

온몸에서 느껴지는 정우의 느낌에 하연은 정신을 차릴 수가 없었다. 파고드는 그의 뜨거운 남성, 가슴에 맞닿은 뜨거운 울림, 그와 함께 느끼는 정사의 열기.

이 순간만은 정우는 온전히 제 것이었다.

그의 위에서 허리를 흔들던 하연의 등에 다시 차가운 시트 감촉이 느껴졌다. 벌어졌던 하연의 양다리를 어깨에 걸치고 정우가 움직였다.

한껏 벌렸던 다리 사이의 폭이 좁아져서인지 그의 남성이 더 확실하게 느껴졌다. 정우 느낌이었다.

"하웃……. 정우야…… 사랑해……."

항상 나는 너에게 사랑한다 말했던 거 알아? 너는 그때마다 대답 대신 더 격렬하게 나를 몰아붙여 왔어. 오늘처럼.

정우는 하연의 다리를 끌어안고 그녀의 안에서 거칠게 움직였다. 온전히 하연을 느끼고, 하연을 갖겠다는 것처럼. 뜨거운 하연의 안에서 정우는 속절없이 무너지고 또 무너졌다.

하연의 다리를 다시 벌리고 정우가 하연의 뺨에 흐르는 눈물을 혀로 닦아 냈다. 아무 말도 하지 않았지만 꼭 상냥하게 말하는 것 같았다. 울지 말라고.

그는 움직이고 또 움직였다. 맹렬하게 포효하는 야수처럼 그녀를 갖고 또 가졌다.

"정우야······."

그녀의 애원에 뒤섞인 야릇한 신음 소리에 정우가 그녀의 몸 안에 모든 것을 쏟아부었다. 정우는 콘돔을 빼 쓰레기통에 넣었다. 그러고는 그녀의 다리에 흐르는 제 체액을 모두 닦아 주고 그녀의 옆에 누웠다.

침대 시트까지 갈고 싶었지만 작은 새처럼 둥글게 몸을 말고 있는 그녀가 움직이게 하고 싶지 않아 참는 것 같았다.

정우는 돌아누워 있는 하연의 몸을 돌려 그녀의 눈물들을 닦아 주었다.


하연이 일어난 아침, 정우는 없었다. 그녀가 깰까 조심스럽게 방문을 나선 정우의 모습을 알고 있었다. 하연은 예민한 편이었다. 작은 기척에도 깨기 일쑤였다. 하물며 나간 것이 정우였다. 하연이 모르고 있을 리가 없었다.

정우가 간 지 얼마 되지 않았지만 찬바람이 그가 머물었던 자리에 남아 있었다. 굳게 닫아 두었던 창문을 누군가 열어 놓기라도 한 듯 뼛속까지 스미는 바람이 가슴속으로 세차게 불어왔다.

이렇게 간 정우가 그녀에게 언제 다시 돌아올지는 알 수 없었다. 하연은 눈물 대신 숨을 삼키며 그가 사라진 허공으로 손을 뻗었다.

정우와 있었던 이 공간을 베어 간직하듯 허공 속에서 주먹을 꽉 쥐었다. 코끝에는 정우의 향기가 아직도 남아 있는데 그는 이곳에 없었다.

하연은 몸을 일으켜 보일러의 온도를 더 높게 올렸다. 이상했다. 정우와 함께 있던 이 공간은 따뜻하고 열기가 가득했는데, 그가 사라진 뒤엔 팔에 소름이 끼칠 만큼 추웠다.

함박눈이 내리는 거리에서 반팔 차림으로 서 있는 것처럼. 지켜 줄 방패막이가 아무것도 없는 것처럼.

가슴이 시리고 아팠다. 공허함.

네가 사라지고 내게 남은 것은 뼈아픈 외로움과 공허함이었다.

하연은 부서지듯 쏟아지는 해를 바라보며 코트를 더 바짝 여몄다. 하연은 겨울이라는 계절을 좋아했다. 추위를 많이 타는 편이긴 했지만 새벽녘 코끝에 스며드는 차디찬 공기와 바람을 타고 오는 겨울 냄새가 좋았다.

"언니! 일찍 출근하셨네요?"

"응, 그렇게 됐어."

영은은 놀란 표정이었다. 오픈 멤버는 정작 영은이었는데, 먼저 도착해 있던 것이 하연이었으니 그럴 만도 했다.

"나라면 시간 맞춰 오겠어요. 월급 더 주는 것도 아닌데 뭘 그리 열심히 해요."

"그냥 일찍 눈이 떠졌어."

하연은 정우가 나간 그 시간부터 정신없이 집 청소를 해 댔다. 정우와 함께 했던 정사의 흔적들을 모두 지우듯 닫혔던 문을 활짝 열고 방 안 곳곳을 정리해 갔다.

몸이라도 움직여야 머릿속을 떠다니는 생각들을 모두 잊을 수 있을 것 같았다.

"그럼 언니, 안에 가서 쉬고 있어요. 아직 두 시간이나 남았잖아요."

"괜찮아. 너 혼자 힘들잖아."

"그렇게 해요."

세준이 사무실에서 나오며 말했다.

"일찍 와서 일한다고 해도 누구 하나 상 주는 사람 없어요. 그러니까 안에서 쉬다가 시간 맞춰 나와요."

세준이 그녀를 자신의 사무실에 떠밀다시피 넣었다. 세준의 눈에 비친 하연의 모습은 몹시 지쳐 보였다. 또 겨우 자신을 붙잡고 있는 사람처럼 위태로워 보였다. 바람처럼 잠시 머물다가 곧 사라질 사람처럼.

하연은 영은과 세준 때문에 얼떨결에 안으로 들어오긴 했지만 앉지도 못한 채 서 있기만 했다.

밤새 잠을 자지 못했다. 혹여라도 정우가 빨리 가 버릴까, 자신이 몸을 너무 뒤척여서 정우가 깨지는 않을까.

아마 그것은 정우도 마찬가지였을 것이다. 모든 것에 예민한 남자이기에.

하연은 소파에 털썩 앉아 목을 뒤로 넘긴 채 한쪽 팔로 눈을 가렸다. 눈꺼풀이 무거워졌다. 물을 잔뜩 먹은 스펀지처럼 몸이 축 가라앉았다.

팔과 다리는 이미 제 것이 아닌 것 같았다. 문소리가 분명 들린 것 같았지만 하연은 눈조차 뜰 수가 없었다.

자신의 공간도 아닌 이곳이 오히려 마음이 편하게 느껴지는 것은, 아마 정우와 공유하지 않은 공간이기 때문일 것이다.


꿈을 꾸었다. 제대로 기억나지 않지만 눈을 뜬 후에도 가슴이 아린 여운이 남아 있었다.

하연은 두 눈을 깜빡거리며 왼쪽 뺨에 흐르는 눈물을 손바닥으로 닦아 냈다. 지끈거리던 머리가 한결 개운해졌다.

잠시 잔다는 것이 꽤 시간이 흐른 것 같았다. 하연이 서둘러 몸을 일으키자 발치 아래로 낯선 담요가 툭 떨어졌다.

누군가 왔다 갔구나. 잠귀가 예민한 편이라 작은 소리에도 금세 깨곤 했었는데.

하연은 떨어진 담요를 곱게 개어 소파 위에 올려다 두었다. 헝클어진 머리를 대충 정리하고 매장으로 나갔다.

"어? 언니 일어났어요?"

"내가 이렇게나 잤어? 깨우지 그랬어."

"그러려고 했는데……. 사장님이 언니 피곤해 보인다며 놔두라고 해서요. 언니, 걱정 말아요. 하나도 안 바빴어요."

벌써 점심때였다. 4시간을 그곳에서 잠이 든 것이었다.

하연은 앞치마를 둘러매며 영은이 받은 주문을 꼼꼼하게 살폈다.

"언니, 사장님 오늘도 되게 멋지지 않아요? 언니 남자친구도 잘생기긴 했지만 뭔가 다가갈 수 없는 느낌이 풍겼거든요. 근데 사장님은 언니 남자친구와 정반대인 거 같아요."

커피를 내리던 하연이 고개를 들어 영은이 가리키는 방향을 바라봤다. 몸에 맞는 블랙 셔츠의 소매를 접어 올린 세준은 흘러내린 앞머리를 위로 올리며 그녀들에게 다가왔다.

그의 눈은 항상 웃고 있었는데, 웃는 게 참 예쁜 사람이었다. 정우가 도시적으로 차갑게 생긴 인상이라면 세준은 누구에게나 친근하고 따스한 사람이었다.

"사장님, 손님들한테 너무 웃어 주지 말아요!"

"왜?"

"질투 나잖아요!"

세준은 고른 이를 드러내며 단정하게 웃었다.

"그럼 한 여자에게 정착할까?"

따끔따끔, 한쪽 볼이 따갑게만 느껴졌다. 분명 착각이었겠지만.

"잘 잤어요?"

"죄송합니다."

하연이 깍듯하게 사과를 건네자 세준은 그럴 줄 알았다는 듯 고개를 끄덕거렸다.

"영은아, 우리 오늘 회식할까?"

"진짜요? 앗싸! 점심부터 굶어야지! 사장님, 비싼 거 사 주실 거죠?"

"뭐가 드시고 싶으신데요, 이영은 씨?"

"로브스터?"

영은은 세준에게 혀를 쏙 내밀며 얼른 하연의 팔짱을 꼈다.

"언니, 언니도 갈 거죠? 언니가 가야 사장님이 맛있는 거 사 주시죠. 가요, 가요. 네?"

난감한 표정을 지어 보지만, 애처로운 눈빛으로 영은이 그녀를 바라보고 있었다.

"알았어."

"앗싸! 신난다! 사장님 저 와인도 사 주세요!"

"그래, 그래."

세준은 그런 영은이 귀엽다는 듯 멀찍이에서 웃었다.

"그런데 영은아, 담요 덮어 준 거 너니?"

"담요? 사장님인가 봐요. 아까 언니가 안 깨운 거 알면 화낼 거 같다고 깨우러 가셨었거든요. 여기 아메리카노 두 잔 나왔습니다. 맛있게 드세요."

하연은 단골손님과 이야기를 나누고 있는 세준을 바라봤다. 영은인 줄만 알았다. 그의 따스한 관심이 감사하긴 했지만 하연은 어쩐지 조금 부담스러웠다. 남에게 받는 친절은 불편하기만 했으니까.


회식은 근처 호프집에서 이루어졌다. 로브스터를 먹고 싶다고 노래를 부르던 영은이 갑자기 치킨으로 메뉴를 바꿨기 때문이다.

"왜? 로브스터 먹는 게 소원이었다며?"

"로브스터가 먹고 싶긴 하지만, 치느님을 버릴 순 없으니까요."

하연은 세준과 영은의 대화에 집중할 수 없었다. 연락 없는 정우에게 카톡 메시지를 수차례 썼다 지우기만 반복하고 있었기 때문이다.

점심시간을 틈타 전화를 걸어 봐도 돌아오는 것은 익숙한 기계음뿐이었다. 하연은 공허하게 웃었다. 자신이 오늘 아침 느꼈던 것들이 현실로 나타나고 있었다.

어렴풋이 그 여자와 정우가 만나겠구나, 느끼고 있었다. 새벽녘 정우가 떠나갈 때, 직감으로 그 여자가 불러낸 거라는 걸 알 수 있었다.

똑똑. 세준은 테이블을 치며 싱긋 웃었다.

"휴대폰 그만 보고 집중하시죠?"

"그래요, 언니! 지금은 집중, 집중! 사장님, 저 닭발도 먹어도 돼요?"

"그래."

연락이 되지 않을 것을 알고 있었다. 하지만 하연은 휴대폰을 손에 쥐고 안절부절못했다.

바짝 타들어 가는 입안에 소주를 털어 넣으며 오지 않는 연락을 하염없이 기다렸다. 한 시간, 두 시간, 시간이 지나갈 때마다 불안감은 증폭되어 갔다.

그녀가 정우를 데려가면 어떡하지? 정우가 그녀에게 온전히 가 버린다면 나는?

물을 수 없는 의구심들이 차곡차곡 가슴에 쌓여 갔다.

씁쓸한 알코올 맛이 입안 가득 퍼지고, 가슴속에 뜨거운 열기가 퍼져 나갔다.

너는 어디 있니, 정우야.

비어 버린 잔이 다시 채워졌다. 하연은 고요한 휴대폰을 무연히 바라보다 고개를 들었다.

"무슨 일 있어요?"

세준의 물음에 하연은 말없이 소주잔을 기울였다. 옆에서 재잘대던 영은은 이미 곯아떨어진 뒤였다. 그러고 보니 영은의 술버릇은 잠을 자는 것이었다.

안절부절못하는 사이 시간이 속절없이 또 흘러 버린 것이었다.

"하연 씨, 왜 이렇게 불안한 얼굴을 하고 있어요?"

"아……."

하연은 그제야 쥐고 있던 휴대폰을 테이블 위에 내려놓았다. 이 사람까지 느낄 정도로 자신이 불안한 표정을 짓고 있었구나, 허탈한 웃음이 지어졌다.

정우만 생각하고 정우에게 집중하느라 주위의 사람들을 모두 잊고 말았다. 항상 그랬다. 정우의 생각을 한번 하기 시작하면 걷잡을 수 없이 퍼져 버렸다.

일을 서둘러 찾은 것도 그 때문이었다. 나 자신을 자꾸만 잃고 불안해하는 모습을 도저히 볼 수가 없었다.

"마셔요. 회식 자리라는 게 이렇게 친목 도모하는 거 아니겠어요?"

성격 좋게 세준이 그녀의 잔에 소주를 따라 주며 말했다.

"그런데, 어제 그 사람 남자친구 맞아요?"

세준은 정우를 묻고 있었다. 하연은 자신과 정우가 남에게 연인처럼 보이리라는 것을 믿어 의심치 않았다. 하지만 그의 물음은 하연에게 그 사실을 재차 확인하고 있는 것들이었다. 그녀의 얼굴에 불쾌감이 서렸다.

"네."

"정말 남자친구 맞아요?"

재차 묻는 세준의 물음이 짜증스러웠다. 아마도 이것은 술기운 때문이었을 것이다.

"맞아요."

"이상하네요. 남자친구였다면 그 상황에 아무렇지 않게 가 버리진 않을 텐데……."

혼잣말처럼 내뱉는 세준의 말을 무시하고 다시 소주잔을 기울였다. 한 잔 한 잔 잔을 비워 갈 때마다 정신은 더 또렷해졌다. 아니, 정우를 그리워하는 마음이 사그라지기는커녕 점점 더 커져 가고 있었다.

하연의 빈 잔에 말없이 술을 채워 주던 세준이 자리에서 일어났다. 영은은 이미 그녀의 남동생이 데려간 후였다.

"일어나죠. 바깥바람 쐬면 괜찮아질 거예요."

"괜찮아요."

자신을 부축하려던 세준의 손을 날카롭게 쳐 냈다. 순간 하연의 몸이 휘청거렸다. 쓰러지려는 하연의 몸을 세준은 서둘러 잡아 세웠다.

"괜찮지 않아요. 얼른 가요."

세준에게 팔목을 잡힌 하연은 그제야 알았다. 자신이 취했다는 것을. 테이블 위에 놓인 소주병은 자신이 거의 다 비워 낸 것들이었다. 세준은 그저 잔을 채워 주기만 했으니까.

너에 대한 그리움을 잠시라도 잊기 위해 먹기 시작한 술이었다. 술을 마시면 정신없이 잠에 빠져 버렸는데, 이상하게 이제는 술을 먹어도 너에 대한 그리움이 더 커져 갔다.

"정우야⋯⋯. 정우야⋯⋯."

하연은 소리 내어 익숙하고 애틋하고 그리운 이름을 내뱉어 보았다.

"걸을 수 있겠어요?"

"정우야⋯⋯. 정우야⋯⋯."

네온사인이 눈앞에서 어지럽게 이지러졌다. 길게 펼쳐진 아스팔트는 울룩불룩 구불거렸다. 속이 매스껍고 머리가 깨질 듯이 아파 왔다.

눈앞의 낯익은 사람이, 자신을 잡고 걱정스럽게 보고 있는 이 남자가 너였으면 얼마나 좋을까. 주인을 기다리는 버림받은 강아지처럼 초조하게 난 너의 연락을 한없이 기다린다.

세준은 그녀를 편의점 앞 의자에 앉혔다.

"잠깐만 여기 있어요."

하연은 편의점 안으로 달려 들어가는 세준의 뒷모습을 눈을 느릿하게 감았다 뜨며 바라봤다.

하얀 입김이 입 밖으로 새어 나왔다. 온몸에 오르는 열기에 양 뺨이 발갛게 상기되어 있었다.

그런 **뺨**을 어루만지듯 차가운 물방울이 툭 떨어졌다. 하연은 자신의 **뺨**을 간질이는 것을 손으로 쓱 닦아 매만졌다.

눈이었다. 하연의 뜨거운 마음을 식히듯 바람과 함께 눈꽃이 얼굴로 날아왔다. 하연은 무연히 거리를 바라보다 손바닥을 펴 떨어지는 눈송이를 손에 쥐었다.

떨어지는 눈송이 사이로 세찬 바람이 불어닥쳤다. 주머니에 넣어 두었던 손이 순식간에 차갑게 얼어붙었다.

너는 이 눈을 보고 있을까?

하연은 눈을 느릿하게 감았다 떴다. 정우가 보고 싶었다. 늘 하연의 옆엔 정우가 있는 것 같았다.

길을 걷고, 밥을 먹는 동안에도, 그녀의 머릿속을 점령하고 지배하는 것은 정우였다.

하연은 손에 쥔 휴대폰을 내려다보다, 이내 익숙한 번호로 전화를 걸었다.

— 여보세요?

그 여자였다. 하연은 차분한 여자의 목소리를 더 자세히 듣기 위해 스피커에 귀를 바짝 댔다.

— 여보세요?

네가 사랑하는 여자의 목소리는 이렇구나. 네가 사랑하는 여자는 이 순간에도 너를 가지고 있구나.

하연의 입가에 씁쓸한 미소가 지어졌다. 전화가 끊어진 휴대폰을 부서질 듯 세게 쥐며 입술을 꾹 깨물었다. 차오르는 분노와 패배감에 하연은 몸을 바르르 떨었다.

항상 이렇게 될 걸 알면서도 정우를 포기할 수 없는 자신이 밉고 원망스러웠다. 지금 이 순간도 정우가 그립고 보고 싶었다.

너와 그 여자 그리고 나, 우리의 관계에선 누가 악역일까. 아마도 너에겐 내가, 나에겐 그 여자가 악역일 것이다. 그렇다면 그 여자에게 난 무엇일까.

하찮은 미물보다 못한 존재일지도 몰랐다. 아니, 자신의 존재조차 알지 못할지도 모른다.

안다 해도, 어차피 정우의 마음을 온전히 차지한 것은 그녀이기에 하연의 존재쯤은 가볍게 무시할 것이다. 자신을 지배하는 자괴감에 하연은 웃음을 터트렸다.

아, 정말 바보 같다. 멍청하고 한심해서 도저히 볼 수가 없다. 그럼에도 정우의 사랑을 갈구하는 자신이 너무 추악하고 비참해서 미칠 것만 같았다.

바닥을 적시는 눈송이가 그녀에 가슴을 차갑게 파고들었다. 거센 파도가 휩쓸고 간 잔재처럼 그녀의 마음도 점점 더 황량해졌다.

지독히도 아픈 사랑이었다. 이미 중독되어 버린 뼈아픈 사랑은 이제 돌이키기도 힘들었다.

"하연 씨, 이거 받아요."

편의점에서 음료와 아이스크림을 사 가지고 나오며 세준이 말했다. 하연은 느릿하게 시선을 세준에게 고정했다.

"무슨 일 있어요?"

세준은 그녀의 어깨를 두 손으로 쥐고 눈높이를 맞추며 물었다.

"없어요."

"정말 없어요? 곧 울 거 같은 표정인데……."

"무슨……?"

"몰랐어요? 눈이 빨개요. 남자친구와 싸웠어요?"

"아니에요. 아무 일 없었어요."

하연은 세준에게 날카롭게 대답하며 눈가를 두 손으로 비볐다. 자신의 치부를 들키기는 죽기보다 싫었다. 더구나 그것이 정우에 관한 일이라면 더더욱 싫었다.

최소한 남에게만큼은 완벽한 사이이고 싶었다. 남에게 보이는 것까지 완벽할 수 없으면 정우와의 관계는 정말 아무것도 아니게 되어 버린다.

사소한 것 하나까지도 그를 잡기 위해 모든 것을 맞추고 있는 자신의 노력들이 너무 가여워져 버린다.

"우선 이거 마셔요. 나는 이렇게 먹어야 속이 좀 풀리더라고요."

세준은 풀이 죽는 법이 없었다. 매사 즐겁게 일하고 항상 웃고 있었다. 그녀 자신도 놀랄 정도로 화를 냈지만 세준은 아무렇지 않아하는 표정이었다.

“고맙습니다.”

“별말씀을.”

세준이 건넨 음료를 하연이 입안으로 모두 쏟아붓고는 자리에서 일어났다.

“우리 한잔 더 할래요?”

## 02. 너의 그림자

하연의 제안에 세준은 난감한 표정을 지었다. 그녀는 이미 술의 무게를 감당하기 힘들어 보였다.

"싫어요?"

하연이 재차 물었다. 그저 그녀에겐 옆에 앉아 있을 술친구가 필요했다. 지금 이 순간에도 보고 싶은 정우 대신 자신의 곁에 있어 줄 그런 친구.

정우와 함께 있어도 하연은 항상 외롭고 그가 그리웠다. 채워지지 않는 지독한 갈증, 정우의 사랑에 대한 깊은 갈망들이 하연을 더 피폐하게 만들었다.

아무리 독한 술을 쏟아붓고 맛있는 것을 먹어도 그 허기는 채워지지 않고 그녀를 더 메마르게 했다.

하얀 입김을 후, 내불며 하연이 가만히 세준을 바라보았다.

까만 밤하늘을 오려 놓은 듯 하연의 눈동자가 오늘따라 더 촉촉하고 새카매 보였다.

세준은 무언가 결심한 듯 그녀의 손목을 잡았다. 갑작스러운 세준의 행동에 하연은 적잖이 당황한 얼굴이었다.

"가요. 대신 딱 한 잔만이에요."

하연은 입가에 미소를 머금으며 고개를 끄덕였다.


세준이 그녀를 데려온 곳은 근처 작은 포장마차였다. 처음 온 곳이 아닌 듯 익숙하게 입구 천막을 걷어 올리며 하연을 안내했다.

"이모, 저 왔어요."

"어이쿠, 세준이 왔어?"

안쪽에서 일을 하던 한 아주머니가 손에 낀 고무장갑을 서둘러 빼며 세준에게 달려왔다. 포장마차 이모는 하연과 세준에게 자리를 안내하며 왜 이렇게 오랜만에 온 것이냐며 세준을 나무라듯 말했다. 세준은 사람 좋게 웃었다. 바빠서 못 왔다며 자신의 이야기를 미주알고주알 털어놓았다.

"이모, 우선 소주 한 병이랑……. 하연 씨 뭐 먹고 싶은 거 있어요?"

"아무거나 전 괜찮아요."

"그럼 여기 우동이랑 꼼장어 맛있어요. 꼼장어 괜찮아요?"

"네."

"이모, 꼼장어랑 우동 두 개만 말아 주세요."

"그래. 어휴 아가씨가 참 참하게 생겼네. 내 얼른 말아 줄게. 조금만 기다려."

포장마차 이모는 부리나케 자리를 떠났다.

"단골집이에요. 이모랑은 안 지 한 삼 년 정도 됐구요."

하연이 물어보기 전에 세준은 세심하게 그녀에게 말을 해 주었다. 세준은 젓가락과 숟가락을 그녀의 앞에 가지런히 내려놓았다. 그러곤 물을 따라 그녀의 앞에 놔주었다.

참 이상했다. 이런 식의 친절을 받아 본 적이 거의 없었다. 항상 음식점을 가도 정우가 챙기기 전에 그녀가 먼저 정우를 챙겼다. 정우가 맛있게 먹는 것 자체가 그녀에게 큰 행복이었으니까.

정우가 자신을 챙겨 줬으면 한다는 기대 자체를 해 본 적이 없었다. 자신이 다 정우에게 맞추면 될 일이었다.

하연은 자신의 생각들에 허탈한 웃음을 지었다.

어딜 가든, 너와 연관 짓는 내가 한심하고 안쓰러웠다. 언제 어느 곳에 있든 나는 너에게 소속된 사람 같았다.

포장마차 이모를 대신해 세준이 우동과 꼼장어를 가지고 왔다. 그녀의 앞에 음식들을 내려놓으며 맞은편에 앉았다.

"어서 먹어요. 여기 우동 진짜 맛있어요."

"아, 네."

우동 국물을 조금 떠먹었다. 뜨거운 국물이 식도를 타고 내려

가자, 차가워졌던 가슴까지 따스해지는 것 같았다. 하연은 우동 국물을 조금 더 마셨다. 몽롱했던 정신이 또렷해지는 것이 느껴졌다.

"맛있죠?"

기대감에 부푼 표정으로 세준이 물었다.

"네."

"제가 이 동네 포장마차 우동 다 먹어 봤거든요? 여기만 한 데가 없어요."

세준은 들뜬 어린아이처럼 자신의 이야기를 털어났다. 하연은 세준의 이야기를 들으며 소주잔을 기울였다. 먹을수록 소주의 알코올 향이 점점 느껴지질 않는다.

동시에 여자의 목소리가 귓가를 뱅뱅 맴돌았다. 마치 자신의 옆에서 이야기를 나누는 듯 여자의 정갈한 목소리가 그녀를 계속해서 괴롭혔다.

"사랑을 하고 있는 여자 표정이 왜 이렇게 안 좋아요."

세준은 손에 들고 있던 하연의 잔을 빼앗아 자신의 입에 털어 넣으며 말했다.

"꼭 사랑받지 못하는 사람처럼."

쿵, 아무렇지 않게 툭 내뱉은 세준의 말 한마디가 날카로운 비수가 되어 하연을 찔러 댔다. 굴껍질처럼 하얗게 일어난 입술을 꼭 깨물며 세준을 노려보았다.

세준의 눈은 의아함 대신 그녀를 꿰뚫고 들어왔다. 자신의 속사정을 아무것도 모르는 주제에 모두 다 아는 것처럼. 그것이 못내 불쾌해졌다. 자신의 치부를 들켜 버린 것만 같아 불안하고 화가 났다.

"나와 정우에 대해 함부로 말하지 말아요."

목구멍까지 차올랐던 술기운이 전부 사라진 것 같았다. 세준의 그 한마디가 하연의 정신을 온전히 되돌려 놨다.

"사랑하는 여자를 이렇게 혼자 내버려 둘 남자는 없어요."

하연은 세준의 말에 대꾸할 말을 찾지 못했다. 그의 말이 맞았으니까. 하지만 자신의 심상한 마음을 어떻게 해서든 달래야 했다. 우리는 겉으로라도 완벽한 사이였어야 하니까.

"정우는 날……."

사랑하지 않았다. 이 순간조차 날 사랑한다고 당차게 말할 수 없는 자신이 너무 싫었다.

"정우의 여자친구는 나예요."

"관계로 묶였다고 해서 그게 다 사랑은 아니죠."

날카로운 말이 다시 한 번 꿰뚫고 들어왔다. 하연은 잔을 한 손으로 꽉 쥐고 입술을 꾹 깨물었다.

"주제넘은 참견 더 이상 듣고 싶지 않네요. 먼저 일어날게요."

하연은 애써 화를 억누르며 포장마차를 빠져나왔다. 감히 그 누구도 정우와 자신의 관계를 이렇게 정의 내릴 수는 없었다. 그 옆자리를 얼마나 힘들게 지켜 내고 있는데, 남들까지 이렇게 봐 버리면 어디로 가란 말인가.

하연은 공기 중에 흩어지는 입김을 바라보며 이를 악물었다. 내 자리였다. 그 누구에게도 빼앗길 수 없는 내 자리.

"하연 씨! 하연 씨!"

다급하게 쫓아온 세준이 하연의 팔목을 낚아챘지만 그녀는 그 팔을 냉정하게 뿌리쳤다.

"당신은 우리 사이를 아무것도 이해 못 해요! 당신이 뭔데! 아무것도 모르는 주제에!"

하연의 목소리가 격양되어 올라갔다. 술기운일지도 모른다. 이토록 화가 나는 것은.

"잘 생각해 봐요. 그게 사랑이 맞는지. 난 하연 씨를 옆에서 봐 와서 잘 알아요. 하연 씨는 항상 위태로워 보여요. 곧 깨어질 유리조각처럼. 사랑을 하고, 받고 있는 여자의 모습이 아니에요."

머리를 강하게 얻어맞은 것같이 몸이 바르르 떨렸다. 그 누구도 자신과 정우 사이를 이렇게 멋대로 정의 내릴 수 없었다.

누가 뭐래도 사랑이었다. 멋대로 판단하지 말라고 쏘아붙이려다, 하연은 그만두었다. 대신 자신의 팔목을 두 손으로 잡으며 애원하듯 바라보는 세준의 팔을 냉정하게 쳐 냈다.

"사장님의 무례함, 여기까지만 참을게요."

세준에게 등을 돌려 돌아오는 길, 하연의 여린 팔이 바들바들 떨려 왔다. 알몸을 내보이는 것보다 더 큰 치욕감이 그녀를 강타했다. 아마 그가 자신과 정우 사이를 한 번에 정의를 내려 버려서인지도 몰랐다.

하연은 바들바들 떨리는 두 손을 주먹 쥐고 입술을 꽉 깨물었다.

누가 뭐래도 사랑이었다. 정우가 사랑하지 않는 그만큼 자신이 사랑하면 되는 일이었다.

그래, 그러면 될 일인데, 왜 하염없이 가슴이 미어질까. 세준의 말이 뇌리에 맴돌다 그녀의 가슴에 비수가 되어 꽂혀 버렸다.

사랑받지 못하는 여자. 그게 바로 자신의 모습이었다.


밤새 꿈속에서도 정우를 찾아 헤맸다. 목이 쉴 정도로 울고, 정우를 찾아 길거리를 헤맸다. 눈을 떴을 때 그녀를 강타하는 것은 커다란 상실감과 공허함이었다.

매일 아침 맛보는 이런 느낌이 익숙해질 때도 됐지만 이것은 쉬이 익숙해지지 않았다. 이 집 곳곳엔 정우의 흔적들이 남아 있었다.

하아, 숨을 베어 물며 하연은 눈을 느릿하게 감았다 떴다. 베개 옆에 놓아 둔 휴대폰은 밤새 울림 한 번 없었다.

너는 끝까지, 너는……. 단 한 통의 연락도 없었다. 네가 그리워 밤마다 헤매는 불쌍한 내가, 너에겐 그저 스쳐 가는 바람보다 못한 존재인 모양이다.

하연은 부스스한 머리를 손으로 정돈하며 거울 속에 비친 자신의 얼굴을 쓸어 보았다.

이미 푸석푸석해진 머릿결과 피부는, 대학시절 환하던 자신의 모습과는 동떨어진 모습이었다. 가뭄에 메마른 땅처럼 조각난 마음을 가진 하연에게 그런 환했던 모습이 생겨날 리 없었다.

정우를 갖기 위해 안간힘을 쓰는 추악하고 초라한 여자만이 자신을 반기고 있었다.

❖　❖　❖

세준은 어제 일은 기억나지 않는 듯 그녀를 아무렇지 않게 대했다. 술기운이었을까, 그의 무례함이. 지난밤의 기억들이 하연을 지독히도 괴롭혀 왔다.

"언니, 무슨 일 있었어요?"

"응?"

"사장님하고 되게 어색해요. 아니지, 사장님이 꼭 언니 눈치 보는 거 같아요."

"잘못 본 거야."

하연은 커피머신을 닦으며 심드렁하게 대꾸했다. 사실 눈치를 보는 것은 하연도 마찬가지였다. 그녀가 화를 낸 것은 나름 정당한 사유이긴 했지만, 남에게 화를 냈다는 생각이 사실 불편하기도 했다.

"이상하네. 사장님!"

영은이 세준에게 달려가자, 하연은 그제야 안도했다. 추궁하는 영은에게 말할 수는 없는 일이었다. 아니, 그녀의 자존심이 허락하지 않았다. 알량한 자존심일지도 몰랐다. 정우와 자신의 사이가 아니라 다른 연인들 사이라면, 대수롭지 않게 넘어갈 수 있는 일일지도 몰랐다. 하지만 하연은 그럴 수 없어 마음 아프고 서글펐다.

왜, 단 하나 갖고자 하는 것이 자신의 손에서 항상 멀어질까. 살면서 이렇게 욕심내 본 것이 없었다. 딱 한 번 욕심이 난 것은 내 것이 아니었다.

카운터 위에 올려 두었던 휴대폰 진동음에 하연이 고개를 퍼뜩 들었다. 뛰다시피 가서 휴대폰을 잡아 전화를 받았다.

― 여보세요?

정우였다. 밤새 그리워 목 놓아 울던 정우의 목소리였다.

― 전화했었더라. 어제 일이 있어서 못 받았어.

밝은 정우의 목소리에 하연은 목이 메어 왔다. 다행이었다. 그녀에게 완전히 간 것은 아니구나.

"그냥, 보고 싶어서……."

― 미안.

"뭐가?"

미안이라는 말뜻을 하연은 잘 안다. 아마 함께 있어 주지 못해서, 그리고 그녀와 함께 있어서 하연에게 미안한 것일 것이다.

― 그냥 다.

정우가 어떤 표정으로 저 말을 했을지 눈앞에 그려지는 것 같았다. 검은 도화지를 오려 낸 듯한 짙은 눈동자는 바닥을 바라볼 것이고, 갈 곳 잃은 손은 눈에 보이는 것을 쥐었다 폈다 할 것이다. 하연에게 사과를 할 때마다 지었던 표정이었다.

그럴 때마다 넓은 정우의 어깨가 유달리 아파 보였던 것은 왜였을까.

"괜찮아."

이를 악물고 하연은 억지로 내뱉었다. 사실 하나도 괜찮지 않다. 그 여자는 왜 너를 항상 흔들어 놓는지 화내고 소리치고 싶었다. 그 여자의 옆자리는 네가 아닌 걸 너도 알지 않냐고 정우에게 화를 내고 싶었다.

그 화가 결국엔 누구를 향한 것일까. 바로 정우의 옆에 있는 머저리 같은 자신일지도 몰랐다.

우리의 관계는 어떻게 끝이 날까. 가끔 그 끝을 상상해 본 적이 있었다. 하지만 그 끝은 끝이 보이지 않는 긴 터널 속에 있는 것처럼 아무것도 보이지 않았다.

— 고마워, 하연아.

뭐가? 네가 나에게 고마울 일은 하나도 없는데……. 하연은 지끈거리는 머리를 잡고 이만 들어가 보겠다는 말로 정우와의 통화를 끝냈다.

밝게 웃으며 받고 싶었지만 하연도 여자였다. 아무렇지 않은 척, 정우와 이야기를 나눌 수 없었다. 잠시 하연 혼자만의 시간이 필요했다. 자신의 마음들을 정리할 시간이.

하지만 그 끝은 결국 너일 테지. 또 나는 너에게로 돌아갈 것이다.


바쁜 점심시간이 끝나고 하연과 영은은 의자에 앉아 잠시 휴식을 취했다.

"으악, 왜 다들 밥을 먹으면 커피를 마시냐고요. 힘들어 죽겠네."

"수고했어."

"언니가 더 수고했잖아요. 아까 손도 데지 않았어요? 괜찮아요?"

정신이 없는 틈에서 바쁘게 움직이다 보니 기계에 손등을 데었다. 이런 일쯤은 흔한 일이라 내색치 않았는데 영은은 벌써 그것을 발견한 모양이었다.

"이거 화상 연고예요. 어서 발라요."

"고마워."

해사하게 웃으며 영은이 건네는 연고의 뚜껑을 따 조심스럽게 손등에 발랐다.

"나한테 고마운 일은 아니지만……."

"응?"

"아, 아니에요. 흠흠, 아프진 않아요?"

"이 정도는 괜찮아."

"언니, 수시로 발라요. 사 온 사람 성의를 생각해서."

"그래, 고마워."

하연은 싱긋 웃으며 대답했다. 영은은 불편한 표정을 짓다, 자리에서 벌떡 일어났다. 세준이 저 멀리에서 걸어오고 있었기 때문이다. 남들이 보면 사장이 눈치라도 주나 하겠지만 그것이 아니라 단지 세준이 반가워서였다.

"사장님, 저 사장님이 이번에 만든 신작 케이크 먹어 봐도 돼요?"

"안 되는데?"

"치사해, 진짜!"

"하연 씨, 먹어 볼래요?"

세준이 얼른 몸을 돌리며 하연에게 물었다. 어색하던 차에 그가 말을 걸어 주자, 하연은 그나마 안도했다.

"네, 먹어 보고 싶어요."

"사장님! 나한텐 왜 안 물어봐요!"

"넌 당연히 먹을 거잖아."

"쳇, 전 두 개 주세요."

아웅다웅 싸우며 영은과 세준이 주방으로 들어가자 하연은 희미하게 미소를 지었다. 유일하게 숨을 쉬고, 정우를 잊고 지낼 수 있는 공간이 있어 그나마 감사하다.

세준의 말뜻을 아예 모르는 것도 아니었다. 하지만 그 끝은 하연이 정하는 게 아니었다. 그렇다고 정우가 정하는 것도 아니었다.

정우의 마음을 다 알고 있지만, 있겠다고 멋대로 택한 것도 결국 하연이었다. 미련하고 멍청해 보여도 이것이 그녀의 결정이었다.

세준이 접시 두 개를 들고 밖으로 나왔다. 하얀 생크림 위에 딸기 한 개를 얹어 놓고 쉬폰케이크 안에 유자 잼을 넣은 신제품이었다.

케이크와 쿠키는 세준이 직접 만드는 편이었는데 반응이 좋아 오후가 되기 전에 모두 품절이 나곤 했다. 오늘은 그래도 운이 좋아 남아 있는 편이었지만, 아니었음 점심시간에 모두 동이 났을 것이다.

"어서 먹어 봐요."

하연의 손에 포크를 쥐여 주며 세준이 말했다. 케이크를 포크로 떠서 입안에 넣자 달콤함과 상큼함이 혀끝에 맴돌았다.

"맛있어요."

"고마워요."

눈꼬리가 휘어지게 세준이 웃자 하연의 마음이 그제야 편안해졌다. 어젯밤 화를 냈던 것이 못내 미안하던 참이었다.

"정말 맛있네요? 어쩐지, 요새 잘나가더라니."

"당연하지. 누가 만든 건데."

"네, 어련하시겠어요?"

세준이 비아냥거리는 영은의 볼을 양손으로 꼬집으며 쭈욱 늘렸다. 하연은 그 우스꽝스러운 모습에 웃음을 터트렸다.

아, 직장 하나는 정말 잘 고른 거 같다. 그때로 돌아가 다시 선택을 하라고 해도 다시 이곳으로 올 것이다. 숫기가 없는 하연에게 먼저 다가와 준 것도 그들이었고, 항상 스스럼없이 대해 준 것도 저들이었다. 어디서도 받을 수 없는 마음의 안식을 이곳에서 받는 것만 같았다.

"사장님! 저 오늘은 삼겹살 먹고 싶어요."

"근데?"

"언니, 언니도 삼겹살 먹고 싶지 않아요?"

"아니, 난⋯⋯."

하연은 어제 같은 일이 발생하길 원치 않았다. 그래서 서둘러 거절하려 했다.

"언니도 먹고 싶대요."

"그래요, 같이 가요. 어제 일 사과할 겸 제가 살게요."

세준과 영은의 네 개의 눈동자가 그녀에게 대답을 요구하고 있었다. 그 눈동자가 순진한 어린아이들처럼 맑고 초롱초롱해서 차마 거절할 용기가 나질 않았다.

"알았어요."

"야호! 많이 먹어야지!"

신이 난 영은을 보자 하연의 마음까지 편안해지는 거 같았다. 철부지 막냇동생을 보는 것 같은 느낌에 하연은 웃음을 터트렸다.

지글지글 익어 가는 고기를 세준은 능숙하게 뒤집었다. 세심하게 영은의 접시와 하연의 접시에 고기를 놓아주며 자신은 막상 제대로 먹지도 못했다.

"제가 구울게요. 좀 드세요."

"아니에요. 하연 씨나 얼른 드세요."

영은은 상추쌈을 싸 입안에 넣으며 우물거렸다. 하연과 세준을 번갈아 보면서.

"방금 막 사귄 연인 같았어요."

목구멍까지 찬 쌈을 꿀떡 넘기며 영은이 말했다. 순간 어색한 분위기가 흘렀다. 하연은 정우를 생각했는데, 세준은 누굴 생각했을까.

너와 난 남들 눈에 어떤 사이로 보일까, 그런 생각이었다. 너와 난 이런 얘기들을 나누어 본 적 없는데. 고기를 구워 주는 쪽은 늘 나였고, 그 고기를 항상 넌 내 입에 넣어 주곤 했었다.

이런 친절이 어색하게 느껴지는 것은 너에게 동화된 나 때문일까. 아니면 지금 내 앞에 있는 사람이 네가 아니기 때문일까.

"여보세요? 진성아!"

영은은 남자친구 전화에 자리에서 일어나 밖으로 나갔다.

"얼른 드세요."

"사장님도요."

"어젠 진짜 미안했어요. 그냥 보기 안타까워서……."

"네."

하연은 세준의 이야기를 서둘러 끊었다. 더 이상 듣고 싶지 않았다. 누군가의 침범으로 깨어질 사이가 아닌 것을 알지만, 누군가에게 자신의 이야기를 듣고 싶진 않았다. 특히 정우와 관련된 이야기라면 더더욱.

"저도 예전에 비슷한 사랑을 했었거든요. 누군가를 바라본다는 거 쉽지 않은 일이에요. 특히 나 혼자 지키는 사랑이면요."

하연은 대답 대신 소주잔을 입안으로 털어 넣었다. 독한 알코올의 맛이 입안으로 씁쓸하게 퍼져 나갔다.

불면증이 시작된 것은 정우와 만난 지 일 년쯤부터였다. 어느 순간부터, 정우의 온기가 없으면, 또 술이 없으면, 또 약이 없으면 잠을 들지 못한다. 약에 의존하지 않고 잠을 청하려 노력하지만 그것이 쉽지 않았다.

매일 밤 정우에게 사랑을 갈구하는 자신의 안쓰러운 몰골이 보기 싫어 조금씩 기울이던 술잔이, 정우가 그리워 잠을 설치지 않기 위해 시작했던 수면제가, 이날까지 오게 되었다.

아마 선주도 모를 것이다. 남몰래 술잔을 기울이고, 때론 수면제에 취해 쓰러지듯 잠을 청하는 자신의 모습을.

"사장님, 언니, 저 먼저 갈게요. 남자친구가 데리러 왔어요! 내일 봬요!"

영은이 부리나케 가게를 뛰어나갔다. 또 하연과 세준만 남게 되었다. 어색한 침묵이 둘 사이에 흘렀다.

"또 주제넘은 참견을 해 버렸네요. 술 한잔 더 할래요?"

어째서 세준의 목소리와 어젯밤 그 여자의 목소리가 겹쳐지는 것일까. 정우가 미워 가슴을 움켜쥐고 밤새 울어 보아도, 결국 정우의 목소리에 안도하는 자신이 비참했다.

"잠시만요. 여보세요?"

그녀는 선뜻 대답을 하지 못하고 있었다. 그러다 울리지 않던 전화가 울렸을 때 하연의 심장이 벅찰 정도로 뛰었다.

— 집 앞이야.

아……. 돌아왔구나.

전화를 끊고 하연은 서둘러 가방을 들고 일어났다.

"죄송해요. 저 먼저 가 봐야 할 거 같아요."

세준의 대답도 듣지 않고 하연은 그곳을 빠져나왔다. 하연은 정우가 기다리고 있을 집으로 서둘러 발걸음을 옮겼다.

집 비밀번호도 알고 있지만 정우는 그녀의 집 앞에서 기다리곤 했다. 하연이 없는 집 안으로 들어가고 싶지 않다는 것이 이유였다. 또, 그녀를 집 앞에서 하염없이 기다리는 자체가 좋다고도 했다.

겨울의 한파가 몰아치는 날씨였다. 혹여 정우가 춥지나 않을까, 하연은 옷도 제대로 챙겨 입지 않고 뛰다시피 집으로 향했다.

집 앞 가로등 밑 익숙한 그림자를 봤을 때, 하연은 비로소 안도했다. 숨이 턱까지 차오르고 코끝은 추위에 빨개져 있지만 정우을 보자마자, 마음의 안식을 찾는 것만 같았다.

"왔어?"

가로등 밑에서 정우가 그녀를 보며 웃고 있었다. 정우를 보며 하연은 천천히 다가갔다. 겉옷을 들고 있는 하연의 모습이 마음에 들지 않는 듯 눈썹을 찌푸렸다.

"천천히 오지 왜 뛰어왔어. 옷은 이게 뭐고."

정우는 자신의 목에 한 목도리를 풀어 그녀의 목에 둘러 주었다.

"춥지 않아?"

세심하게 묻으며 그녀의 옷을 어깨에 걸쳐 주는 정우를 그냥 물끄러미 바라보았다. 머스크 향 대신 늘 느껴지던 봄꽃의 향이 오늘은 나질 않는다.

하연은 저도 모르게 한 발짝 물러섰다. 오늘은 그 여자와 있지 않았구나, 머릿속으로는 안도했지만 어쩐지 몸이 저절로 떨어졌다.

"왜 그래?"

정우가 하연과 눈높이를 맞추며 물었다. 눈꼬리가 휘어지도록 예쁘게 웃고 있는 정우의 모습에 하연은 가슴이 뭉클해졌다. 그리웠다. 어떤 향을 갖고 있든, 정우의 품이 그립고, 정우가 보고 싶고, 정우와 이야기를 나누고 싶었다.

하연은 한 발짝 다가가 정우의 목을 끌어안았다.

"보고 싶었어."

"나도."

정우의 말이 허울뿐인 것을 잘 알고 있었다. 하연처럼 그리워하지도, 보고 싶어 하지도, 그녀의 생각을 하지도 않았을 테니까.

하연은 정우의 가슴팍에 얼굴을 묻고 숨을 크게 들이마셨다.

그 어느 것이라도 상관없어. 너는 내 옆에 있고, 지금 너와 함께 있는 것은 나니까. 아무것도, 상관없어. 다시 돌아와 주기만 한다면. 그것이면 나는 충분했다.

하연은 바싹 얼어 버린 정우의 손을 꽉 잡았다.

"손이 차."

하연의 말에 정우는 하연의 손에 자신의 손을 다시 포개었다. 그러고는 입으로 가져와 호호, 입김을 불었다. 정우의 입가에 번지는 장난스러운 미소가 문득 사랑스럽게 느껴졌다.

물끄러미 바라보는 하연의 손을 잡아당겨 정우가 가볍게 입을 맞췄다. 떼었다 다시 쪼옥, 입을 맞추고 하연을 품에 꼭 껴안았다.

"네가 보고 싶어 한 만큼 나도 보고 싶었어."

거짓말. 하지만 소리 내어 내뱉지는 않았다. 그녀와 함께 있던 시간들이 넌 행복이었니? 아니면 지옥이었니?

"너를 꼭 안고 편안하게 잠들고 싶었어."

속삭이듯 내뱉으며 정우는 하연의 정수리에 길게 입을 맞췄다. 심장이 쿵쿵, 같은 곳에서 공명했다. 하연은 슬며시 눈을 감으며 정우의 향기를 더 길게 느끼기 위해 노력했다.

온전한 너만의 향기를.

하연은 잠이 든 정우의 머리칼을 천천히 쓸었다. 정우도 그동안 잠을 설쳤던 모양이었다. 침대에서 하연을 끌어안고 곧 새근새근 숨소리를 내며 잠이 들었으니까.

하연은 정우가 깨지 않게 조심스럽게 몸을 일으켜 침대에 걸터앉았다. 정우는 잠귀가 예민한 편이지만 다행히 깨지 않고 깊게 잠이 들어 있었다.

하연은 정우의 머리칼을 천천히 쓸어내리며 그의 얼굴을 손으로 어루만졌다. 혹시라도 정우가 깰까 조심스러운 움직임이었다.

도톰하지만 빨간 입술, 오똑한 코를 지나, 감은 눈까지 조심스럽게 쓰다듬었다. 따스한 정우의 감촉.

어째서 너는 내 옆에 이렇게 잠들어 있는데, 네가 있어도 나는 항상 외로울까.

소리 없는 물음이었다. 가슴속에 쌓여 있는 응어리 사이로 커다란 응어리가 더해졌다. 정우에게 물을 수도, 대답을 들을 수도 없는 혼자만의 잔혹한 물음들에 하연의 눈가가 촉촉해졌다.

정우의 손은 남자답지만 선이 고운 편이었다. 정우의 손끝에 자신의 손끝을 맞대어 보았다. 손끝 사이로 정우의 온기가 퍼지는 것만 같았다. 하지만 그 온기로도 채워지지 않는 지독한 갈증이 하연을 더 고독하게 만들었다.

무인도 한가운데, 모진 바람을 맞아 가며 오롯이 서 있는 거 같았다.

내 옆에 있는 너는 신기루처럼, 스치는 바람처럼, 나를 더 쓸 쓸하게 하고 있었다.


다시 눈을 떴을 땐 텅 빈 공기가 하연을 맞이했다. 따사로운 햇살이 방 안에 부서지듯 쏟아지지만, 공기가 차고 시렸다.

하연은 느릿하게 눈을 감았다 뜨며 주위를 살폈다.

"정우야!"

다급하게 정우를 불러 보지만 되돌아오는 것은 아무것도 없었다.

정우가 갔구나.

어렴풋이 짐작만 할 뿐이었다. 수면제에 취해 정우가 가는 소리도 제대로 듣지 못했던 거 같다. 정우가 잠이 든 틈에 먹었던 수면제가 화근이었다.

이대로 며칠이나 지난 후에 정우가 오면 어떡하지? 숨이 공기 중에 흩어졌다.

물 먹은 스펀지처럼 무거운 몸을 겨우 일으켜 주방으로 걸어 갔다. 목구멍이 까끌한 것이 감기가 올 모양이었다. 머그잔에 따뜻한 물을 받으며 하연은 식탁에 앉았다.

「네가 너무 곤히 자는 거 같아서 그냥 가. 전화할게.」

정우는 남자치고 참 예쁜 글씨체를 가졌다. 꼭 정우의 모습을 보는 듯 반듯하고 가지런했다. 정우가 남긴 메모지의 글씨를 손으로 따라 그렸다. 그가 글씨를 차근차근 쓰는 모습이 눈에 선했다. 하연은 한숨을 내쉬며 묵직한 몸을 일으켜 욕실 안으로 들어갔다.


두터운 야상점퍼에 목도리를 동여매고 하연은 카페 안으로 들어섰다. 매서운 바람에 겨우 눈만 내놓고 출근하는 참이었다.

화장기 없는 말간 하연의 얼굴이 오늘따라 더 어려 보였다. 시간은 저만치 달려가고 있는데 하연 혼자 그곳에 머물고 있는 느낌이었다.

어느 것 하나 변한 것이 없는데 자신만 오롯이 혼자 있는 듯한 이상한 기분이 요즘 들어 자주 들곤 했다.

"어제 잘 들어갔어요?"

오늘은 영은 대신 세준이 반갑게 그녀를 맞이했다. 영은은 뭐가 그렇게 바쁜지 휴대폰에 한창이었다.

"네, 잘 들어갔어요."

하연은 목도리를 풀어 가방에 넣고는 점퍼와 가방을 넣으러 사무실 안으로 들어갔다. 그리고 풀었던 머리를 하나로 질끈 묶었다.

건조한 입술이 색을 잃어 하얗게 보였다. 하연은 물끄러미 거울 속의 자신의 모습을 바라보다 붉은색 립글로즈를 입술에 발랐다. 입술 안쪽만 묻힌 후 손가락으로 아래까지 덧발랐다. 창백하리만큼 하얀 얼굴에 입술 색 하나로 생기가 돌았다.

그러고 보니, 화장을 해 본 적이 언제더라. 자세히 기억도 잘 나지 않는다. 대학 초기엔 화장을 잘도 했던 것 같은데, 이제는 화장한 자신의 모습이 어색할 정도였다.

영은만 해도 매일 아침 공들여 화장을 하곤 했다. 그것이 보통의 20대의 모습일 것이다. 그러나 하연은 화장을 하지 않았다. 그녀의 화장기 없는 말간 얼굴이 좋다던 정우 때문이었다.

"어머, 언니 립글로즈 발랐네요? 역시 예쁜 사람은 입술 하나만 칠해 놔도 예쁘다니까."

툴툴거리며 말을 하지만 그 말에 정말 시기가 담긴 건 아니라는 것을 하연 본인도 잘 알고 있었다.

"언니, 내가 화장해 줄까요? 나 메이크업 전공이잖아요."

"아니, 난……."

손사래를 치며 영은을 말리려고 했지만, 어느새 등장한 세준 때문에 그 말이 가로막히고 말았다.

"난 찬성. 매장은 제가 천천히 볼게요. 숙녀 두 분은 사무실을 이용하세요."

"아니, 그러니까 전……."

"와, 오늘 좀 통하네. 사장님, 그럼 저희 금방 나올게요! 언니 빨리 와요."

영은은 엉거주춤 서 있는 하연의 손을 무작정 잡아끌고 사무실 안으로 들어갔다.

"영은아, 정말 괜찮아."

"언니, 걱정 말아요. 오래 걸리지 않아요. 아, 뭐가 좋으려나."

영은은 자신의 파우치를 꺼내 와 속에 있던 화장품을 테이블 위에 쏟아 놓고 쉐도우를 고르며 콘셉트를 정리했다.

"언니는 얼굴이 하얘서 다 잘 어울리는데 스모키같이 너무 짙은 화장은 떠 보일 거 같아요. 한 듯 안 한 듯 눈만 살짝 강조하면 엄청 예쁠 거 같아요."

하연은 한숨을 짙게 내쉬었다. 영은은 이미 열의에 가득 차서 그녀의 말은 들리지도 않는 모양이었다. 어쩌다 세준까지 한편이 되어 버렸는지.

영은은 하연의 얼굴에 미스트를 뿌리고 그 위에 에어쿠션을 가볍게 두드렸다.

"집이었으면 좋았을 텐데. 화장품이 많이 없어서……. 미리 가져올 것을."

영은은 아쉬운 듯 말했지만 그녀의 파우치에서 나온 화장품은 이미 한 더미였다. 저걸 무겁게 다 가지고 다닐 수 있을까 싶을 정도였다.

"음, 뭐가 좋을까."

콧노래까지 부르며 영은은 신이 나 화장품을 뒤적거렸다. 볼에 붓이 닿는 간지러운 느낌이 났다. 영은의 그 표정이 마치 화폭에 그림을 그려 넣는 화가 같아서 감히 말을 걸기도 어려웠다.

"언니 눈 감아 봐요."

영은은 붓에 쉐도우를 묻히며 말했다. 눈두덩에 무언가 닿는 느낌이 계속 나 하연은 자신도 모르게 눈을 바르르 떨어 댔다. 그 덕분에 영은에게 몇 번 핀잔을 들었더랬다.

"입술은 언니가 바른 그대로도 좋은 거 같아요. 다 됐어요!"

분주한 손놀림으로 손을 움직이던 영은은 환하게 웃으며 눈을 떠도 된다고 말했다. 눈을 천천히 뜨자, 익숙지 않은 마스카라 덕에 눈두덩이 무거웠다. 코끝에는 향긋한 분 냄새가 밀려들었다.

"와, 정말 예쁘네요. 언니 남자친구 옆에 서면 정말 선남선녀겠어요."

"고마워."

"뭐, 내 실력이 좋긴 하지만, 언니의 본바탕이 예뻐서죠. 마음에 들어요?"

영은은 거울을 보는 하연에게 물었다. 흐릿했던 눈이 또렷해 보이고 얼굴에 전체적으로 생기가 있었다. 이런 내 모습이 있구나, 하연은 감탄하던 참이었다.

"아직 멀었어? 영은아?"

"다 됐어요! 들어오셔도 돼요!"

세준은 문 앞에서 기다리기라도 한 듯 영은의 말이 떨어지자마자 문을 열고 들어왔다. 형광등에 의존했던 사무실 안이 바깥에서 들어오는 햇빛에 순간 환해졌다.

하연은 저도 모르게 인상을 찌푸렸다. 어둠 속에 있다가 빛을 만난 느낌이었다.

"어때요? 예쁘죠? 에휴, 안 그래도 손님들이 일주일에 두세 번은 언니 번호 물어보는데 오늘은 아주 대놓고 물어보겠네요, 다들."

"그러게."

세준은 얼떨떨한 표정으로 하연을 내려다보고 있었다. 생기 있는 하연의 얼굴은 마치 장난기 많은 20살 대학생 같았다.

"이상하지 않아?"

자신의 모습이 영 적응되지 않는다. 하연은 몇 번이고 거울 속의 자신을 들여다봤던 것 같다.

"아니요, 절대! 이상하지 않아요. 언니도 화장 좀 하고 다녀요. 남자가 줄을 서겠어요."

어떤 말보다도 정우의 옆에 서면 잘 어울리겠다는 영은의 말이 가장 좋았다. 항상 여자들에게 둘러싸여 있는 정우와 그 옆에서 위축돼 왔던 자신의 모습이 떠올랐다.

정말 괜찮을까.

"자, 이제 화장놀이는 그만하고 일해요, 언니!"

영은이 화장품을 정리하며 사무실을 나갔다. 아직도 세준이

문에 기대어 자리를 정리하는 하연의 모습을 물끄러미 바라보고
있었다.

"내가 괜한 짓을 한 거 같아요."

"네?"

"그냥……. 예뻐서……. 아, 아니에요. 나가죠. 영은이가 또
투덜거리겠네요."

말끝을 흐리며 세준이 말했지만 하연은 이미 그 말을 듣고 말
았다. 얼굴이 홧홧해졌다.

"두 분 왜 얼굴이 빨개요? 더워요?"

"아, 그러게. 좀 덥다. 나 밖에 좀 나갔다 올게."

세준이 부리나케 밖으로 나가고 하연은 괜히 딴청만 피웠다.
영은이 어리둥절하게 바라보며 주문하는 손님의 계산을 했다.

"저기, 남자친구 있으세요?"

"저요?"

영은이 들뜬 표정으로 되물었다.

"아니요, 저기 저분이요."

오늘만 해도 벌써 세 번째 물음이었다.

"있어요! 그것도 연예인 뺨칠 정도로 잘생긴 남자가!"

찬바람이 휙휙 불 정도로 영은이 냉랭하게 말하자, 남자가 머

쓱하게 가게를 나갔다. 영은의 말은 적중했다. 한 달에 한두 번은 이런 일이 있곤 했지만 오늘은 유달리 많은 편이었다.

"언니 남자친구도 이 사실 알아요?"

알 리가 있나. 하연이 별다른 반응을 보이지 않자 영은은 음흉한 표정을 지었다.

"내가 여기 오면 일러 줘야겠어요. 바짝 긴장하라고. 당신 여자친구, 이러다 다른 남자와 바람피울지도 모릅니다, 하구요!"

그랬으면 좋겠다. 하지만 그 말을 밖으로 내뱉을 수는 없었다. 정우는 아마 하연의 옆에 누가 있어도, 그녀가 다른 남자를 만나도 질투 따위를 하지 않을 것이다.

질투라는 감정은 사랑이라는 감정이 기본으로 깔려 있어야 가능한 일이었다.

어쩐지 기분이 우울해졌다.

"하연아!"

"선주야!"

익숙한 목소리가 문득 그녀를 불렀다. 눈을 들어 보니 선주가 반갑게 손을 흔들고 있었다.

선주가 앉은 창가 쪽 자리로 커피와 케이크를 가지고 갔다.

"웬일이야? 말도 없이?"

"그냥, 연락도 없는 친구가 살아 있나 생사 확인하러 왔지."

"잘 살고 있었어. 무소식이 희소식이란 말 몰라?"

선주는 샐쭉한 표정을 지으며 하연의 손등을 꼬집었다. 아주 잘나셨다고 말하면서. 선주와 이야기를 나누면서 오랜만에 웃을 수 있었다. 가랑잎만 굴러가도 웃음을 터트리는 10대 소녀처럼 말이다.

"그나저나 요새 그 자식은 속 안 썩여?"

"정우?"

"그래, 그 자식. 하긴 안 썩이는 게 이상한 거지. 네 표정 보니까 말 안 해도 다 알겠다. 그러지 말고 너도 이참에……."

무언가 진지하게 말을 하려던 선주는 입을 꾹 다물었다. 자신의 머리 위로 커다란 그림자가 드리워졌기 때문이다.

"안녕하세요."

"아, 안녕하세요."

얼떨떨하게 선주는 자신의 앞에서 뇌쇄적인 웃음을 짓는 세준을 올려다보았다.

"저는 하연 씨와 같이 일하는 이세준이라고 합니다. 하연 씨 친구분이 오셨다고 해서요."

"우리 사장님이야."

하연의 부연 설명에 선주가 굳은 표정을 풀고 같이 미소를 지었다.

"아, 그러시구나. 저희 하연이 잘 부탁드려요."

"하연 씨가 워낙 잘해서요. 대화 나누시면서 드시라고 쿠키랑

케이크 좀 가져와 봤어요."

"어머, 뭐 이런 거까지. 감사합니다!"

선주가 쾌활하게 말하자 세준은 흡족한 미소를 지었다.

"아, 사장님도 저희랑 저녁 같이 먹으러 가실래요?"

"선주야!"

하연이 얼른 선주에게 눈총을 줬지만 선주는 아랑곳하지 않는 모습이었다.

"저야, 뭐. 두 분만 불편하지 않으시면……."

"어머, 그럼 잘됐네요. 같이 가세요."

"선주야!"

"안 그래도 여자 둘이 밥 먹으려니까 여간 쓸쓸한 게 아니었 거든요."

하연은 한숨을 내쉬었다. 처음 만난 사이에 죽이 왜 이리 잘 맞는 건지, 이따 어디 가자는 얘기까지 끝난 터였다.

"무슨 짓이야!"

세준이 카운터로 돌아간 후, 하연이 낮게 속삭이며 물었다.

"뭐가?"

"갑자기 왜 사장님은 끌어들이냐고."

"저 남자 너 좋아하지?"

갑작스러운 선주의 말은 하연을 당황하게 하기 충분했다. 아 마 선주가 보는 하연의 표정은 꽤 우스꽝스러운 표정이었을 것 이다.

"맞네. 딱 표정만 봐도 알겠거든? 이참에 잘됐네. 오, 그러고 보니 화장도 곱게 했네? 딱이네. 서정우 같은 놈 잊고, 새 출발. 그거 좋다."

"그렇게 끝날 사이 아니야, 우리."

"우리가 아니라 너 혼자만이겠지. 너 빼고 다 알아, 이 모질아."

선주가 좋은 친구긴 했어도, 이렇게 가끔 그녀의 마음을 후벼 팔 때면 어떻게 대처해야 할지 몰랐다.

"네 마음 알지만 난 네 친구야. 내가 도시락 싸서 쫓아다니면서 말리진 못해도 조언은 해 줄 수 있다고 봐."

"알아."

"알면 이제라도 그만둬. 더 상처받기 전에."

선주의 말에 하연은 더 이상 반박을 할 수가 없었다. 선주가 아무리 미련한 집착이라 말해도, 아무리 이런 관계는 짝사랑보다 못한 관계라고 말해도, 하연은 끊을 수가 없었다.

중독, 이미 중독되어 정우를 보지 않으면 견딜 수가 없었다. 숨이 막혔다.

그런 정우를 어떻게 끊어 내란 말인가. 정우가 없으면 숨조차 쉴 수 없는데.

하연은 숨을 베어 물며 말을 삼켰다.


선주와 세준은 마치 몇 년을 알던 사람처럼 친근하게 대화를 나누었다. 하하호호 웃는 그들 사이에는 그녀의 이야기가 주를 이뤘지만 하연은 크게 관심을 두지 않았다. 근처 레스토랑으로 발걸음을 옮기던 참이었다.

세준의 추천이었는데 이 일대에선 꽤 유명한 맛집이라고 했다. 정원 느낌의 테라스에 작은 자전거를 탄 인형이 앉아 있고 바닥엔 인조 잔디가 깔려 있었다.

저녁 시간이 조금 지난 시간임에도 빈 테이블이 거의 없을 정도로 사람들이 빼곡하게 앉아 있었다.

"어서 오세요. 세 분이신가요?"

"네."

"잠시만요. 바로 안내해 드릴게요."

웨스트리스가 빈자리를 살피다 메뉴판을 안고 그들을 안내했다. 다행히 창가 자리가 있는 모양이었다. 안 그래도 선주가 들어오면서부터 이곳 창가 자리에 앉아 보고 싶다고 노래를 불렀었는데, 하연은 다행이라 여겼다.

하연과 세준이 마주 보고 앉고 그 사이로 선주가 앉았다. 웨스트리스는 원형 테이블 위에 올려진 아로마 초에 불을 붙이고 메뉴판을 놓고 사라졌다.

"여기 안심 스테이크하고 봉골레 파스타가 맛있어요."

세준은 메뉴판을 펼쳐 주며 이야기를 해 주었다. 선주는 갑자기 입을 꾹 다물고 휴대폰에 열중했다.

"전 아무거나 상관없어요. 선주야, 너는?"

"아……. 잠깐만."

갑자기 벌떡 일어난 선주가 휴대폰을 들고 잠시 밖으로 나갔다. 선주가 사라지자 세준과 하연의 사이의 어색함이 사라졌다.

계속 하연과 세준을 엮어 주려고 알게 모르게 눈치를 주는 선주의 행동 때문에 여간 불편한 게 아니었었다.

"제가 와서 많이 불편하세요?"

갑작스러운 세준의 질문에 당황스러워졌다. 하연의 얼굴에 그대로 드러난 것을 세준과 선주가 모를 리가 없었다.

"네, 약간요."

"하연 씨랑 친해지고 싶었어요."

그 말을 뱉은 세준의 얼굴이 약간 발그스름해졌다. 그 어색함이 하연에게도 느껴지는 것 같았다. 어색한 분위기가 흐르려는 찰나, 선주가 부리나케 안으로 들어왔다. 무언가 그녀는 다급해 보였다.

"미안해, 하연아. 나 가 봐야겠다. 갑자기 일이 생겼어."

"급한 일이야?"

"아니, 그런 건 아닌데. 아무튼 가 봐야 할 거 같아. 다음에 맛있는 거 사 줄게. 사장님, 우리 하연이 잘 부탁드려요."

선주는 의자 위에 두었던 가방을 황급히 들고 레스토랑을 나갔다. 그 모습이 약간 오버스럽고 어색하게 느껴졌던 것은 왜일까. 결국 둘만 남게 된 하연은 이 상황을 어떻게 모면해야 할지 잠시 고민했다.

"뭐 드실래요? 아까부터 우리 되게 눈총받는 거 같은데."

그러고 보니 아까부터 빈자리가 하나둘씩 사라졌다. 주류와
겸해서 파는 곳이라 그런지, 늦은 저녁까지도 사람들이 몰리는
모양이었다.

하연은 서둘러 메뉴를 결정했다.

"전 아까 추천해 주신 파스타로 먹을게요."

"와인도 한잔 하실래요?"

"와인은 잘 몰라서요……."

"달달한 거면 괜찮겠어요?"

"네. 그런 거면……."

세준 싱긋 웃으며 탁자 위에 붙은 벨을 눌렀다.


음식이 나오기 전, 식전 빵과 함께 와인이 나왔다. 어서 마셔
보라는 세준의 눈짓에 하연이 한 모금 와인을 머금었다. 스파클
링한 느낌과 달달한 포도 향이 입안에서 톡 터져 나갔다.

"어때요?"

"맛있어요."

사실 와인을 좋아하지 않았다. 와인을 가끔 먹는 것은 그저
달달한 맛 때문이었다. 비싼 와인일수록 더 떫고 진한 향이 난다
는데, 아직은 그 맛을 이해하기는 어려웠다. 하연에겐 그저 쓴
술이었다.

하연의 반응에 세준은 흡족해하며 자신도 와인을 한 모금 마셨다.

"누가 뭐 먹고 맛있어하면 되게 기분이 좋아요. 직업 탓일까요?"

하연도 그랬다. 정우가 자신이 해 준 것을 맛있게 먹어 주면 먹지 않아도 배가 부른 느낌이었다. 정우, 정우, 정우, 머릿속을 점령한 생각들에 한숨부터 지어졌다.

너는 이 시간에도 연락 한 번 없었다.

주문한 음식이 나오고, 코끝에 감기는 맛있는 냄새에 갑자기 허기가 졌다. 그러고 보니, 오늘 점심도 제대로 먹지 않은 거 같다.

"어서 먹어요. 하연 씨, 평소에 밥 잘 안 먹잖아요."

"아셨어요?"

하연이 어색한 웃음을 지어 보였다. 어쩌면 이 사람이 정우보다 자신을 더 잘 알지도 모르겠다는 씁쓸한 생각이 들었다.

"그럼요. 하연 씨를 조금이라도 아는 사람은 다 알 거예요. 어서 먹어요."

"네."

하연은 포크를 손에 쥐다 말고 고개를 들었다. 코끝에 퍼지는 익숙한 향기 때문이었다. 자신을 스치고 지나간 여운의 향기가 머릿속을 차지했다.

"정우?"

하연은 자리에서 벌떡 일어나 주위를 두리번거렸다. 그리고 대각선에 앉아 있는 익숙한 남자의 모습에 허탈한 웃음이 새어져 나왔다.

달콤한 꿀을 묻혀 놓은 듯한 맛있는 냄새가 순간 역하게 변했다. 욕지기가 올라올 것만 같았다.

"하연 씨?"

다정하게 그녀의 머리칼을 쓸어 주고 있는 정우, 다정하게 그녀를 보고 웃고 있는 정우, 이 모든 것이 환영은 아닐까. 정우가 그리워 만들어 낸 허상들은 아닐까.

시야가 아릿하게 흔들렸다. 양 뺨을 간질이는 이 느낌도, 모두 거짓이 아니었을까.

"하연 씨, 앉아요."

화가 난 듯 한 음절 한 음절 끊어서 내뱉는 세준의 목소리가 잘 들리지 않는다. 세준은 자리에서 일어나 하연의 손목을 잡고 그녀를 앉혔다.

"눈 똑똑히 떠요."

"나는……."

내가 늘 그리워하던 너는 그녀에게 이런 눈빛을 보이는구나. 너무도 사랑스럽기 그지없다는 듯. 내가 널 항상 바라봤던 그 눈으로 너는 그 여자를 좇았다.

그럼 나는……. 나는!

가슴부터 북받쳐 오르는 설움에 숨이 막혔다. 나를 바라보던 다정했던 눈빛, 그리고 다정했던 손길은 결국 내가 만들어 낸 허상이었다.

"울지 말아요. 그리고 당당하게 일어나요. 아무 일 없다는 듯이."

세준은 손도 대지 않은 음식들을 두고 하연의 어깨를 잡고 일으켰다. 계산대로 가려면 정우의 옆을 지나쳐야 하는데 용기가 나질 않는다. 하지만 이런 생각들을 세준은 모두 잠식시켜 주었다.

"걱정 말아요. 옆에서 잘 잡아 줄게요. 하연 씨는 천천히 나에게 몸을 맡기고 걷기만 하면 돼요."

정우의 옆을 지나가는 그 순간이 너무도 길게 느껴졌다. 하연은 숨을 멈추고 세준에게 기댄 채 그곳을 천천히 걸어 나왔다.

"하연아……."

정우가 하연을 발견한 듯 자리에서 일어났지만 하연은 그 옆을 모르는 척 스치고 지나왔다.

아니, 하연은 그곳에서 정우를 볼 수도 없었다. 자신이 지키고자 했던 것들이 눈앞에서 무너지는 것을 도저히 지금은 볼 수 없었다.

너는 그녀의 옆에, 나는 이 남자 옆에. 이것이 우리의 자리일까?

세준은 테라스에 있는 의자에 하연을 앉히고 계산을 하고는 밖으로 나왔다.

정우는 아직 그 자리에 얼어붙은 듯 서 있는 것 같았다. 다행히 정우는 하연을 따라 나오지 않았다.

이것이 다행일까, 아니면 불행일까.

시린 바람이 얼굴에 맞부딪혔다. 뺨에 얼룩진 눈물이 찬바람에 얼어붙는 거 같았다. 그럼에도 심장이 뜨거워지고 목구멍이 따가웠다.

네가 지독히도 그리웠던 날, 너는 내 옆에 없었다.

03. 너의 자취

밤새 폭풍이 온 듯 장대비가 쏟아졌다. 눈 대신 뿌리는 겨울
비에 여기저기 남아 있던 눈의 자취가 사라졌다.

우우우우, 바람이 창문을 부술 듯 불어 댔다. 거친 바람은 마
치 거대한 울음소리 같았다. 나무 사이로 엉켜드는 바람은 아이
의 울음소리 같기도 했고, 노파의 걸걸한 쉰 목소리 같기도 했
다.

하연은 오도카니 서서 창문에 달라붙은 빗방울을 바라봤다.
하염없이 뿌려 대는 비를 보는 하연의 마음도 좋지 않았다.

왜, 너의 목소리가 내 귓가에 머무는 것일까.


'하연아.'

익숙한 너의 목소리가 오늘따라 유달리 그리웠다.

정우는 일주일째 연락이 없었다. 그렇게 하연이 떠나왔는데, 정우는 하연의 생각 따위 조금도 하지 않는 모양이었다. 그러다 며칠 더 지나면 또 아무렇지 않게 웃으며 다가오겠지.

입술을 비집고 공허한 웃음이 튀었다. 실성을 한 사람처럼 한참을 그렇게 웃어 젖혔던 거 같다. 자신의 모습이 너무도 한심하고, 멍청해 보여서.

둔중한 통증이 하연의 가슴을 꿰뚫고 지나갔다. 밖에서 내리는 그 비가 하연의 가슴속에서도 내려 재꼈다.

정우의 자취는 하연의 집 안 곳곳에 남아 있었다. 정우가 두고 간 티셔츠, 여벌의 속옷, 화장실에 하연의 칫솔과 나란히 놓인 파란색 칫솔까지. 눈 가는 곳 어디에나 정우의 흔적들이 남아 있는데 이곳에 정우는 없었다.

정우에 대한 그리움과 그녀와 정우를 향한 미움들이 복합적으로 공존해 있었다. 그 여자를 향한 시기와 질투심 사이에서 하연은 배회했다. 가뭄에 갈라진 땅처럼 하연의 마음이 하루하루 피폐해지고 메말라 가고 있었다.

네가 없는 하루의 난, 이렇게 아무것도 남지 않은 존재가 되어 버린 거 같았다. 살아갈 이유도, 숨 쉴 이유도 없이.

요즘 들어 세준은 하연에게 말을 더 많이 걸곤 했다. 부러 재미있는 이야기를 하며 그녀의 관심을 끌기 위해 노력했다.

그의 마음을 알 거 같지만 하연은 그것을 애써 외면했다. 상처투성이로 정우를 끌어안은 가슴에 그 누군가를 들일 수는 없었기 때문이었다.

"나 어제 진짜 창피했잖아. 멋지게 빼입고 왔었는데."

"하하하하, 사장님 진짜요? 아, 어떡해! 내가 다 얼굴이 화끈거려요."

잠시나마 정우의 생각들이 뜸해졌다. 하연은 체념한 듯 이제 휴대폰을 잘 들여다보지 않았다. 그렇게 정우를 보고 온 다음 날 하루 종일 초조해, 멍하니 수동적으로 일만 했었다.

그렇게 이틀, 삼 일, 사 일, 그리고 오늘까지. 정우는 단 한 통의 연락도 없었다.

하연도 그에게 연락을 하진 않았다. 그녀의 작은 항변이었다. 나를 이렇게 두고 간 정우에 대한 복수이기도 했다.

하지만 이 미미한 것들을 정우가 알 리가 없다. 아마 정우는 자신과는 다른 하루를 지내고 있을 것이다.

너에게 내가 없는 세상은 과연 어떤 느낌일까. 나처럼 캄캄한 동굴 속에 오롯이 서 있는 것처럼 공허하고 텅 빈 느낌일까.

나는 하루에도 몇 번씩 가슴을 쥐어뜯으며 너에 대한 그리움을 토해 내기 위해 울음을 삼켰다. 네가 떠나갈까 두려움에 잠을 제대로 이루지도 못했다.

가끔은 정우가 왜 자신을 사랑하지 않는지, 그것에 대한 물음을 자신에게 해 보았다. 그런 물음들은 하연의 마음을 더 초라하게 만들었다. 자신의 사랑이 너무 작고 미약해서 정우에겐 닿지 않는 것일까.

"어? 언니! 저기 언니 남자친구 아니에요? 언니 어디 데이트 가요?"

영은의 말에 하연은 주위를 두리번거렸다. 문 앞에 은색 벤츠를 세워 두고, 정우가 차에 기댄 채 하연을 물끄러미 바라보고 있었다.

그렇게 일주일 만에 정우가 하연을 만나러 왔다. 다정한 눈빛으로 자신을 바라보며.

하연은 무연히 정우를 바라보며 그 자리에 서 있었다. 정우는 자신을 바라보다 휴대폰을 들고 어디론가 전화를 걸었다.

곧 그 발신인을 알 수 있었다.

"언니, 얼른 받아 봐요."

영은이 자신보다 더 호들갑을 떨며 말했다. 정우의 이름이 뜬 휴대폰 액정을 보며 잠시 망설였던 거 같다. 왜였을까, 네가 내게 돌아왔는데. 망설일 이유 따위 없었는데.

"여보세요."

─ 하연아.

정우가 그녀의 이름을 불렀다. 그리웠던, 그 날의 목소리처럼 애처로운 목소리였다. 그래서 귓가에 더 뱅뱅 맴돈 것인지도 몰랐다.

"응."

한동안 말을 하지 않은 사람처럼 목이 한없이 메이고 목소리
가 잘 나오지 않았다.

— 하연아…….

정우가 다시 하연의 이름을 불렀다. 그 목소리가 너무 애달파
하연은 눈물이 꾸역꾸역 밀려 나오는 것만 같았다.

"응……."

— 이리 와.

하연은 하얗게 말라 버린 입술을 깨물었다. 비릿한 피 향이
입안으로 스며드는 것 같았다. 정우가 그녀를 부르고 있었다.

하연은 비척대며 정우에게로 걸어갔다. 그리웠다. 사실 정우
가 자신을 떠나갈까, 공포 질린 새처럼 하루하루 살아갔다. 더
이상 그녀를 찾아오지 않을까 봐. 그런 정우가 하연에게로 돌
아왔다.

머릿속을 점령하고, 마음속 깊은 곳에 켜켜이 쌓여 있던 미움
들이 거품처럼 모두 사라지는 것 같았다.

"가지 마요."

갑자기 세준이 그녀의 손목을 거칠게 낚아챘다. 반동으로 하
연의 몸이 정우가 아닌 세준 쪽으로 돌려졌다.

"왜요? 정우가 부르잖아요. 정우가…… 날 보러 왔잖아요!"

하연의 눈은 공허했다. 텅 비어 버린 눈동자는 세준을 비추고

있지만 또한 비추지 않기도 했다. 그 눈 속에 담은 것이 아무것
도 없었다.

"하연 씨는 자존심도 없어요? 그런 모습을 보고도 저 남자에
다시 가고 싶어요?"

세준이 처음으로 그녀에게 화를 냈던 거 같다. 아니, 그것은
경멸이었을지도 모른다. 한심한 여자에게 제발 정신 차리라는
경고의 어조일지도 모르지.

하연은 입가를 비집고 나오는 웃음을 흘렸다.

"자존심이요? 그런 게 왜 필요한데요?"

고저 없는 목소리는 하연의 감정을 이미 담아내지 못하고 있
었다. 텅 빈 눈은 도대체 누굴 향하고 있는 것일까. 세준에게 잡
힌 손목이 아려 왔다.

"이봐요, 김하연 씨! 똑똑히 보란 말입니다! 저 남자는 당신을
사랑하지 않아요! 사랑하는 여자를 이렇게 아프게 만들 남자는
세상에 아무도 없어요!"

"자존심 그딴 거 내세울 거였으면 정우와 나, 여기까지 오지
도 않았어요. 내가! 내가…… 사랑하면 돼요! 정우가 아니라 내
가 사랑하면, 그거면 돼요! 그러면…… 언젠간 알아줄 거니
까……. 그리고 결국은 나에게 돌아올 거니까! 이제 더 이상 상
관하지 말아 주세요."

하연을 잡고 있던 손의 힘이 스르륵 풀렸다. 그녀는 세준을
보지도 않은 채 망설임도 없이 정우가 있는 곳으로 달려 나갔다.

사랑에는 여러 가지의 종류가 있다. 자신의 사랑도 그중 하나라고 생각한다. 누가 멋대로 정의를 내릴 하찮은 사랑이 아니었다.

자신의 온 마음을 바치고, 온몸을 다 던져서라도 지켜 내고 싶은 사랑이었다. 불에 타 죽을 것을 알면서도 불에 뛰어드는 부나방처럼, 오늘 당장 가루가 되어 죽어 없어져도 좋았다. 정우와 함께 있을 수 있다면, 아무 상관 없었다.


세준은 하연의 뒷모습을 보며 가슴이 답답해 담배 한 개비가 간절하게 생각났다. 비척대며 걸어가는 그녀의 어깨가 요즘 들어 더 작아져 버렸다. 그 모습을 세준은 조심스럽게 눈에 담았다. 통렬한 통증이 가슴 사이로 파고들었다.

"잘생기긴 했네요. 하연 언니가 저렇게 빠질 정도로."

"그만큼 쓰레기지."

저 여자는 왜 모를까. 자신이 얼마나 가치 있고 사랑받을 수 있는 여자인지를. 가슴이 갑갑해졌다.

순간 착각이었을지 모른다. 정우와 눈이 마주쳤다고 생각되는 것은. 세상의 권력을 쥐고 태어난 오만한 자처럼 정우의 눈도 그랬다.

특히 세준을 바라볼 때면 더 그런 느낌이 들었다. 오만한 남자. 비겁한 남자. 세준은 머리를 헝클였다. 정우에게 안겨 있는 하연을 바라보면서.

정우가 하연을 보며 희미한 미소를 지어 보였다. 봄날의 따스한 햇살보다도 더 따뜻한 미소였다. 아, 이런 미소를 지었었지. 하연은 잠시 추억을 곱씹었다.

"정우야, 그 날⋯⋯."

정우는 하연의 손목을 잡고 자신의 품 안으로 끌어안았다. 언제부터 밖을 배회했던 것일까. 정우와 맞닿은 부분이 차디찼다.

"왜 전화 안 했어?"

정우의 목소리는 원망에 가득 차 있었다. 너는 그럴 자격이 없었는데⋯⋯. 하연은 씁쓸한 웃음을 지으며 정우에게 물었다.

"너는?"

"널 기다렸어."

정우의 차가운 손이 하연의 얼굴을 다정하게 어루만졌다. 이상했다. 따스하기만 할 거라고 생각했던 정우의 손이 찼다. 그렁그렁 맺혀 있던 눈물을 하연은 정우 몰래 훔쳤다.

그리고 울지 않겠다 생각했다. 정우가 돌아왔으니까.

"우리 데이트하자."

정우가 싱긋 웃으며 하연의 손을 잡아끌었다.

"데이트?"

"우리 예전엔 좀 더 많이 붙어 있었잖아. 그때처럼."

의아한 표정으로 정우를 올려다보다 하연은 이내 고개를 끄덕거렸다.

"기다려, 옷 가지고 나올게."

하연은 머뭇거리며 카페 안으로 들어갔다. 사실 세준의 얼굴을 제대로 볼 수 없을 거 같았다.

"언니, 얼른 가 봐요. 어차피 퇴근 시간도 지났잖아요."

영은이 세준의 눈치를 보며 하연을 얼른 이끌었다. 하연은 영은에게 눈인사만 하고 카페를 빠져나왔다. 세준까지 신경 쓸 여력이 하연에겐 없었다.


정우의 차를 오랜만에 타 봤다. 향긋한 꽃내음이 아직도 차안에 남아 있는 것 같았다. 하연은 그 향기를 지우기 위해 창문을 열었다.

지독히도 싫은 향기였다. 정우를 지배하고 차지하고 있는 것만 같아서 하연은 이것이 더 싫었다.

"더워?"

정우가 히터 온도를 내리며 하연에게 물었다.

"응, 좀 그러네."

"그래도 감기 들어."

"그냥 좀 답답해서 그래."

정우의 시선이 뺨 위로 느껴졌지만 하연은 모르는 체하고 창밖만 바라봤다. 비가 온 다음 날을 좋아했다. 코끝에 닿는 냄새가 너무도 깨끗하고 맑아서.

하연은 차 창문으로 들어오는 상쾌한 공기에 잠시 눈을 감았다. 바람이 부어 있는 눈두덩을 어루만져 주었다.

"가고 싶은 데 있어?"

정우의 이런 질문들이 참 낯설었다. 예전에는 정우와 해 보고 싶은 것이 너무도 많았었다. 하지만 일 년 일 년 지나가며 하연은 그것들을 마음속에서 하나둘씩 지워 나갔다. 아등바등 자신의 자리를 지켜 내는 것만으로도 너무 힘겨웠던 나날들이었다.

"아무 데나 괜찮아."

"난 너하고 예전부터 가고 싶은 곳이 있었어."

"어디?"

"가 보면 알아."

정우는 기어를 잡았던 손으로 무릎 위에 올려 뒀던 하연의 손을 끌어다 꼭 잡았다. 아무것도 끼지 않은 곱고 예쁜 손에 잠시 심장이 두근거렸다.

너의 이 따스함을 내가 어찌 놓을 수 있을까. 하연 역시 정우의 손을 꼭 잡았다. 빼앗기지 않겠다는 듯, 정우를 놓지 않겠다는 듯 더 꼭 잡고 있었다.


정우의 차가 멈춘 곳은 낯선 고등학교 앞이었다. 방학 중이라 비어 버린 학교 주차장에 차를 세우고 차에서 내렸다. 의아한 눈빛을 한 하연의 손을 잡고 아무도 없는 교정을 둘이서 걸었다.

비가 온 다음 날이라 질척거리는 운동장을 걷는 대신, 한쪽에

난 길로 걸으며 정우는 신기한 듯 주위를 두리번거렸다.

"진짜 많이 변했네."

정우의 눈이 장난기를 머금고 반짝 빛이 났다.

"저기에 연못이 생겼네. 예전엔 커다란 나무가 있었는데."

정우는 자신의 흘러 버린 시간을 만끽하는 듯 주위를 끊임없이 살피며 하연에게 설명을 했다. 저곳에 있었던 것들, 저기에서 있었던 일들.

"춥지? 저기 의자에 앉아 있어. 내가 커피 뽑아 올게."

정우는 하연을 벤치에 앉혀 두고 긴 다리로 성큼성큼 어디론가 걸어갔다. 바람이 세차게 불어 댔다. 완연한 겨울이었다. 잠깐 밖에 있는 것만으로도 코끝이 아려 왔다.

하연은 정우가 보던 그 공간을 다시금 바라봤다. 정우의 시간들이 자신에게로 흘러 들어오는 듯한 느낌이 들었다. 고등학교 때의 정우는 어떤 모습이었을까.

운동장이 움푹 팰 정도로 저 운동장을 열심히 달렸겠지. 저 벤치에서 친구들과 장난을 치며 놀았을까. 마치 자신의 눈앞에 소년 시절의 정우가 서 있는 거 같았다.

땀에 흐트러진 머리를 손으로 헝클며 개구지게 웃는 정우가.

"마셔."

정우가 하연에게 종이컵을 건네면서 그녀의 옆에 털썩 앉았다. 정우는 자신의 추억들을 곱씹고 있는 모양이었다.

"근데 여긴 왜?"

아까부터 하고 싶었던 질문을 하연은 이제야 쏟아 냈다. 정우는 커피를 한 모금 입안에 머금다 자신의 모교를 쭉 한번 훑어봤다.

"누나와 다시 만난 게 여기였어."

하연은 먼 곳을 바라보고 있는 정우의 얼굴을 무연히 바라보았다. 정우는 무엇을 바라보고 있는 것일까. 그 시절 그녀의 모습을 바라보고 있는 것은 아닐까. 자신이 고등학교 시절의 정우를 바라보는 것처럼.

"그리고 누나하고의 시간이 아닌 이곳에서 너와의 시간을 만들고 싶었어. 이곳에서 만났던 게 누나가 아니라 너였으면 어땠을까. 너를 먼저 만났으면 우리가 조금은 달라지지 않았을까, 가끔 생각해."

하연은 씁쓸한 표정으로 텅 빈 운동장을 바라봤다. 아마 우리가 먼저 만났더라도 우리의 상황은 변하지 않았을 것이다. 아니, 넌 그 여자에게 완전히 떠나갔을지도 모를 일이었다. 그랬다면, 이렇게 밑바닥까지 치닫진 않았을 텐데……

정우가 말없이 하연의 손을 꽉 잡았다.

"나도 네가 보고 싶었던 만큼 네가 보고 싶었어."

정우의 말뜻을 모두 다 알 수 없었다. 어렴풋이 짐작을 할 뿐이었다. 정우의 마음속에 하연이 조금은 있다는 것을.

예전에는 헛된 꿈을 꾼 적이 있었다. 노력하면 정우의 마음을 돌릴 수 있을 거라는 헛된 자만.

하지만 시간이 지날수록 그 헛된 자만과 희망은, 거친 파도에 휩쓸려 부서진 바위의 잔재처럼 허울만이 남아 있었다. 그리고 이제는 정우가 어떤 말을 해도 그녀의 결여된 마음이 온전히 하나가 될 수 없다는 것도 알고 있었다.


돌아오는 차 안에서 둘은 말이 없었다. 하연은 하연대로 정우는 정우대로 생각에 잠긴 듯 보였다. 화려한 네온사인을 스치며 하연은 자신만의 생각들을 정리했다.

어째서 온전히 정우를 이해하려 하면 할수록 하연의 가슴이 더 아려 올까. 하연의 입가에 한숨이 짙어졌다.

정우의 휴대폰 진동이 울렸다. 핸들을 잡고 있던 정우가 휴대폰을 일별하더니 이내 난감한 표정을 지었다.

"받아도 돼."

"아니야. 급한 일 아니야. 저녁 먹고 갈까?"

하연은 대답 대신 정우를 바라봤다. 안절부절못하는 저 표정 따위 보고 싶지 않았다. 불안해 휴대폰만 들여다보는 너를 보고 싶지 않았다. 잠시 피었던 헛된 희망은 싹도 피기 전에 또다시 밟혀 죽어 버렸다.

"가 봐야 하는 거 아니야?"

불안한 주제에 괜히 아무렇지 않은 척 하연은 말을 내뱉었다. 못난 자존심일지도 모르겠다. 아니, 자존심 따위 예전에 버렸는데, 허탈한 웃음이 비집고 새어 나왔다.

"아니야, 괜찮아. 저녁 먹고 들어가자."

정우가 하연의 머리를 쓰다듬으며 눈꼬리가 휘어지게 웃었다. 그녀를 안심시키기라도 하듯.

분명 정우는 자신을 선택한 것이었다. 하지만 불안함에 일렁이는 정우의 눈동자가 하연을 비참하게 만들었다. 분명 자신을 택한 것인데, 어째서! 하연은 속으로 쓰디쓴 패배감에 이를 악물었다.

하지만 그 여자가 정우를 필요로 하는 이 순간엔 보내 주고 싶지 않았다. 혼자라서 느끼는 좌절감과 외로움을 느끼게 하고 싶었다. 자신이 느끼고 있는 이 감정들을 아주 조금이라도 느껴 보게 하고 싶었다.

아마 그 여자가 느끼는 것은 자신의 감정에 미치지도 못할 테지만, 조금이라도 이 더러운 기분을 느껴 보게 하고 싶었다.

당신의 존재가 오늘도 난 뼈아프게 싫었다. 그런데 악을 쓸수록 비참해지고 한심해지는 것은 바로 나 자신이었다.

차가 하연의 집 앞에 멈춰 섰다. 익숙한 듯, 익숙한 자리에 주차를 하고 정우가 따라 내렸다.

"조심히 가."

하연은 정우에게 인사를 하며 몸을 돌렸다. 항상 뒷모습을 보는 것은 하연의 몫이었는데, 지금 이 상황이 어색하게만 느껴졌다. 하지만 돌아서 그 여자에게 가는 정우의 모습을 보며 심상하고 싶지 않았다.

"하연아."

정우가 갑작스럽게 그녀의 등을 껴안았다.

"너랑 있고 싶어."

하연을 껴안은 팔에 힘이 들어갔다. 등 뒤에서 정우의 심장 소리가 고스란히 울리는 거 같았다. 정말 안 가 봐도 괜찮겠냐고 묻는 대신 정우의 손을 잡았다.

한 번쯤은, 그래, 한 번쯤은 자신이 느꼈던 비참함을 그 여자도 느꼈으면 했다. 홀로 버려진 느낌을, 자신의 감정들을 단 한 번이라도 느껴야 했다. 그래야 조금 공평하니까. 하연은 눈을 느릿하게 감았다 뜨며 몸을 돌려 정우를 안았다.

방 안의 찬기가 정우와 하연을 맞이했다. 정우는 하연의 머리칼을 부드럽게 어루만지다 조심스럽게 입술을 찾았다.

천천히 느릿하게, 하지만 밀려오는 타액에서 그의 감정이 증폭되어 느껴졌다. 혀끝에 얽혀 드는 정우의 온기에 매달리며 머릿속을 차지한 그 여자의 생각들을 하나둘씩 지워 나갔다.

갈색 머리였다. 눈은 큰 편이었고, 웃는 모습이 참 예쁜 여자였다.

정우와 있을 때 자신이 웃은 적이 있긴 했던가. 너무 오래된 일들이라, 이제 기억이 나질 않는다.

정우가 탐스러운 열매를 먹듯 자신의 가슴을 부드럽게 애무했다. 하연은 머리를 도리질 쳤다. 지워야 해, 기억하지 마.

하지만 이미 머릿속을 점령한 그 여자의 영상이 정우의 얼굴과 오버랩되었다. 공을 들여 애무하는 정우의 몸짓에 몸이 열리질 않았다. 아니, 마음이 열리질 않았다.

예민한 살을 입술로 핥고 물어뜯듯 빨아들이는 그의 입술에서 온기가 전혀 느껴지지 않는다. 아니, 하연이 느끼지 못하고 있는 것이다.

하연의 하얀 다리를 어깨에 걸치고 정우가 자잘하게 입맞춤을 뿌렸다.

"하연아……."

너의 목소리가 애처롭기 그지없었다. 하연은 대답 대신 몸을 일으켜 정우의 입술에 키스를 했다. 정우가 하듯이 혀를 입안으로 넣고 사탕을 빨듯 빨아들이며, 온전히 그의 안을 차지하겠다는 듯 하연은 그렇게 노력했다.

지워질 거야. 여태껏 그래 왔잖아.

심상한 자신의 마음을 달래려 애써 자위했다. 항상 그렇듯 그럴 것이라고.

타액이 길게 늘어졌다. 촉촉하게 젖은 정우의 눈이 욕망으로 번들거렸다.

"괜찮아."

아파도 괜찮았다. 정우의 느낌으로 이런 생각들을 지워 줬음 했다. 정우의 뺨을 쓰다듬으며 하연은 몇 번이고 괜찮다 했다.

곧 익숙해질 것이라고.

정우의 남성이 뻑뻑한 여성을 꿰뚫고 들어왔다. 빈틈없이 맞물린 아랫도리가 생살이 찢어지듯 아려 왔지만 하연은 이를 질끈 깨물었다. 아픔은 곧 익숙해질 수 있는 것들이었다.

"윽……."

좁은 통로로 진입한 몸이 뻑뻑한지 정우가 끙 소리를 냈다. 몸이 제대로 열리지 않은 상태에서의 접근이었지만 무리는 없었다. 이미 익숙해진 몸이었다. 아마 조금 있으며 하연의 몸도 열리고 별 탈 없는 움직임이 될 것이다.

"하연아……."

정우가 그녀의 이름을 불렀다. 깊숙이 그녀를 정복해 나가듯 정우는 하연을 더 몰아붙였다. 조금씩 젖어 들기 시작한 몸은 정우의 움직임에 맞춰 허리를 움직였다.

하나로 맞춰진 몸에 움직임을 느끼며 하연이 눈을 느릿하게 감았다 떴다. 몸은 하나였지만 마음이 제대로 움직여지질 않았다.

우리는 어쩌면 하나이길 원했지만 완벽한 타인은 아니었을까.

정우가 거칠게 하연의 몸으로 밀어닥쳤다. 정우의 땀방울이 하연의 얼굴 위로 또르르 떨어졌다. 고개를 돌리는 하연의 입술을 집요하게 정우가 찾았다.

제대로 집중하지 못하는 하연의 움직임을 알아챈 것인지, 정우가 허리를 움직이며 하연의 클리토리스를 문질렀다.

"아앗, 정우야……."

하연의 허리가 비틀리며 움직였다. 순간 야릇한 느낌이 퍼지자 여성이 수축했다. 자신의 남성을 꽉 조이는 쾌감에 정우가 낮게 신음을 흘렸다.

"윽……."

질척대는 정사의 열기가 방 안을 메워 나갔다. 하나가 되기 위해 안간힘을 쓰고 있는 너와 나. 하연은 정우의 너른 등을 손으로 쓸었다. 그래, 아직은 버틸 수 있는 힘이 있었다.

하연은 사랑한다는 말 대신 정우의 등을 힘껏 껴안았다.

온전히 받아 줄 수 없는 자신의 마음이 미안하기만 했다.

이렇게 우리는 조금씩 멀어져 가는 거 같았다.

어쩌면 남들이 말하는 것처럼 이것은 사랑이 아니라 집착인지도 모르겠다.

창밖이 희붐하게 밝아져 왔다. 하연은 정우가 주는 온기를 느끼며 눈을 감았다.

❈　❈　❈

그렇게 하연이 나가고 세준은 그 날 이후로 화가 나 있는 듯했다. 하연은 무어라 세준에게 말을 걸 수 없었고, 영은은 그 사이에서 불편한 기색을 보였다.

"사장님, 원두요……."

"하연 씨 편한 대로 하세요. 영은아, 저기 테이블이 너무 더러운 거 같다."

어렵사리 말을 걸었지만 돌아오는 것은 냉랭한 대답이었다.

"소심하긴."

참다못한 영은이 혀를 쯧 차며 말을 했지만 세준은 들은 척만 척 했다. 아마 하연에게 화가 많이 나 있는 모양이었다. 하긴 이 이야기를 선주가 들었어도 그녀에게 화를 냈을 것이다. 그딴 놈하고 당장 헤어지라는 말도 했겠지. 하연은 미미하게 미소를 지었다.

[점심 먹었어? 이따 데이트하자.]

정우의 문자였다. 요즘 들어 정우의 연락이 잦았다. 기뻐야 하는데, 하연의 표정이 전혀 그러질 못했다. 아니, 오히려 이 모든 게 불안하고 불편했다. 언제 깨질지 모르는 행복에 대한 두려움 때문에 지레 겁을 먹는 것인지도 몰랐다.

이렇게 지내가다도 한순간에 정우를 빼앗겨 홀로 울부짖는 것보다는 거리를 두는 편이 나았다. 남들이 보면 겁쟁이라 하겠지만 이것이 하연 스스로 자신을 지켜 내는 방법이었다.

저녁 시간이 지나고 정우가 익숙하게 자신을 데리러 왔다. 자신의 차에 기댄 채 그녀가 퇴근을 해서 나오기를 기다렸다. 차 안에서 기다리라는 그녀의 말을 정우는 듣지 않았다. 대신 그녀가 일하는 모습을 눈으로 좇는 듯했다.

"오래 기다렸어?"

"아니야, 가자."

차 문을 열어 하연을 앞자리에 태우고 정우가 운전석에 올랐다. 꽃향기는 여전했지만, 그 향에서 느껴지는 불안함은 조금 사그라졌다. 정우가 옆에 있기 때문에.

너의 그녀는 이제 만나지 않니?

하연은 정우에게 묻고 싶었지만 말을 내뱉지는 않았다. 헛된 기대를 하다가 결국 되돌아오는 화살을 맞는 것은 하연 자신일 테니까.

정우와 손을 꼭 잡고 영화관 안으로 들어갔다. 발권기 앞에서 정우가 예매한 티켓을 찾아 하연에게 다가왔다. 정우와 하연은 종종 코믹영화를 즐겨 봤었다. 하지만 요 일 년간은 그조차도 못했다.

그녀가 빼앗아 가는 시간이 좀 더 길어졌고, 하연 역시 영화를 보며 정우와의 시간을 보내고 싶지는 않았다. 일분일초가 아깝고 그의 얼굴을 보는 시간조차 짧은데 그 시간을 영화에게 할애해 줄 수는 없었기 때문이다.

"가자."

정우가 티켓 두 장과 팝콘을 안고 그녀의 손을 꼭 잡았다. 하연도 힘을 주어 정우의 손을 꽉 잡았다. 정우의 온기가 얼어붙었던 심장을 녹이는 것만 같았다.

오랜만에 웃으며 영화를 봤던 것 같다. 정우도 웃고 하연도 웃었다. 이런 웃음을 다시는 지을 수 없을 줄 알았다. 그간 너무 힘들어 서로에게 환한 미소조차 보내 본 적이 없었다.

둘은 무언가 빠진 관계 같았다. 서로를 배려하며 적정선을 유지시키며 타협을 반복하는 그런 관계.

"네가 이렇게 웃는 거 오랜만에 보는 거 같아."

정우가 그 어느 때보다 환하게 웃으며 말했다. 짜르르한 전기가 온몸에 흐르는 것 같았다. 그 미소가 너무도 예뻐서.

"미안해. 내가 너무 미안해."

정우가 하연을 꼭 안고는 뒷머리를 쓰다듬었다. 정우의 미안하다는 말이 가슴속에 남아 있는 상처들을 어루만져 주는 거 같았다.

하연은 정우의 품에서 슬며시 눈을 감으며 이 행복을 잠시라도 만끽하고 싶었다. 아슬아슬한 살얼음판 위를 걷는 느낌이지만, 언제 얼음이 깨져 차가운 물속으로 빠져 버릴지도 모를 일이지만, 지금 이 순간만은 느껴 보고 싶었다. 정우의 사랑을.

그렇게 한참을 길거리 한복판에서 정우의 품속에 안겨 있었다. 남들이 지나가면서 자신들을 봐도 신경 쓰지 않았다. 지금 정우와 함께 있는 것이 하연에게는 중요했다.

"정우? 정우야!"

꼭 안았던 정우의 팔에 힘이 풀렸다. 하연은 고개를 돌리지 않았다. 아니, 돌리지 않아도 알 수 있었다. 눈이 크고 웃음이 예뻤던 그 여자. 단아한 목소리를 가진, 너를 빼앗아 갈 그 여자. 하연은 그 자리를 모면하는 대신 정우의 손을 꼭 잡았다.

"누나……."

"여자친구랑 함께였구나. 어쩐지 연락이 안 되더라."

"응."

"내일 연락할게."

여자는 하연에게 눈길조차 주지 않은 채 제 갈 길을 가 버렸다. 멍하니 서 있지 마, 제발. 하연은 정우의 손을 잡아끌었다.

그런 표정으로 그 여자를 바라보지 마.

"가자."

그런 하연의 변화를 눈치챘는지 정우가 다시 웃었다. 하지만 정우의 눈은 누군가를 좇고 있었다. 허탈감과 말할 수 없는 상실감에 하연은 입술을 꽉 깨물었다.

또다. 그 여자는 말 한마디로 정우를 너무 쉽게 빼앗아 가 버린다. 나는 이렇게 아등바등 지켜 내고 있는 것을. 손에 쥔 물처럼 쥐었다 싶어 손을 펴 보면 결국 아무것도 없었다. 이것이 우리의 관계일까.

허탈감과 상실감이 하연을 휩쓸었다.


하연을 집 앞에 바래다주며 정우가 하연의 이마에 부드럽게 입술을 찍었다. 걱정하지 말라는 그의 말 대신인 듯했다.

"갈게."

"응."

오늘은 정우가 가는 뒷모습을 바라보았다. 이렇게 너는 또 그 여자에게 가 버리겠지. 나는 또 이렇게 너를 기다리겠지. 그동안 울고 너를 기다릴 불쌍한 내가, 이런 너를 놓지 못하고 기다리는 한심한 내가, 답답해 견딜 수가 없었다. 그럼에도 나는 너를 놓을 수가 없었다. 너를 잃고 아파하는 나의 모습이 더 견디기 힘들었으니까.

하연은 언제 돌아올지 모르는 정우의 모습을 눈으로 담았다.

04. 나에게 너는……

하연이 요즘 들어 이상했다. 함께 있어도 함께 있는 것 같지 않고, 자신과의 관계에도 제대로 집중하지 못했다.

사랑을 갈구하고 확인받고 싶어 하는 것은 어쩌면 자신이었는지도 몰랐다. 네 안에 내 몸을 담고, 너의 입술을 삼키고, 너의 온기를 나누며, 그제야 정우는 비로소 제대로 된 잠을 잘 수 있었다.

잠이 든 하연의 양 뺨을 어루만지고 보드라운 머리칼을 쓸어넘기며 하연의 향기에 취했다. 아마 하연은 모를 것이다. 남몰래하는 도둑질 같은 하연 바라보기를.

이렇게 점점 멀어져 가는 하연을 붙잡을 수가 없었다. 자신이과연 그런 자격이 있을까, 정우는 생각했다.

민선의 전화를 겨우 받았다. 목소리가 하염없이 울고 있었다.

또 무슨 일이 있었구나, 짐작만 할 뿐이었다. 이것은 사랑일까. 가슴에 답답증이 일었다.

이 시간 하연은 또 어딘가에서 울고 있겠지. 만날 때마다 부어 있는 네 눈을 제대로 볼 수가 없었다. 너에게 미안해서. 그리고 온전히 사랑을 주지 못해서.

그래서 하연을 놓으려고 했었다. 하지만 자신은 아무것도 주지 않아도 괜찮다는 예쁜 너를 내가 감히 어찌 놓을 수 있을까. 네가 놓지 않는다면 나는 너를 버릴 수가 없었다.

정우는 담배 한 개비를 입에 물었다. 담배를 다시 피운 것은 하연을 만나고 얼마 되지 않은 날부터였다.


민선과 다시 재회한 것은 고등학교 때였다. 그녀가 자신의 학교에 다닐 거라는 생각조차 하지 못했었다. 어릴 적 해맑은 웃음과 함께, 자신을 놀리던 아이들에게서 지켜 줬던 든든한 누나였던 그 기억뿐이었다.

그런 민선이 이사를 갔을 때, 정우는 따라가겠다며 엄청 울어 젖혔었다. 민선과 새끼손가락을 걸고 약속했던 그 날의 일이 아직도 생생했다.


'꼭 너를 만나러 올게.'


하지만 열 밤, 스무 밤이 지나도 민선은 정우를 보러 오지 않았다. 민선을 보러 가겠다며 짐을 싸 집을 나갔다가 한 시간 만에 붙잡혀 집에 돌아오기도 했고, 민선에게 데려다 달라며 엄마에게 떼를 쓰기도 했었다.

하지만 어렸던 정우에게 그즈음 새 친구들이 생겼다. 그렇게 새 친구들에게 익숙해질 즈음 정우의 기억에서 민선은 완전히 지워지고 있었다.

민선과의 재회는 운명적이었다.

민선은 계단을 오르고 있었고 정우는 그 계단을 내려가고 있었다. 서로 눈이 마주쳤을 때 한눈에 서로를 알아봤다. 세월 따라 서로의 모습이 많이 변했지만, 그 안에 담긴 모습만은 그대로였다.

"오랜만이야."

민선이 첫마디를 내뱉었다. 정우는 그저 그 떨림과 반가움에 입만 뻥긋거렸던 거 같다. 민선의 웃음만은 어릴 적 그 모습 그대로였다.

단 한 가지 달라진 것이 있다면 그녀의 팔에 가득한 수많은 멍 자국들. 정우는 그것들을 천천히 눈으로 좇았다.

민선의 부모님은 이혼을 했고, 민선은 새아버지와 엄마와 함께 살고 있다고 했다. 봄 햇살보다 더 따스하고 환한 웃음을 지녔던 민선의 입가에 씁쓸함이 묻어 나왔다.

민선과는 급속도로 가까워졌다. 민선에겐 어릴 적 동무의 편안함과 가슴 떨리는 설렘이 공존하고 있었다. 정우는 그런 민선을 만날 때마다 설렘에 밤을 지새운 적이 많았다.

그러던 어느 비가 오던 날 밤, 민선에게서 전화 한 통이 걸려 왔다. 울음이 섞인 목소리에 정우는 겨우 겉옷만 걸치고 헐레벌떡 뛰어나갔다. 자정이 넘은 시각이었다.

민선은 정우의 집 근처 공원 벤치에 앉아 오들오들 떨고 있었다. 왜였을까. 그렇게 크게만 느껴졌던 민선의 어깨가 어미를 잃은 가엾은 아기 새처럼 한없이 여리고 작다는 것을 그 날 느꼈다.

정우는 숨을 천천히 고르며 민선에게로 다가가 자신의 겉옷을 그녀의 어깨에 걸쳐 주었다.

"무슨 일이야?"

정우는 무릎을 굽히고 민선의 앞에 쭈그려 앉아 그녀의 얼굴을 올려다보았다. 하지만 민선은 한참을 그의 어깨에 얼굴을 묻은 채 울기만 했다. 무슨 일이냐고 더 이상 되물을 수도 없었다.

겨우 민선이 진정을 했지만 정우는 그녀에게 쉽게 물어볼 수가 없었다. 그녀의 입가에 묻은 핏자국이 그의 눈에 계속 밟혔다.

"괜찮아?"

근처 편의점에서 따뜻한 커피를 사 가지고 와 민선에게 건네며 물었다.

"응."

찢어진 입술이 아팠는지 민선이 미소를 지으려다 인상을 찌푸렸다.

"안 물어봐?"

목소리가 자잘하게 떨렸고 민선의 어깨도 여전히 오돌오돌 떨리고 있었다. 처량한 작은 새 같은 모양새가 참 안쓰러웠다. 민선이 느끼는 그 아픔이 정우의 가슴에 그대로 퍼지는 듯했다.

"말하고 싶을 때 말해."

"너다운 말이네. 새아빠가 술만 마시면 이래. 새아빠가 나를 때리면 엄마가 온몸으로 막고 그런 엄마는 또 내가 막고. 반복이야."

민선은 후후, 웃으며 꽤 담담한 표정을 짓고 있었다. 어째서인지 그 울림이 정우의 마음에 더 파고들었다. 찌릿한 통증이 몸 안에 퍼지는 것 같았다.

"거기 가만히 있었어? 당장 나오지!"

정우는 화를 참지 못하고 벤치에서 몸을 일으켰다. 가끔 팔에 보이는 멍을 아무렇지 않게 넘겼다는 말로 일관하는 민선의 마음을 알아주지 못한 자신에게 향하는 화기도 했다.

"앉아. 그렇게 소란 떨 거 없어. 어디든 찾아와. 도망 쳐 보고 다 해 봤어. 하지만 소용없다는 걸 안 게 그 인간이 엄마를 칼로 찌른 다음 날이야. 내가 경찰에 울며불며 저 사람이 한 짓이라고 해도, 내 말 믿어 주는 사람 아무도 없었어."

상황은 생각보다 더 참담했다. 정우는 손바닥에 얼굴을 묻으며 숨을 깊게 들이마셨다. 그가 기억하던 민선의 모습이 어땠던가. 이제 그 환하던 웃음이 잘 기억나질 않는다.

"그 이후에 겨우 합의 이혼했는데 술만 마시면 찾아와서 저래. 이제는 익숙해."

민선은 주머니에서 담배 한 개비를 꺼내 물었다. 낯선 모습이었다.

"피울래?"

"언제부터야?"

"뭐? 담배? 아니면 때린 거? 어느 쪽이든 오래됐어. 견딜 수가 없으니까. 나도 숨 쉴 틈이 필요했어."

민선은 울지 않았다. 하지만 우는 것보다 더 참담한 감정들이 그에게 고스란히 밀려들어 왔다.

정우는 민선의 입에 물린 담배를 빼앗아 바닥에 던져 버렸다. 그리고 민선을 품에 껴안았다.

민선의 샴푸 냄새가 코끝에 향긋하게 다가왔다. 민선의 뒷머리를 손으로 천천히 쓰다듬으며 몇 번이고 말했다.

"지켜 줄게. 내가 널…… 꼭……."

가슴속에 퍼지는 다짐들, 그것은 한낱 어린아이의 객기였는지도 몰랐다. 하지만 그냥 지나칠 수가 없었다.

어린 시절 아빠 없이 엄마와 단둘이 보내야만 했던 가엾은 나와 너무 닮아 보여서. 그 상처가 다르겠지만 그녀가 가진 상처라도 치유해 주고 싶었다.

민선은 참아 왔던 울음을 터트렸다. 어린아이처럼 소리 내어 그의 품에서 한동안 울음을 터트렸다.

새아빠의 구타는 그 뒤로도 번번이 지속되었다. 그때마다 그가 할 수 있는 것은 그녀의 몸에 난 상처들에 약을 발라 주는 것뿐.

경찰에 신고하면 그다음에 보복성 폭행들이 이어졌다. 도망치자는 정우의 말에 민선은 그럴 수 없다 했다. 결국 그 사람은 어디든 쫓아와 버리니까, 도망쳐도 소용이 없다고 했다.

그즈음 정우의 엄마가 돌아가셨다. 교통사고였다. 말할 수 없는 상실감에 엄마의 영정사진을 보고 망연자실하게 앉아 있었다. 세상의 유일한 자신의 편을 잃었다.

"괜찮아. 괜찮아."

그가 민선에게 했던 말을 이제는 그녀가 했다. 너무 슬프면 눈물이 나지 않는다고 하던데, 틀린 말이 아니었나 보다.

사실 그는 울 수 없었다. 울고 나면 이제 정말 엄마를 떠나보내야 할 것 같았으니까, 그래서 도저히 울 수 없었다. 그저 모든 것이 꿈같았다. 커다란 공허함이 휩쓸고 간 잔재들만 그에게 남아 있었다.

"교통사고였다면서요? 저 애는 어떻게 되는 거래요?"

"애 아빠가 있다던데요?"

자신을 가리키며 하는 이야기도 아무것도 들리지 않았다. 민선이 자신을 안고 귀를 막아 주었기 때문이었다.

"듣지 마. 다 듣지 마."

아무 소리도 들리지 않았다. 민선의 소리도 주위 사람들의 소리도, 왱왱 우는 매미 소리처럼 주위가 어지러웠다. 그저 영정사진 속의 엄마가 환하게 웃어 주었을 뿐이었다.


커다란 집에 홀로 있는 기분, 그동안 느끼지 못했던 커다란 찬기들이 정우에게 밀어닥쳤다.

아버지와는 얼굴도 제대로 마주한 적이 없었다. 어려서 왜 아버지가 없냐는 물음에 어머니는 그저 웃기만 했다. 그리고 아버지란 사람은 자신의 존재를 알고서도 철저하게 묵인했다.

그 사람은 그런 사람이었다. 가족에게는 조금의 애정도 없는 그런 남자. 어머니와 이혼을 하고도 재혼을 했지만 그것이 잘 되지 않았다고 했다.

그때부터 그를 명목상 아들이라 지칭했지만 그 외엔 부자의 정을 나누거나 그를 여느 아버지들처럼 살뜰하게 보살피거나 하지 않았다.

정우에게 아버지는 없는 사람이나 마찬가지였다. 그 사람에게도 마찬가지였을 것이다. 자신의 아들이라 지칭하는 단어 외에는 남보다도 못한 사이였다.

엄마가 돌아가시고 그에겐 자신을 지켜 주는 유일한 편이 절실하게 필요했다. 그것이 민선이었다.

민선은 틈틈이 정우의 집에 와 음식을 해 주고 말라 가는 정우를 보살폈다.

괜찮다, 위로하는 말들보다 민선은 그저 항상 그에게 웃어 주었다. 그 어느 때보다 따스하게, 엄마가 했던 그대로.

그 날부터 그녀가 나에게 엄마 대신이었고, 우리는 서로를 지탱하는 커다란 버팀목이었다.

우리는 우리 서로끼리만 보듬어 줄 수 있고 서로만 이해할 수 있다고 생각했다. 아무도 이해할 수 없는 자신들을 이해할 수 있는 것도 오로지 서로뿐이라고 생각했다.

그녀와 자신은 그런 관계였다.


정우가 대학에 입학하고 몇 달이 지났을 때, 민선에게 남자친구가 생겼다. 한 번도 서로를 연인이라 정의한 것은 아니었지만, 연인이 아니라고 생각한 적이 없었다. 커다란 허탈감이 그에게 다가왔다.

네게 나는 뭐냐는 질문에 민선은 이렇게 답했다.

"항상 첫 번째야, 넌. 누구와도 바꿀 수 없는 내 첫 번째. 헤어지면 다시 만나지 못할 그런 사이 말고 너와 난 하나야."

씁쓸한 웃음이 퍼졌다. 하지만 민선은 언제 떠나갈지 모르는 남자친구에게 의지하지 않았다.

모든 공유를 정우와만 했다. 그것은 남자친구보다 우위라는 묘한 쾌감을 느끼게 했고, 그녀를 지켜 주겠다는 의무감들이 그의 발목을 잡았다. 그녀는 그가 아니면 안 되는 존재였다.

그녀는 연인이 아니라 말했지만, 그에게 오직 연인은 그녀 하나였다.


그리고 너를 만났다. 너는 맑고 커다란 눈이 인상적인 아이였다. 학과 건물을 지나다니다 몇 번 마주친 것이 다였지만 어쩐지 너의 그 깨끗한 눈이 그 날 나를 붙잡았다.

"마셔. 선배가 주는 거잖아."

"아까도 그래서 마셨어요."

"어허, 선배가 주는 거라니까? 후배님?"

그때까지 그는 누구에게 관심을 주거나 어떤 일에도 관여하지 않는, 모든 일에 무관심한 사람이었다. 아니 지금도 역시 그랬다. 하지만 왜였을까.

어미 잃은 작은 새처럼 어깨를 바들바들 떨고 있는 네 모습이 어린 시절 동네 형들에게 아빠가 없다고 놀림받던 나의 모습과 오버랩되었다. 하연의 앞에 놓인 잔을 빼앗아 단숨에 들이켰다.

"이 새끼 너 뭐하는 짓이야!"

"후배에게 주신 술이라 아무나 마셔도 된다고 생각해서 마셨습니다. 나와."

하연의 손목을 잡고 그 자리를 빠져나왔다. 뒤에서 고함치는 선배라는 이름의 거지 같은 남자의 목소리도, 다른 동기들의 목소리도 들리지 않았다. 단지, 내 손안에 잡힌 너의 가느다란 손목이 바들바들 떨리는 것만 느껴졌을 뿐이었다.

그렇게 한참을 걸었던 거 같다. 술 냄새가 자욱한 곳들을 피해, 한참을 걸었다. 너와는 왠지 그곳에 어울리지 않는 거 같았다. 환하고 밝아서 어둠과는 전혀 어우러지지 않는 그런 아이.

"가."

버스 정류장이 보이자 정우가 하연의 손을 놓았다. 촉촉하게 젖은 말간 눈망울이 자신을 의아하다는 듯 바라봤을 때, 심장이 알 수 없이 따스해져 왔다. 마치 어린 시절 키웠던 강아지가 자신을 보며 꼬리를 흔들 때와 비슷한 뭉클한 감정이었다.

한참을 네 맑은 눈을 빤히 바라봤다. 세상의 때가 전혀 묻지 않은 그 맑은 눈동자에 자신의 마음까지 정화되는 것만 같았다. 그리고 네 눈동자에 마치 빨려 들어가듯, 심장이 거칠게 요동을 쳤다.

"왜?"

"아니야. 그럼 가."

정우는 서둘러 대답을 하며 하연과 있는 이 자리를 피했다. 왠지 모를 두려움이 그를 덮쳤기 때문이었다.

그를 이해할 수 있는 사람은 민선뿐인데, 잠시 그녀와 함께라면 더 따스해지지 않을까 하는 웃기지도 않은 생각들이 들었던 것이다.

"도와줘서 고마워."

꽤 까랑까랑한 목소리였다. 너의 목소리를 뒤로한 채, 그렇게 너의 눈망울도 다시 잊혀져 갔다.

그리고 그 며칠 뒤, 또 너를 만났다. 처음엔 너를 잘 알아보지 못했다. 사실 너의 존재를 까맣게 잊고 지냈다. 어차피 나와 상관도 없는 사람이기에 네가 나에게 반갑게 인사하던 그때까지 너를 잊고 지냈다.

"그 날은 고마웠어."

환하게 웃던 하연의 모습이 그 날과는 사뭇 달라 보였다. 여린 어깨를 바들바들 떨던 아기 새와 같은 모습과는 상반된 모습이었다.

사람들에게 둘러싸여 있는 너는 자신감에 넘치고 활기차 보였다. 아무도 이해할 수 없는 민선과 나와는 다르게.

"나중에 내가 밥이라도……."

"아니, 괜찮아. 딱히 너 위해서 한 것도 아니고. 그냥 그 상황이 싫었던 거뿐이야."

자신이 생각해도 놀랄 정도로 쌀쌀맞은 말투였다.

"그래? 그렇담 어쩔 수 없지만. 난 김하연이야."

하지만 상처받기는커녕 담담하게 하연이 대꾸하자, 정우는 잠시 멈칫했다.

정우는 자신의 이름을 말해야 하나, 잠시 고민했다. 하지만 하연이 말을 얼른 덧붙여 왔다.

"넌 서정우지? 내 주위 사람들은 널 다 알더라."

마치 자신은 정우의 존재를 몰랐다는 투였다. 그럴 만도 했었다. 나중에 들어 보니 하연은 자신처럼 남에게 별로 관심을 두는 사람이 아니었다. 사람 얼굴도 잘 기억 못 했고.

"내가 시간 뺏었나 보네. 네 표정이 그래. 그럼, 만나서 반가웠어. 아, 그리고 그 날 그 선배 미안하다고 전해 달래. 그 날 술에 취해서 자기가 실수한 거 같다고. 그럼 잘 가."

하연은 그에게 손을 흔들며 친구들 무리 틈으로 들어갔다. 그녀가 자신에게 친한 척 말을 건네는 것이 못내 불쾌하기도 했고, 환하게 웃어 주는 것이 또 좋기도 했다.

하지만 딱 거기까지였다. 그 이상 우리의 관계가 지속될 이유가 없었다. 너와 난 완전히 다른 세계의 사람이었으니까.

민선이 말했었다. 우리는 어디에도 속하지 못하는 우리 둘만 이해하는 존재들이라고. 빛과 같은 존재들과는 다른 존재들이라고. 그래, 너와 난 다른 존재였다.

그것이 싫고 기분이 나빴다. 아니, 정확히는 밝은 너에게 동화될까 잠시 두려워졌었다. 자신이 밝게 동화가 되면 민선 홀로 그 자리에 남아 있어야만 했다. 그런 짓은 할 수 없었다.

그렇게 정우는 하연을 신경 쓰지 않기 위해 그녀가 보이면 일부러 쌀쌀맞은 태도로 일관했다. 한 달 정도를 무시하자, 너는 이제 나를 피했다. 한 번은 네가 내게 자기가 싫으냐고 물었다. 그때 정우는 아무 말도 할 수 없었다. 너의 그 관심이 싫지는 않았다.

"그럼 됐어."

안심한 듯 웃는 너의 모습에 나까지 편안해지는 거 같았다. 그 뒤로도 널 계속 마주쳐 왔지만 가벼운 인사 빼곤 제대로 하지 않았다. 그러다, 널 다시 보는 사건이 생겼다.

방학을 앞둔 며칠 전, 네가 나에게 다시 말을 걸어 왔다. 신경을 안 쓰려고 했지만 어느 순간부터 정우의 온 신경이 그녀에게 쏠려 있었다.

"좋아해……."

막 첫사랑을 시작한 수줍은 소녀 같은 목소리였다. 정우는 뻐딱하게 서서 자신에게 좋아한다 말하는 하연을 바라보았다.

양 뺨이 발그레하게 상기된 하연은 수줍은 듯 땅만 쳐다보고 있었다. 한참을 그녀의 모습을 바라봤던 거 같다.

수줍게 바닥만 보던 하연이 초조한 듯 고개를 들어 정우의 얼굴을 바라봤다.

그와 눈이 마주치자, 얼굴이 새빨갛게 변했다. 하연은 서둘러 고개를 바닥에 떨구었다. 당당하게 웃던 너와는 사뭇 다른 느낌이었다.

"안 될까?"

초조한 듯 목소리를 떨며 말하는 하연은 여전히 정우를 바라보지 못했다.

"나는 네가 첫 번째가 될 수 없어. 미안해."

정우는 꽤 건조하게 말했지만, 하연의 이 고백이 싫지는 않았다. 그렇다고 좋지도 않았다. 단지 자꾸만 첫날 보았던 그 맑은 눈동자가 생각이 났다. 어쩌면, 저 맑은 눈동자라면……. 또 어쩌면…… 자신을 따스하게 감싸 주지 않을까, 하는 헛된 기대도 들었다.

"괜찮아. 첫 번째가 아니어도 난 상관없어."

알았다는 그 짧은 대답에, 세상의 빛을 모두 머금은 듯 환하게 웃던 너의 모습을 아직도 잊을 수가 없었다. 너는 나를 더 추악하게 만드는 빛임과 동시에, 나를 따스하게 만드는 빛이었다.

그는 하연을 여자친구로 받아들였다. 첫 번째가 될 수 없는 그런 여자친구였다.

하연에게 꽤 성실한 남자친구가 되려고 노력했다. 아니, 사실은 민선에게 보여 주기 위한 시기 어린 마음이 작용했을지도 모르겠다.

하연과 데이트를 하면서도 그의 마음속의 옆자리는 민선이었다. 아니, 그것은 처음부터 민선에게 내어 주기로 했던 자리였다. 하연과 함께 있지만 정우는 민선과 함께 있었다.

그녀의 웃음을 너의 웃음으로 지우고 그녀의 온기를 너의 온기로 지워 나가려 했다.

함께 있지 않은 민선 대신, 너는 내게 대체용품이나 다름없었다. 처음부터 그렇게 마음먹었으니까.

너의 웃음 사이로 민선을 대입시켰다. 따스하기만 한 너의 온기를 차가운 그녀의 얼굴로 겹쳐 들게 만들었다. 나의 첫 번째는 민선이었으니까. 그것이 맞았다.

하지만 하연은 그에게 아무것도 바라는 것이 없었다. 자신이 지어 주는 웃음도, 배려도, 따스함도, 모두 다 자신을 향하는 것이 아닌 것을 알지도 모른다.

그러던 일주년이 되던 날, 일이 터졌다.

— 정우야……. 정우야…….

오랜만에 한 전화로 울며 매달리는 민선을 모르는 척할 수 없었다. 아니, 민선의 울음에 하연의 생각 따윈 잊어버리려고 했다. 죄책감도, 하연에 대한 미안함도.

한동안 연락이 끊겼던 새아버지의 폭행, 그녀가 기댈 곳은 온전히 자신이었다. 현재 함께하고 있는 남자친구도 아닌 정우였다.

며칠을 그녀와 함께 밤을 지새웠다. 몸을 섞은 것은 아니었다. 우리는 그런 사이가 아니었다. 서로의 품에 안겨 서로의 마음을 어루만져 주고 서로를 보듬어 줄 유일한 사람일 뿐이었다.

놀란 듯 멍하니 서 있는 하연의 얼굴이 눈앞에 아른거렸지만, 곧 잊혀졌다.

그의 마음속엔 하연이 담겨 있지 않았다.

"여자친구 생겼어?"

자신의 무릎을 베고 누워 민선은 아무렇지 않게 물었다.

"응."

"그렇구나. 그래도 첫 번째는 나지?"

그녀는 참 이기적인 질문을 해 왔다. 하지만 그 물음에 그는 그렇노라 단언하며 대답할 수 있었다. 정우 자신은 온전히 그녀를 향한 존재였다.

하지만 어쩐지 그때마다 하연의 얼굴이 어른거렸다. 이상했다. 하연은 자신에게 아무것도 아니었는데⋯⋯. 불안함이 생겨나는 자신의 마음을 얼른 되잡았다.

그녀의 상처를 이해하고 그녀의 마음을 다독이고 그녀의 마음을 헤아릴 수 있는 사람은 이 세상에 자신 하나밖에 없었으니까.


군대 휴가를 나와 마지막 날 너를 찾아갔을 때도, 제대하던 날 먼발치에서 돌아갔을 때도, 너를 혼자 내버려 뒀을 때도, 넌 단 한 번도 내게 눈물을 보인 적이 없었다. 화를 낸 적도 없었다. 언제나 웃으며 잘 왔다고 나를 따스하게 안아 주었다.

그랬던 네가 운다. 한 번도 내 앞에서 운 적이 없던 네가 운다.

어째서였을까. 그녀와 함께 있었는데, 다른 남자 앞에서 눈물을 흘리는 네 모습이 더 눈에 밟혔다.

가슴속에 찌릿한 통증이 일었다. 자신도 모르게 그녀와 함께 있다는 사실을 잊은 채 하연의 이름을 불렀다.

하연에게 닿지 않을 듯한 그 이름을⋯⋯. 다른 남자 품에 안겨 우는 너의 모습을 나는 하염없이 바라본다.

"정우야, 무슨 일이야?"

버려질까 잔뜩 긴장하며 묻는 그녀의 목소리보다 너의 눈물이 내 가슴속에 맺히고 있었다.

하연에게서 눈을 떼지 못하는 정우가 불안한 듯, 민선답지 않게 재차 말을 했다.

"보지 마. 네가 그런 표정 지으면 저 여자한테 내가 밀리는 거 같잖아."

도저히 놓을 수 없는 그녀가 정우에게 확인받고 싶어 했다. 쉽게 돌릴 수 있었던 시선이, 쉽게 내뱉을 수 있던 말들이, 어째서인지 입 밖으로 내뱉어지지 않았다.

정우는 하연이 있어서 민선을 기다릴 수 있었다. 그런데 너는? 너는 누가 지탱을 해 주었던 것일까. 주마등처럼 흘러 지나가는 지난 시간들이 새록새록 떠올랐다.

남몰래 울며 자신을 기다리던 하연의 모습들, 자신이 언제라도 떠나갈까 불안해하던 하연의 모습들.

그런 하연이 이제는 다른 남자 품에서 운다. 자신만을 바라보던 그 눈동자를, 자신이 바라보던 하연의 모습을, 다른 남자가 조심스럽게 담고 있었다.

정우는 민선을 바래다주고 오는 길에 이기적인 생각들로 자신의 마음을 다잡았다.

너의 옆자린, 내 것이었다. 누구의 것도 아닌……. 내 자리였다.

사랑을 속삭이던 예쁜 입술도, 나에게 환하게 웃어 주던 그 빛 같은 웃음도, 나에게 온기를 나눠 주던 그 예쁜 몸도, 모두 다 내 것이었다. 누구에게도 양보할 수 없는…….

## 05. 네가 없는 나는……

이것은 익숙한 일이었다. 정우와 연락이 끊긴 지 하루, 이틀, 삼 일. 너무도 익숙한 환경들에 하연은 이제 기대감조차 들지 않았다.

네가 없는 빈자리는 이렇게 조금씩 자취가 사라지고 있었다.

정우를 걱정하며 몇 날 며칠 밤을 지새웠던 일들도, 이제는 전부 예전 일 같았다.

그가 다시 돌아올 거라는 기대는 물론 하고 있었다. 그 날 두 눈에 담아 두었던 정우의 모습을 가슴속에 간직해 둔 사진처럼 몇 번이고 꺼내어 보았다.

하루가 일 년같이 길었지만 예전만큼 불안한 마음은 없었다.

왜일까. 내가 너에 대한 마음이 변한 것은 아니었다. 단지, 너에게 기대하지 않고, 기대지 않는 내가 너무 익숙해진 따름이었다.

이제는 정우가 없는 날에도 웃을 수 있었다. 정우의 대한 기대감들이 그녀의 발목을 잡았던 것이 아니었을까. 숨을 베어 물며 깊게 내뱉었다.

"하연 씨, 오늘 저녁에 시간 돼요?"

며칠 동안 어색했던 세준의 물음이 이렇게 반가울 데가 없었다. 울리지 않는 휴대폰을 일별하고 세준을 바라봤다.

"무슨 일 있으세요?"

"할 말이…… 좀 있어서요."

"네, 괜찮아요."

"그럼 이따 저녁에 봐요."

무슨 일인지 세준이 눈을 제대로 마주치지 못했다. 의아한 표정으로 세준을 바라봤지만, 그는 대답치 않고 부리나케 자리를 피했다.

하연은 한가한 틈을 타 창가로 가 밖을 내다보았다. 지독히도 맑은 날씨와 코끝이 아릴 만큼 불어 대는 바람에 하연은 눈을 슬며시 감았다. 불어 대는 바람이 자신의 아린 마음을 어루만져 주었다.

영은을 먼저 보내고 하연과 세준은 나란히 길을 걸었다. 초조한 듯 몇 번이고 숨을 크게 들이마시는 세준이 낯설기만 했다.

무슨 일이 있는 거냐고 물어도 아니라는 대답만 할 뿐 세준은 평소와 다르게 말을 걸지 않았다.

"찬물 한 잔만 먼저 주세요."

그와 들어간 곳은 한강변에 위치한 레스토랑이었다. 한강이 보이는 자리에 앉아, 세준은 다급하게 물을 찾았다. 강물 위로 달빛이 선선하게 흘러들었다.

"괜찮으세요?"

물 두 잔을 연거푸 들이켠 세준에게 물었다.

"아, 괜찮아요. 제가 오늘 하연 씨를 너무 불편하게 하네요."

"저도 괜찮아요."

하연은 세준에게 안심하라는 듯 웃어 주었다. 정우가 없던 지옥 같은 날들이 이제는 아득해져 갔다.

첫날은 정우를 그렇게 보낸 것을 뼈저리게 후회했다. 담을 수 없는 정우의 뒷모습을 눈으로 좇고, 그의 향기를 기억하고, 그의 뒷모습을 기억했다.

그 모습이 아련하게 떠올라 가슴이 찢어지듯 아파 왔다. 울리지 않는 휴대폰을 계속 충전시켰다.

혹여, 정우의 전화를 받지 못할까 봐. 못난 기다림은 시간이 지날수록 지쳐 갔다. 이제는 휴대폰이 꺼져 버렸지만 하연은 괜찮다 생각했다.

자만, 일지도 모르지만, 정우는 자신에게 돌아올 거라는 굳은 믿음이 있었다.

"하연 씨, 뭐 드실래요?"

"전 아무거나 괜찮아요."

금세 채워진 잔의 물을 한 모금을 마시며 웨이터에게 세준이 주문을 했다.

"와인 괜찮아요?"

"네."

"와인은 Chateau Talbot 1996년 산으로 주세요."

웨이터가 주문을 받고 나간 후, 하연은 창밖으로 보이는 야경을 물끄러미 바라봤다.

"야경 예쁘죠?"

"네, 그러네요."

숨을 몇 번 들이마신 후, 마음이 좀 진정됐는지 세준이 평소와 같이 말했다.

"하연 씨, 좋아할 거 같아서 일부러 이곳으로 예약했어요."

강 위에 흐르는 달빛 위를 유람선이 스쳐 지나가 달빛이 갈라졌다. 또다시 생긴 달빛이 강물 위를 유유자적 흘러 다녔다. 마치 아무 걱정 없는 방랑자처럼.

"마음이 편해지는 거 같아요."

"이따 한강 잠깐 걸을까요?"

"아, 좋아요."

싱긋 웃는 하연의 모습을 세준이 물끄러미 바라봤다.

"하연 씨 웃는 거 며칠 만에 보네요."

하연은 자신의 치부를 들킨 것처럼 순간 당황했다. 자신은 그동안 즐겁게 지냈다고 생각했기 때문이었다. 또 아니었구나. 남에게 자신의 비밀을 들킨 것만 같았다.

어색한 분위기를 다행히 웨이터가 끊어 주었다. 아뮤즈 부쉬를 그녀의 앞에 놓아주었다. 하얀 접시에 구운 수박과 푸아그라 테린, 포도 젤리가 정갈하게 올려져 있었다.

하연은 맛깔스러운 음식을 먼저 맛보는 대신, 와인을 한 모금 마셨다. 입안이 까끌까끌해 견딜 수가 없었다. 자신이 생각했던 것들이 온전히 깨져 버리자, 혼란이 찾아온 탓이었다.

웃지 못했구나. 웃지 않았구나. 허탈한 마음들이 그녀를 지배했다. 정우란 커다란 그늘이 그녀를 온전히 뒤덮어 가려 버린 것인지도 몰랐다.

"많이 고민했어요."

몇 번을 망설인 끝에 세준이 입을 열었다. 반쯤 담겨 있던 와인은 이미 모두 비워진 후였다. 빈 잔을 다시 채우고 그 잔을 세준이 다시 입에 대었다.

"제가 감히 말을 해도 될지도 많이 생각했어요. 그런데 이제 하려구요."

장난기 가득했던 세준의 진지한 모습이 순간 낯설게 다가왔다. 하연은 어렴풋이 느껴지는 자신의 생각들을 애써 도리질 쳤다.

"저 하연 씨 좋아해요."

"아…… 저…… 그러니까……."

어렴풋이 짐작했던 것과 그 사실을 확인받은 것과는 차원이 달랐다. 담담하게 거절할 수 있을 거라는 생각들이 모조리 사라졌다.

"하연 씨에게 제 감정 강요할 생각 없습니다. 하지만 이제는 그런 남자와 사귀는 하연 씨를 더 이상 두고 볼 수도 없어요."

"죄송해요. 저에게는 사랑하는 사람이 있어요."

상투적인 대답. 자신의 입에서 나오는 사랑하는, 이라는 단어가 참 어색하게 느껴졌다.

"그거 사랑 맞나요?"

세준의 말에 하연은 그의 눈만 빤히 바라봤다. 왜일까. 사랑이라고 평소처럼 단칼에 대답하지 못했다.

"하연 씨 마음을 잘 생각해 봐요. 그건 사랑이 아니라 집착이에요."

무례함. 하지만 그 무례함보다 마음속을 짓누르는 것은 더 이상 항변 못 하는 자신이었다. 하연의 얼굴엔 불쾌한 기색보다 당황하는 기색이 역력했다.

"사랑 맞아요. 전, 정우를 사랑해요."

기계적으로 내뱉는 입술이 자신의 것이 아닌 것만 같았다. 목구멍이 꺼끌거렸다.

정우의 이름을 한동안 내뱉어 본 적이 없었다. 그 이름을 내뱉으면 감춰 왔던 그리움들이 증폭될까 두려웠던 것일지도 몰랐다. 증폭된 두려움이 거대한 해일처럼 그녀를 덮쳤다.

보고 싶다. 지금 이 순간 달려가 안기고 싶었다.

여태껏 그녀가 했던 것은 모두 다 거짓말이었다. 자신의 마음을 감추려, 일부러 자기 합리화를 시킨 것일지도 몰랐다.

그렇게 뒤돌아서 가는 너를 뒤에서 당장에 안고 싶었다. 왜 그 날 너를 그렇게 보냈을까, 얼마나 후회했는지 모른다.

깊은 한숨이 입 밖으로 사라졌다.

"미안해요. 사장님 마음 받아 주지 못할 거 같아요."

세준은 더 이상 그녀에게 묻지 않았다. 그리고 강요도 하지 않았다. 정우와의 관계를 모두 다 이해시킬 생각은 아니었다. 아니, 이건 누구도 이해할 수 없는 관계였다.

하지만 그 관계는 자신들만의 사이에서 끝내야 했다. 아마 세준까지 끌어들인다면 서로 다 무너지고 말 것이다.

매정할지 모르지만 하연은 세준에게 조금의 여지도 주고 싶지 않았다.


돌아오는 차 안, 어색한 분위기만 흘렀다. 버스를 타고 돌아가겠다는 하연을 끝끝내 만류한 것은 세준이었다. 하연의 집 앞에 차를 세우고 세준도 같이 내렸다.

"오늘 미안했어요. 하지만 제 마음은 진심이에요."

세준은 한발도 물러섬이 없었다. 하연은 그에게 무어라 말을 하려다 입을 닫았다. 정중하게 인사를 하고, 하연은 집으로 들어

갔다. 그리고 꺼져 있던 휴대폰에 충전기를 연결했다.

네가 그리운 지금 이 시간에도, 너는 아무 연락이 없었다. 수 없이 전화를 해 보았지만 번번이 돌아오는 것은 익숙한 기계음이었다.

씻지도 않은 채 하연은 침대에 털썩 누웠다. 이제는 침대에 있던 정우의 체취가 사라져 간다. 그와 함께 있었던 그 시간들이 아득해져만 갔다.

정우의 품에 안겨 있을 때 느꼈던 따스한 온기, 그의 향기, 귓가를 울리던 달콤한 목소리들이 이제는 먼 옛날이야기 같았다.

정우의 모습조차 아릿하게 흔들리는 거 같았다. 잘 기억나질 않는다. 어떻게 웃었고, 어떤 목소리로 그녀에게 말을 건넸는지, 이제는 흐릿해져 간다.

하연은 베개에 얼굴을 파묻고 숨을 크게 들이마셨다. 정우의 작은 향기라도 잡고 싶었다.


하연은 세준이 불편했다. 하지만 세준은 그녀에게 부담을 주지 않기 위해서 금세 알아챌 수 있을 정도로 애써 밝게 말을 건넸다. 마치 어제 아무 일도 없었다는 듯.

그런 배려가 하연은 너무도 고마웠다. 말로 표현할 수는 없었지만 한결 마음이 놓이는 듯했다. 자신의 마음도 버거운 상태에서 남의 마음을 받을 수는 없는 일이었다.

매섭게 몰아치는 한파 속에서 하연은 밖을 무연히 바라봤다. 저곳에서 정우가 차에 몸을 기대고 자신을 바라보고 있었지. 따스하게 안아 주던 그 품이 미치도록 그리웠다.

일주일이면 해결될 줄 알았다. 일주일이면 다시 돌아올 줄만 알았다. 하지만 예상보다 길어진 시간 속에 하연은 갈피를 못 잡고 있었다.

처음 했던 자만들은 다 어디로 사라진 것일까. 웃음이 나오려고 하고 있었다. 과연 마지막 자리는 자신의 자리일까. 아니면 그 여자?

추억을 공유한 정우가 자신에게 마음을 열었다고 믿고 있었다. 그런데 지금은? 생각들이 어지럽게 교차되어 머릿속을 떠다녔다.

너에게 나는 도대체 무엇이었을까.

너에게 나는 도대체 어떤 의미였을까.

물어보지도 못한 말들이 답을 내려 줄 리 없었다.

정우는 멍하니 서류를 바라보며 두 손으로 얼굴을 비볐다. 그의 얼굴엔 피곤한 기색이 역력했다. 담배 한 개비가 간절해지는 오후였다.

목을 꽉 조이는 타이를 한 손으로 풀고 담배 한 개비를 입에 물었다. 필터를 빨아들이자, 가슴에 묵혀 두었던 답답증이 한결 가벼워졌다.

민선이 입원을 한 것은 열흘 전이었다. 하연과 헤어지고 그날 밤 민선의 새아버지가 그녀를 찾아왔다. 접근금지신청을 해 두었지만 그는 교묘히 그녀를 찾아다녔다.

하연을 두고 돌아가는 저녁, 그녀의 목소리가 다급했었다.

— 정우야, 악! 저리 가! 꺼지란 말이야! 살려 줘, 정우야!

휴대폰을 가득 울리는 그녀의 비명 소리에 정우의 낯빛이 파리해졌다. 다급하게 경찰에 신고를 하고 그녀의 집으로 차를 돌렸었다.

그녀는 거의 초주검 상태였다. 살림살이는 모조리 부서져 있었고, 그녀의 어머니는 방에서 벌벌 떨고 있었다. 그런 어머니를 막다 더 매를 맞은 듯, 그녀의 얼굴은 알아보기 힘들 정도로 붓고 피가 여기저기 묻어 있었다.

그런 그녀를 여태까지 보호하고 그 뒤처리를 했던 것이 모두 정우였다. 그녀의 상태는 심각하지 않았지만 불안감에 발작을 반복했고, 안정제를 놓아야 겨우 잠이 들 수 있었다.

그런 그녀의 곁을 밤새도록 지키고 출근하던 일이 반복이었다. 하연에게 수없이 걸려 왔던, 전화조차 이제 울리지 않는다. 하연을 생각하면 가슴이 따뜻했지만 한구석은 아려 왔다.

점점 생기를 잃어 가던 맑은 눈동자가, 환한 웃음을 담고 있던 그 입술이 점점 불안에 떨어 갈 때, 정우는 하연을 제대로 바라볼 수가 없었다. 하연에게 불행을 주는 것이 마치 자신 같아서.

필터를 깊게 빨아들였다.

"실장님, 커피 한 잔 드릴까요?"

"아니, 괜찮아요."

그는 입이 까다로운 편이었다. 아니, 그게 아닌지도 몰랐다. 이미 하연에게 익숙해진 입맛이 모든 것을 거부하고 있는지 몰랐다.

하연이 자신에게 익숙해진 것처럼 정우 자신도 하연에게 익숙해졌다. 입가에 머금은 매캐한 담배 맛이 아닌, 그녀의 씁쓸하면서도 고소한 커피 향을 느끼고 싶었다. 하연이 조금 더 간절해졌다.


'내가 첫 번째잖아. 나를 버리고 갈 거야?'


민선이 물었다. 그녀의 물음에 대답을 제대로 하지 못했던 것은 그였다. 첫 번째, 그래 그녀는 첫 번째였다.

민선이 퇴원을 한 것은 어제 아침이었다. 다 제자리로 돌아갈 것이라고 생각했지만, 아직은 아니었다.

정우는 의자를 빙 돌려 창문으로 밖을 내려다보다, 차가운 유리를 손으로 매만졌다. 하연의 따스한 몸이 그리웠다. 하연의 향긋한 향기가 그리웠다.

분명 첫 번째는 민선이었는데, 그의 머릿속을 차지한 것은 어쩐 일인지 하연이었다.

정우는 타오르는 담배를 비벼 끄고 연기를 깊게 내뱉었다.


달그락달그락, 다 쓴 접시들을 정리하고 하연은 분쇄기에 넣을 원두를 확인했다. 잠을 제대로 못 자, 정신이 몽롱했다.

여전히 정우에게선 연락이 없었다. 이제 날짜를 세는 일 따위 그만뒀다. 그 날짜들이 멀어질수록 정우에 대한 생각이 너무 간절해지고, 자신이 하찮게 느껴졌기 때문이었다.

"김하연!"

낯익은 목소리에 하연이 고개를 돌렸다.

"선주야, 어쩐 일이야? 연락도 없이?"

"연락도 없이? 야, 전화 안 받은 게 누군데 이래."

"아……."

하연은 서둘러 휴대폰을 확인했다. 작은 소리에도 정우의 전화일까 예민하게 굴었었는데, 다른 전화는 신경을 쓰지 않았던 모양이었다.

"나 저쪽에 앉아 있을게."

"응, 조금만 기다려."

하연은 선주가 마실 핸드드립 커피를 서둘러 만들었다. 고소한 원두의 향을 느끼며 천천히 물을 돌려 부었다. 아련한 향 같았다. 정우의 몸에 밴 담배 냄새처럼 원두의 향이 아련하게 다가왔다.

하연은 창가에 앉은 선주의 건너편에 앉았다. 그녀의 앞에 쿠키 몇 조각과 커피를 밀어 주었다.

"마셔."

커피를 한 모금 마신 선주가 인상을 찌푸렸다.

"또 무슨 일이야?"

"그냥……."

"이제 나 네 표정만 봐도 다 안다? 서정우 때문이겠지."

하연은 쓰게 웃었다. 이럴 때는 자신을 너무 잘 아는 사람이 불편하게 느껴졌다. 하연 자신보다 자신을 더 잘 알아서. 속마음을 꿰뚫리고 들킨 것만 같았다.

"조금만 기다려. 나 곧 퇴근이니까, 같이 저녁 먹자."

"나 사실…… 병원에서 정우 봤어."

"정우? 어디 다친 거야? 왜? 뭐 때문에? 어서 대답 좀 해 봐!"

항상 차분하기만 했던 하연이 다급하게 질문을 쏟아 내는 모습에 선주는 어안이 벙벙했다.

하지만 하연은 그런 자신의 모습을 알아채지 못했다. 병원이란 말에 심장이 철렁 내려앉았던 것이다. 심장이 조여드는 이 기분 나쁜 느낌을 느끼고 싶지 않았다.

"나도 걔 뒷모습만 봐서 자세히 모르겠어."

"어땠어? 많이 다친 건 아니지?"

"나도 잘 몰라. 사실 너한테 정우 왜 병원에 있었냐고 물어보려고 온 참이었어."

하연은 아랫입술을 잘근잘근 씹어 댔다. 여자친구로서 아무것도 모른다는 생각보다, 정우의 안위가 더 걱정되는 참이었다.

하연은 서둘러 정우에게 전화를 걸까 하다, 이내 그만두고 앞치마를 벗었다. 서둘러 점퍼를 챙겨 들고 자리를 비운 세준 대신, 영은에게 대충 상황 설명만 하고 카페를 빠져나왔다.

옷도 제대로 챙겨 입지 않고, 무작정 택시를 잡고 달렸던 거같다. 심장이 조여들고 뛰어 대길 반복했다. 불안함, 초조함, 여러 가지 감정들이 교차되어 어지럽게 널려 있었다.

그동안 정우를 미워했던 자신이 원망스러웠다. 다친 줄도 모르고. 미안함에 눈물이 꾸역꾸역 밀려나오는 것을 애써 참아 냈다.

한참을 달려 한남동 정우의 회사까지 달려왔다. 무식한 방법인 줄은 알지만 다짜고짜 안내데스크로 가, 정우에 대해 물을 참이었다. 전화 연결도 되지 않는 정우이기에 이것밖에 방법이 없었다.

"저, 누구 좀 찾아왔는데요."

안내데스크 여직원에게 말을 걸었다.

"네, 누굴 찾아오셨나요?"

"서정우 씨요."

"어느 부서시죠?"

"아……. 그러니까……."

그러고 보니, 하연은 정우에 대해서 제대로 아는 것이 별로 없었다. 정우 자체만을 알 뿐 그 외 배경들은 아무것도 몰랐다. 이 사실이 하연을 씁쓸하게 만들었다.

"전략마케팅실 실장님 성함이 서정우 아니야?"

뒤에 있던 여직원이 다른 여직원에게 물었다.

"맞으세요? 찾으시는 분?"

"아마, 맞을 거예요."

그러면서도 하연은 자신이 없었다. 실장이었구나. 집이 잘사는 것은 대학 때부터 익숙하게 알고 있었다.

남들이 가질 수 없는 것들을 갖고 있었으니까. 게다가 그가 걸치고 다니는 것들은 죄다 고가품들이었다. 왜 이 자리에서 자신의 어깨가 위축되는 것일까. 위축될 필요가 하나도 없었는데…….

"잠시만요, 부서에 연결해 드릴게요."

"네……."

하연은 초조하게 여직원을 바라봤다. 일분일초가 더디 지나가는 것 같았다. 숨이 막히고 조여드는 심장 때문에 하연은 숨조차 제대로 쉴 수가 없었다.

"아, 네. 알겠습니다."

여직원은 전화를 끊고 그녀를 바라봤다.

"방금 내려가셨대요. 아마 곧 나오실 거 같아요."

"아, 네. 감사합니다."

하연은 안도의 한숨을 내쉬며 근처 의자에 털썩 앉았다. 다리의 힘이 모조리 풀리는 것만 같았다. 그래도 다행이었다. 회사를 출근할 정도면 최소한 큰 사고는 아니었다는 소리였다. 눈 안이 뻑뻑해지는 느낌이었다.

집을 찾아가고 싶었다. 정우가 멀쩡한지, 혹시 앓아누워 있는 것은 아닌지, 두 눈으로 확인하고 싶었다. 하지만 정작 그에 대해 아는 것이라곤 이름, 나이, 회사 이름 정도였다.

정우의 몸이 괜찮다는 것을 확인하자, 안도감과 함께 비참함이 그녀를 엄습해 왔다.

하연은 로비 구석 자리에 가지런히 앉아, 눈을 슬쩍 감았다. 자신의 감정들을 억누르며 정우가 괜찮다는 생각들로 도배하려 애썼다. 그래, 그거면 된 거였다. 처음부터 이 관계에서 자신이 원하던 것은 아무것도 없었다.

하연은 정우가 나오길 초조하게 기다렸다. 사실 돌아갈까도 많이 망설였다. 하지만 그에 대한 그리움에 발길이 잘 떨어지지 않았다.

괜찮은 모습만 확인하고 가야지, 하는 생각이었다. 혹여라도 놓칠까, 직원들이 나오는 곳을 하염없이 바라보고 있었다.


정우는 마무리할 일들을 한쪽으로 미뤄 뒀다. 집중력이 흐트러지고 있었다. 그에게 필요한 것은 휴식이었다. 집게손가락으로 뻑뻑해진 눈을 짚으며 휴대폰을 바라봤다.

지친 걸까. 하연에게 연락이 없었다. 지치고 질려 버렸는지도 모르겠다. 그런 생각들을 하면서도 가슴 한구석엔 아직도 그녀가 자신을 보고 환하게 웃어 줄 것이라는 생각들이 잠재되어 있었다.

그래, 하연은 자신을 기다릴 것이다. 정우는 블랙 슈트 재킷을 손에 들고 집무실을 나섰다.

"서 주임, 오늘 먼저 퇴근할 테니 나머지 결재 서류들은 내일 가져오라고 해 줘요."

"네, 알겠습니다. 실장님."

정우는 비서실을 뒤로한 채, 엘리베이터로 걸어갔다. 내려가는 버튼을 누르고 정우는 잠시 생각에 잠겼다.

민선이 입원한 후로 꽤 오랜 시간이 흘렀다. 걱정하고 있을까. 마음이 무거워졌다. 민선이 입원해 있는 동안 하연을 잊었던 것은 아니었다. 단지 연락할 틈도, 하연과 만날 틈도 없었을 뿐이다.

어쩌면 이 모든 것이 핑계일지도 모른다. 항상 그 자리에 있는 하연이기에, 언제나 그 자리에 있어 줄 거라는 안도감과 자만이 자신을 이렇게 만든 건지도 몰랐다.

정우는 문이 열리는 엘리테이터에 올라타 휴대폰 시간과 엘리베이터 층수를 바라봤다. 그러고는 자신의 행선지를 정하고 엘리베이터에서 내렸다.

직원들의 인사에 가볍게 목례하며 정우는 로비를 가로질러 나갔다.

"정우야!"

로비가 울릴 정도는 아니지만, 자신의 이름을 정확하게 들었다. 익숙한 목소리였다. 그 목소리에 정우의 시선이 돌려졌다.

익숙한 이름에 하연이 감았던 눈을 떴다. 단정하지만 차분한 여자의 목소리, 그리고 곧 자신이 며칠 동안 그렇게 그리워하고, 그가 걱정돼 일도 제쳐 둔 채 달려온 자신의 모습이 너무도 한심하게 느껴졌다. 모든 것이 허탈해졌다.

다정한 연인처럼 정우의 옷매무새를 챙겨 주며, 여자는 정우에게 팔짱을 꼈다. 그것이 익숙한 듯 정우는 밀어내지 않았다.

"아······."

목소리가 나오지 않는 것처럼, 입 밖으로 아무것도 나오지 않았다. 손발이 덜덜 떨리고 이가 딱딱 맞물렸다.

지금 뭐가 어떻게 된 거지? 사고 회로가 정지된 듯 머릿속이 복잡해졌다. 눈이 뻑뻑해졌다. 심장이 거칠게 뛰며 살갗에 소름이 돋았다.

그들이 다정한 연인처럼 시야에서 사라지는 사이, 그녀는 멍청하게 한자리에 오롯이 서 있었다. 허탈한 웃음이 비죽비죽 새어 나왔다.

여기 나는 왜 서 있는 걸까. 무엇을 보기 위해 이곳에 온 것일까.

그녀보다 먼저 한 마디 내뱉었더라면 정우가 자신에게로 왔을까. 수없는 물음들이 꼬리에 꼬리를 물었다.

왜! 어째서! 저 자리는 자신의 자리였다. 그 여자의 자리가 아니라. 하연은 이를 악물며 사라진 그 자리를 노려봤다.

단 한 순간도 자신에게 내어 준 적 없는 그 자리를 아등바등 지켜 내던 자신과 상반되게 그녀는 쉽게 모든 걸 빼앗아 갔다. 허탈감과 상실감 그리고 분노가 하연을 뒤덮었다.

그의 마음속엔 그녀가 정말 없는 것일까. 첫 번째, 그래, 그녀는 첫 번째가 아닌 두 번째였다. 온전히 그녀의 자릴 그 여자에게 빼앗기고도 아무것도 할 수 없는 두 번째.

꾸역꾸역 밀려 나오는 눈물을 닦을 새도 없이 하연은 비척비척 정우의 회사를 나갔다. 코끝이 아려 왔다. 눈을 몇 번이고 깜빡여도 뿌예진 시야가 돌아올 줄 몰랐다.

네가 사라진 그 길을 난 홀로 걸었다. 멍하니 행선지도 정하지 않고 그렇게. 닦아도 닦아도 흘러내리는 눈물을 이제는 막질 못하겠다.

가슴속에 맺힌 응어리가 그녀를 집요하게 괴롭혔다. 머리가 어지럽고 속이 메슥거렸다. 커다란 울분을 터트리듯 하연은 길거리 한복판에 다리의 힘이 풀려 털썩 주저앉았다.

"흡, 흐으윽. 아아아악!"

한번 터져 나오기 시작한 울음들을 이제는 멈출 수가 없었다. 가슴을 쥐어짜듯 움켜쥐었다. 숨을 쉴 수가 없었다. 아니, 숨을 어떻게 쉬는지 기억나질 않는다.

패배자인 나는 너에게 어떤 말도 전하질 못한다. 이 게임의 승자는 그녀일 테니까. 이제 너의 뒷모습을 보는 내가 너에게 너무 지쳐 가고 있었다.

비명 같은 울음을 터트리며 하연은 바닥에 널브러져 있었다.

"하연 씨? 하연 씨!"

누군가 자신의 어깨를 감쌌다.

"정우야, 정우야……."

두 눈을 깜빡거렸다. 너였으면 좋겠다. 지금 자신을 일으키고 자신을 품에 안은 이 사람이 정우, 너였으면 좋겠다.

"괜찮아요. 괜찮아."

세준은 우는 그녀를 품에 안고, 한참을 달랬다. 길거리엔 사람들이 수없이 지나다녔다. 오로지 자신만 멈춰 있는 듯, 주위의 배경들이 바뀌어 나갔다.


세준은 초점이 사라진 듯, 망연자실하게 앉아 있는 하연에게 따뜻한 물을 한 잔 건넸다.

"이거라도 우선 마셔요."

처음 하연을 발견했을 때, 착각인 줄 알았다. 약속이 있어 잠시 왔던 곳이었다.

길거리 한복판에 앉아서 우는 여자의 뒷모습이 낯익었을 때도, 비명 같은 울음을 터트리는 여자의 목소리를 들었을 때도, 제발 아니길 바랐다. 그렇게 구슬프게 혼자 우는 여자가 하연이 아니길 바랐다.

그것이 하연인 것을 확인했을 때, 그녀의 마음이 고스란히 자신에게 전해지는 거 같아서 마음이 찢어지는 것만 같았다.

그 남자는 알고 있을까. 그녀가 우는 것도, 그녀가 기다린 것도 사실은 그 남자라는 사실을……. 입안이 썼다.

하연은 세준이 건넨 물을 한 모금 마시고는 주위를 둘러봤다. 이곳까지 어떻게 온 건지 잘 기억나질 않는다. 그저 세준에게 안겨 한참을 울었다는 기억밖에.

"미안해요. 하연 씨가 너무 많이 울어서 급하게 들어오다 보니."

구수한 고기 삶는 냄새와 뜨거운 열기가 느껴졌다. 세준은 우는 그녀를 우선 앉혀야겠다 싶어 눈에 보이는 곳에 들어온 것인데 자리에 앉고 보니 순댓국집이었다. 너무 구슬프게 울어 도저히 그 자리에 놔둘 수가 없었다.

"괜찮아요. 이모, 여기 순댓국 두 그릇이랑 소주 한 병만 주세요."

눈물을 거둔 하연은 담담하게 주문을 하고 숨을 크게 들이마셨다. 막힌 코에 감각이 없었다.

얼마나 울었던 것일까. 아니, 언제 정우의 회사를 나왔던 거지? 무작정 걸었던 기억 빼고는 기억나는 것이 없었다.

식당 이모가 순댓국을 가져오는 사이 둘 사이엔 말이 없었다. 무슨 말을 더 할 수 있을까. 세준은 하연을 묵묵히 바라보았다.

순댓국이 나오고, 하연은 앞에 놓인 순댓국 대신 소주를 땄다. 그리고 잔에 따라 연거푸 두 잔을 마셨다. 쓰다. 첫맛은 쓰지만 끝맛만큼은 달았던 소주가 오늘은 그냥 썼다. 눈물이 다시 꾸역꾸역 몰려나올 것만 같았다.

하연은 자조적으로 웃었다. 다시 소주를 잔에 따르려는 하연의 손을 세준이 다급하게 잡았다.

"그만 마셔요."

저지하는 손을 가볍게 밀어낸 후, 하연은 소주를 입안에 털어 넣었다. 쓰디쓴 알코올의 맛이 입안 가득 퍼져 나갔다.

한 잔, 두 잔, 시작한 술을 한 병 다 비워 낼 때까지 세준은 그녀의 앞에 앉아 그녀를 물끄러미 바라보고 있었다.

하연의 양 뺨이 붉어졌다. 뺨을 타고 눈물이 한 방울 두 방울 떨어졌다.

"사실 알고 있었어요. 내 자리 따위 없다는 거. 없는 내 자리 만들려고 아등바등 지켜 내는 집착인 것도. 미련하다는 것도 알고, 정우가 날 사랑하지 않는 것도 알아요. 하지만……. 도저히…… 안 돼요. 도저히……. 정우를 제가 먼저 놓을 수가 없어요……. 정우를 보면 가슴이 미어지고 찢어지고 이렇게 아픈데,

머리로는 되는데 마음이 안 돼요."

울음 섞인 한숨이 새어 나왔다. 머리가 어지럽다. 바짝 오른 취기 탓일까. 지나치게 감상적인 여자가 되어 버렸다. 눈물 따위 말라 버리면 그만인 것을. 여태까지 잘해 왔는데 이 남자에게 괜한 투정을 부리고 있었다.

누구에게 눈물을 보인다는 것, 죽기보다 더 싫었다. 누구 앞에서 나약해 보이는 것은 더더욱 싫었다. 그 두터운 갑옷들이 한 꺼풀씩 벗겨지고 꽉 닫아 두었던 빗장 속 자물쇠가 스르륵 열리는 거 같았다.

세준은 하연의 손에 있는 소주병을 빼앗아 자신의 잔에 따랐다. 맑은 액체가 투명한 잔에 넘칠 듯 가득 따라졌다. 그는 단번에 소주를 입안에 털어 넣었다.

"알면, 이제 그만둬요. 그거 사랑 아니에요. 미련한 집착일 뿐."

하연의 입가에 쓴웃음이 지어졌다.

"도와줄게요. 힘들면 옆에 있어 줄게요. 그러니 이제 제발 그만둬요. 다치고 마음 상하는 건 하연 씨뿐이에요. 결국엔 상처받는 건 하연 씨예요. 이제 그만 현실을 직시해요."

"알아요. 결국 남겨지는 건 나겠죠. 그 여자도 아닌 나⋯⋯."

머리가 지끈거리고 어지러웠다. 한참 울었던 탓인지, 취기가 확실히 더 빨리 올라왔다.

눈앞이 아른거렸다. 시야가 희뿌예지는 것 같았다. 하연은 머리를 도리질하며 인상을 찌푸렸다.

"하지만…… 여전히 정우를 믿고 싶어요……. 정우를……."

탁, 그 말을 끝으로 하연은 테이블에 이마를 대고 픽 쓰러졌다. 고른 숨까지 내쉬며 하연은 잠에 빠져 있었다. 세준은 남은 소주를 잔에 따라 입안에 털어 넣고는 잠이 든 하연의 눈물로 얼룩진 뺨을 손으로 어루만져 보았다.

"어쩌면 우리 둘, 너무 닮은 거 같네요. 자길 봐 주지 않는 사람 사랑하는 것 보면."

세준은 자조적으로 웃으며 마지막 남은 잔까지 털어 넣고 일어났다. 그리고 쓰러진 하연의 팔을 어깨에 걸고 가게를 빠져나갔다.


머리가 깨질 거같이 아팠다. 목을 불로 지진 듯 뜨겁고 갈증이 일었다. 하연은 겨우 몸을 일으켜 냉장고 문을 열고 찬물을 한 컵 들이마셨다.

집에 어떻게 온 것인지 기억이 잘 나질 않는다. 세준과 함께 있었던 것은 기억이 나는데, 그 후에 한 잔 두 잔 더 마시면서 기억을 잃어버렸다.

하연은 물을 한 잔 더 컵에 따르다 냉장고에 붙어 있는 메모를 봤다.


「부엌 함부로 써서 미안해요. 식탁 위에 국이랑 숯 깨는 약

있어요. 꼭 데워 먹어요.」

　하연은 메모를 떼어 몇 번이고 읽었다. 남에게 이런 호의를
받아 본 적이 도대체 언제인지 기억이 나질 않는다.

　정우의 앞에서는 흐트러진 모습조차 보이기 싫었다. 남에게
보이기 싫었던 치부를 세준에게는 자꾸 들키는 것 같아 마음이
불편했다.

　하연은 식탁으로 가 냄비를 열어 보았다. 소고기뭇국, 자신이
끓인 것과 다르게 고춧가루를 풀어 넣은 매콤한 소고기뭇국이었
다. 정우가 좋아해서 항상 냉장고에 넣어 뒀던 재료였다.

　이 재료가 이렇게 쓰이게 될 줄은 상상조차 못 했다. 습관적
으로 냉장고를 채우고, 정우가 좋아하던 것들을 사고, 모든 것이
정우에게 맞춰져 있는 그녀였다.

　하지만, 정우에게 맞춰진 재료로 세준이 만든 것은 전혀 다른
것이었다. 마음이 이상했다.

　이렇게 다를 수도 있는 거구나. 하연은 자조적으로 웃었다.

　세준의 말대로 국을 데워 그녀만의 아침을 차렸다. 늘 확인
하던 휴대폰을 확인하지 않았다. 의식하지 않는 것은 아니었다.
단지, 빈 휴대폰을 보고 상처 입을 자신의 모습이 문득 두려워
졌다.

　집착이라 했다. 이것은 사랑이 아니라 못난 집착이라 했다.
달콤한 마약처럼 중독된 그 사랑에 모든 것을 걸고 정우에게 사

랑을 구걸하는 자신의 모습이 비참했다.

왜, 왜 도대체 왜, 몇 번이고 자신에게 물음을 던져 보아도 돌아오는 것은 아무것도 없었다.

그저 정우를 잃고 살아갈 그 후가 너무 두렵고 무서워서 정우를 놓지 못했다.

하연은 뭇국에 밥을 말아 입안으로 꾸역꾸역 밀어 넣었다. 뺨을 타고 눈물이 터져 나왔다. 소리를 내지 않으려 숟가락으로 밥을 많이 떠 미련하게 입안에 밀어 넣었다.

차라리 악몽이었으면 좋겠다. 이 모든 것이. 그를 사랑했던 지난날조차 다 꿈이었으면 좋겠다. 그러면 미련 없이 떠나갈 수 있을 텐데.

눈물을 떨구는 대신 하연은 천장으로 고개를 올렸다. 울지 않고 잘 지내리라 몇 번을 다짐하며 밥을 남김없이 입안으로 넣었다.

가슴이 턱턱 막혀 왔지만 주먹으로 가슴을 치며 꾸역꾸역 밥을 먹었다.

네가 사라진 그 자취를 잊기 위해, 나는 아무렇지 않다고 남에게 보여 주기 위해, 더 이상 울지 않겠다고 다짐했다.


16일째, 정우에게서 연락이 없었다. 초조하던 마음도, 불안하던 마음도, 이제는 편안해지는 거 같았다. 잘 지내는 것을 확인했으니까. 자신의 걱정 따윈 정우에게 어차피 닿지도 않는 것들이었다.

하연은 늦은 저녁 골목길을 터덜터덜 혼자 걸었다. 세준은 그녀에게 아무것도 묻지 않았다. 그저 아침에 출근했을 때, 속이 괜찮냐는 걱정만 늘어놓을 뿐 그 날 있던 일에 대해선 말 한마디 언급이 없었다.

하연은 그의 그런 배려들이 고마웠다. 전후사정도 모르는 주제에 조언이랍시고 자기 기준에서 멋대로 떠들어 대는 위로보다 훨씬 나았다. 그래서 세준이 편하게 느껴지는 것인지도 모르겠다.

숨을 크게 내쉬며 익숙한 길들을 걸었다. 그리고 가로등 밑 익숙한 그림자를 봤을 때, 순간 숨이 멎는 거 같았다.

꿈이겠지 했다. 네가 그리워 만들어 낸 환상이라고 생각했다. 하지만 환상이라고 생각했던 네가, 평소처럼 날 보고 웃고 있었다.

몸이 석상처럼 굳어 버리는 것 같았다.

"늦었네?"

아무렇지 않은 정우의 한마디에 하연은 멍하니 그를 올려다봤다.

"춥지 않아?"

어제 만났던 연인처럼 다정한 미소와 다정한 그 한마디에 허탈한 웃음이 나왔다. 그동안 천당과 지옥을 오가며 맛보았던 쓰디쓴 패배감과 좌절감을 그 한마디가 모두 대변해 주는 것 같았다.

자신의 양 뺨을 어루만지며 다정하게 웃는 정우의 모습에 순간 화가 났다. 아니, 정우의 행동 자체가 화가 났다.

"너……."

"얼굴이 빨갛다. 감기 걸린 거야?"

손끝이 바들바들 떨렸다. 울분이 목구멍까지 차올랐다. 다정하게 묻는 정우의 목소리에 화가 스르르 사라질 것만 같아서 하연 자신에게도 화가 났다.

"나에게 넌 뭐야?"

단 한 번 물어본 후 꼭꼭 묻어 두었던 물음을 난 오늘 너에게 해 보았다. 다정하게 웃던 너의 미소가 사라졌지만, 물음을 거두지는 않았다.

"무슨 소리야? 너는 내 여자친구잖아."

"그렇게는 생각하고 있어? 그렇게 생각하고 있는 네가 나한테 어떻게 이래! 자그마치 16일이야! 내가 이렇게 기다릴 거라고 생각은 안 했어? 나는 너한테 도대체 뭐야? 언제 돌아올까 집에서 널 기다리는 애완견이야? 어떻게 너는 내 생각은 한 번도 안 해?"

참아 왔던 화가 한번 터지자 하연은 그 화를 감당할 수 없었다.

무슨 소릴 하는지도 모르겠다. 그동안 묻고 싶었던 말들이 너무 많아서, 자신이 제대로 말을 하고 있는 건지도 모르겠다.

하지만 울지는 않았다. 너무 비참했지만 눈물까지 흘리면 자신의 모습이 너무 한심해져서 울음을 꾹 참아 냈다.

"하연아……."

"내 이름 부르지 마! 너는 항상 이랬어. 나를 한 번도 생각해 주지 않았어. 아니, 날 생각할 이유조차 없었겠지. 너한테는 가장 중요한 한 사람이 있으니까! 항상 생각했어. 너한테 난 뭔지. 너한테 도대체 난 뭐니? 어디까지 날 비참하게 만들 셈이야! 도대체……."

속사포처럼 쏟아 내던 말을 하연이 거둬들였다. 정우가 자신을 바라보는 그 눈빛이 너무도 싸늘해서 심장이 덜컥 내려앉는 것 같았다.

하연은 저도 모르게 뒤로 주춤 물러났다. 자신이 모르던 얼굴이었다. 그의 입술이 떼어지면 우리는 정말 끝이 날 것만 같았다.

"정우야……. 난……."

다급하게 자신의 말을 수습하려 말을 꺼냈다. 자신이 봤던 표정은 모두 거짓이었던 듯 정우가 다시 웃었다. 그리고 하연의 머리를 한 손으로 다정하게 쓰다듬었다.

"오늘은 피곤한 거 같으니, 다음에 다시 올게."

정우가 갔다. 며칠 만에 찾아온 정우가 그렇게 갔다. 허망하게 정우가 사라진 그 자리를 보며 하연은 망연자실하게 서 있었다.

머리에 스치고 간 그의 온기가 모두 거짓인 듯, 정우는 흔적조차 없이 사라져 버렸다. 꿈이었나 보다. 아니, 꿈이었다. 그렇지 않고선 정우가 이렇게 사라질 리가 없었다.

"정우야……"

다시 한 번 소리 내어 그의 이름을 불러 보았다. 하지만 되돌아오는 것은 차디찬 바람뿐. 하연은 한참을 서서 정우가 떠나간 그 자리를 바라보고 있었다.


밤새 잠을 제대로 자지 못했다. 떠나간 정우의 뒷모습이 자신과 그의 경계선을 명확하게 표시해 주고 있는 거 같아서 마음이 아려 왔다. 밤새 고민을 하고 또 고민을 해도, 정우의 뒷모습이 그녀의 머릿속을 점령했다.

"언니 감기 걸렸어요? 아프면 좀 쉬지 그래요."

양 뺨이 빨간 하연을 보고 영은이 걱정스레 말했다.

"괜찮아."

"뭐가 괜찮아요. 어머, 열 좀 봐. 사장님, 언니 아픈 거 같아요!"

"영은아!"

하연의 이마를 한 손으로 짚었던 영은이 화들짝 놀라며 세준을 불렀다. 얼른 영은을 저지하려 했지만 영은이 훨씬 더 빨랐다.

"오늘은 이만 들어가서 쉬어요."

걱정스러운 세준의 표정에 하연은 아무런 느낌이 들지 않았다. 든다면 그것은 미안함, 그 한 단어일 것이다.

"괜찮아요."

"아프잖아요. 아픈 사람이 일하면 그게 더 폐예요. 얼른 들어가요. 여긴 내가 알아서……."

"잠시만요."

세준의 걱정 담긴 말을 끊고 울리는 전화를 다급하게 받았다. 세준과 이야기를 나누고 있었다는 것도, 자신이 아프다는 것도 순간 잊어버렸다.

"여보세요."

— 어제 아픈 거 같았는데, 괜찮아?

다정한 정우의 목소리에 눈물이 왈칵 쏟아질 것만 같았다. 다행이다. 화가 난 것이 아니었다.

"응, 괜찮아."

— 일주일 출장을 가게 됐어. 며칠 못 볼 거야. 생일 선물 뭐 갖고 싶은 거 있어?

정우의 물음에 하연은 그제야 자신의 생일을 기억해 냈다. 얼마 남지 않았구나. 완전히 잊고 있었다.

정우의 생일이었다면 잊을 리가 없을 텐데, 자신의 생일은 잊고 있었다. 사실 날짜의 감각 따위 무뎌진 지 오래였다.

"목걸이……."

사실은 그와 커플링을 하고 싶었다. 하지만 들어주지 않을 것을 알기에, 하연은 일찌감치 포기했다.

그저 정우가 자신을 위해 무언가를 고르고, 자신을 위해 그 가게를 들어가 자신을 위해 시간을 내는 것, 그것이면 충분했다.

— 알았어. 네 생일 전까진 돌아올게. 다녀올게, 하연아.

세준의 표정이 묘하게 일그러져 있었다. 하지만 하연은 그것을 모르는 척 무시했다. 정우가 화가 나지 않았다는 사실이 그녀를 가득 채워서 세준까지 신경 쓸 겨를이 없었다.

더 많이 사랑한 쪽이 손해를 보는 것일지도 모른다. 모든 것을 받아 주고 그에게 맞춰 가는 그 시간이 너무 멍청해 보일지 모른다.

하지만 자신은 후회 없는 사랑을 하고 있다고 생각했다. 남들이 어떻게 보든 자신이 원하는 사랑이었다. 하연은 그것이면 될 것이라고 생각했다.

그리고 정우는 그녀의 생일까지 연락이 되질 않았다.

## 06. 너와의 이별 준비

하연은 식탁에 앉아, 꺼져 가는 촛불을 바라봤다. 영은이 남자친구와 잘 보내라고 사 준 선물이었다. 촛농이 케이크에 다 떨어지고, 불이 사그라질 때까지 정우는 연락 한 통 없었다.

그래도 그녀의 생일만큼은 잊지 않고 챙겨 왔다. 회사 일을 제쳐 놓고라도 달려왔었는데……. 입가에 쓸쓸한 미소가 지어졌다.

하연은 다 타 버린 초를 빼고 케이크를 개수대에 버리고 항상 전전긍긍하며 붙들고 있던 휴대폰의 전원을 껐다. 그러고는 소파에 털썩 앉아 천장으로 고개를 올리고 눈을 감았다.

답답한 가슴을 쥐어뜯는 대신 하연은 입술을 피가 날 정도로 꽉 깨물었다.

역시 그녀는 정우에게 아무것도 아닌 모양이었다.

정우에게서 연락이 온 것은 생일날로부터 일주일이 지난날이었다.

[미안해. 일이 있었어.]

쉽게 미안하다는 말을 하는 사람이 아니었다. 뭐가 미안한 건지는 알고 있을까.

[생일만은 챙겨 주고 싶었는데. 정말 미안.]

연달아 들어온 정우의 메시지에 하연은 자조적으로 웃었다. 하연은 예전처럼 정우의 문자를 보며 기쁘지 않았다. 다시 돌아왔다는 안도감, 그것도 이제는 더 이상 생길 수 없는 감정인 거 같았다.

며칠 밤낮을 고민했다. 자신이 도대체 정우에게 무엇일까. 항상 자신을 기다려 주는 그 존재 외에 아무것도 아니었을까.

조금이나마 그녀에게 사랑이라는 감정을 느껴 본 적이 있기는 한 걸까.

애초에 사랑이라는 감정으로 생겨난 관계가 아니었던 것은 하연 스스로도 잘 알고 있었다. 언제나 가슴속에 자만이 있었다. 그 끝은 자신에게 있을 거라는 어리석은 자만.

하지만 그 끝에 결국 그녀는 없었다. 그 기다림이 너무 멀고 힘이 들어 하연은 지쳐 버렸다. 옆에서 지켜보는 것만으로도 숨이 막히고 아팠다.

정우는 그녀에게 행복을 주는 사랑이 아닌, 그저 아프기만 한 사랑이었다.

하연은 숨을 크게 베어 물었다. 숨을 크게 들이마셔도 가슴 깊은 곳에 남은 답답증이 사라지질 않는다. 묵직한 돌을 올려놓은 듯한 이 거대한 통증이 도무지 사라지지 않았다.

하연은 찬물을 연거푸 두 잔을 들이마셨다. 하지만 가슴속에 남겨진 답답증은 쉬이 나아지질 않았다.

"이거 마셔요."

세준은 그녀의 손을 저지하며 따뜻한 라떼가 든 머그잔을 그녀의 손에 건넸다.

"달달한 거 마시면 기분이 좀 나아질 거예요."

"고마워요."

"별거 아닌데요, 뭐. 혹시라도 친구가 필요하면 얘기해요. 조언은 못 해 줘도 들어 줄 수는 있어요."

세준은 마치 정우와의 일을 알고 있다는 듯 말했다. 그녀의 변화를 누구보다 먼저 깨닫는 사람이었다. 남자친구인 정우보다도, 더 옆에 있어 주는 사람이었다.

아, 정말 정우와 나는 연결고리가 전혀 없구나.

오늘 다시 한 번 깨닫고 있었다.

"사장님…… 저랑 저녁에 술 한잔하실래요?"

갑작스러운 하연의 제안에 세준의 두 눈이 휘둥그레졌다. 어떤 마음을 먹고 제안한 것이든 세준은 그녀의 말 자체가 너무도 고마웠다.

기회를 노리는 것은 아니었다. 그녀의 상처 난 마음 틈바구니로 파고들어 그녀를 차지하는 비겁한 짓을 하려는 것도 아니었다. 하지만, 그녀의 소소한 말 한마디가 이렇게 기쁠 수가 없었다.

세준은 자신의 표정을 숨기려고도 하지 않고 잽싸게 말했다.

"좋아요."

어째서일까. 이 사람은 자신을 무한정 좋아해 주는데, 어째서 애정이 생겨나지 않는 것일까. 하연은 그저 씁쓸한 미소를 지으며 고개를 끄덕였다.


세준이 자주 가던 포장마차에 그와 마주 보고 앉았다. 입안에 쓰디쓴 알코올의 향이 가득 퍼져 나갔다.

"추운데 괜찮겠어요?"

막 가져온 우동을 하연에게 내밀며 말했다. 그녀는 무슨 일인지 연거푸 술만 마셔 댔다. 안주는 입에도 대지 않은 채, 그것이 벌써 한 병째였다.

하루가 어떻게 지나갔는지 기억이 잘 나질 않는다. 정신이 몽롱해 하루 종일 더 신경을 썼더니 눈이 더 피곤했다.

"하연 씨……."

세준의 애타는 부름에 하연이 겨우 손에서 소주잔을 놓았다.

"있잖아요. 정말 이게 집착일까요? 저는 정우를 사랑한다고 생각했어요. 나 혼자만 사랑하면 된다고 생각했어요. 정우가 사랑하지 않는 몫까지 내가 사랑하면 다 될 거라고……."

하연은 잔에 담긴 술을 입안에 털어 넣으며 숨을 크게 내뱉었다.

"누구보다 정우를 잘 안다고 생각했었는데……. 아닌가 봐요. 그 여자보다도 더 잘 알 거라고 자만했었는데…… 빼앗겼어요. 내 모든 걸……. 너무 손쉽게……."

소주의 잔향이 입안에 퍼져 나갔다. 목안이 타들어 가고 가슴 속이 뜨거워졌다. 취기가 올라오며 얼굴에 열이 확 올랐다. 이것은 분명 술기운일 것이다. 가슴이 아프고 타들어 가는 이 모든 것은 그저 술기운일 것이다.

"그만 마셔요."

이런 모습을 보고 싶었던 것은 아니었다. 그럼에도 그녀의 푸념들을, 자신에게 그녀의 속마음을 털어놨다는 사실이 세준은 몹시 기뻤다. 말없이 술잔을 기울이는 하연을 바라보며 세준은 씁쓸한 미소를 지었다.

너무 닮아서, 감히 그녀에게 조언을 건넬 수 없었다. 그것이 마치 자신에게 하는 말인 것만 같아서.

"집착, 사랑, 그리고 습관. 어느 쪽일까요, 제 사랑은. 습관처럼 사랑한다고 믿는 건 아닐까, 며칠을 생각했어요. 정우만 생각하면 여기가 너무 아픈데……. 이래도 그저 집착일까요?"

하연은 자신의 답답한 가슴을 두 주먹으로 쾅쾅 치며 쥐어짜듯 말했다. 정우의 이름만 올려도 이리도 아픈데 과연 정우를 놓고 자신이 잘 살 수 있을까. 그와의 추억들을 모두 송두리째 잊어 가며 살 수 있을까.

자신의 목숨보다 소중한 사람이었다. 자신의 모든 것을 다 내던져도, 설사 자신이 불에 타 재가 된다 해도 정우만 얻을 수 있으면 좋았다.

하지만 그 결과는 보기 좋게 버려진 꼴이었다. 주인이 버리고 간 불쌍한 애완견과 같은 꼴이었다.

"난…… 정말 나만 노력하면 될 줄 알았는데……."

하연의 손에서 소주잔을 빼앗아 세준이 입안으로 털어 넣었다. 불같이 뜨거운 알코올의 향이 식도를 타고 진하게 넘어갔다.

"둘이 해야죠. 관계로 묶여 있다고 해서, 그 사람과 하연 씨의 관계가 끊어지지 않는 게 아니에요. 짝사랑은 가슴 설레고 아프고 이런 감정들이 있지만 하연 씨는 아픈 거밖에 없잖아요. 그게 뭐예요."

"짝사랑보다 못한 사랑……. 그랬네요. 제가…… 그랬네요."

하연은 실성한 사람처럼 한참을 그 자리에서 웃어 젖혔다. 하찮은 사랑일지도 몰랐다. 너무도 하찮아서 정우가 자신을 돌아보지 않는 것일지도 몰랐다.

관계로 묶기만 하면 될 줄 알았다. 표면적으로라도 나의 사람인 줄 알았다. 그동안 하나도 들리지 않았던 남의 소리가 정확하게 그들의 사이를 정의해 주고 있었다. 그녀의 생각들이 모두 잘못됐다는 것을 안 지금, 하연은 웃음이 튀어나왔다.

너무도 명확한 관계라, 더 이상 붙잡을 수도 없는 관계라.

우리 둘은 결국 아무것도 아니었다.


세준이 바래다준다는 것을 거절하고 하연은 길을 혼자 걸었다. 생각할 시간이 필요했다. 몇 날 며칠을 생각하고 또 생각했다.

5년이란 시간이 절대 헛된 시간은 아니었다. 남들은 권태기가 올 수도 있는 기간이었다. 하지만 모든 것을 받지 못한 하연은 그 시간들에 남달리 집착했다.

그 집착은 정우의 존재 자체에 집착을 부르고 이 관계에 대해서도 집착을 불렀다.

하얀 입김을 불며 하연은 눈이 올 것 같은 하늘을 바라보았다.

난 아직도 무엇을 기대하며, 무엇을 위해 너를 놓지 못할까. 어쩌면 가둔 것은 네가 아니라 나인지도 몰랐다. 갇힌 너는 내가 질려 자꾸만 도망가는 것일지도 몰랐다.

온전히 단 한 번만이라도 갖고 싶었다. 온전히 너의 사랑을 듬뿍 한 번만이라도 받고 싶었다.

이 모든 것은 나의 헛된 바람일 뿐이다.

스산한 바람이 뼛속까지 파고들었다. 얼음조각을 숨겨 놓은 듯, 그녀의 몸 안으로 거칠게 파고드는 바람에 하연은 한쪽 뺨이 서늘하다는 것을 느꼈다. 자신의 뺨을 간질이는 그것을 손바닥으로 쓱 닦아 냈다.

하루에도 열두 번, 병에 걸린 것처럼 심장이 아려 와, 아무 데서나 눈물이 툭툭 흘러나왔다. 멍청하고 미련하고 아둔한 자신의 행동들에 답답하긴 본인도 마찬가지였다.

가로등 밑에 비춰진 정우의 익숙한 모습에 눈을 다시 떴다 감았다. 자신을 기다릴 때면 항상 서 있던 그곳에 그의 모습이 얼비쳤다.

우리의 관계는 결국 반복이었다. 나는 너를 받아 주고, 너는 그런 나에게 돌아오고, 때가 되면 다시 너는 돌아가고.

이 끔찍한 관계는 도대체 뭐였을까.

하연은 멈췄던 발걸음을 옮겨 정우에게 다가갔다. 정우와 눈이 마주쳤다. 그는 평소처럼 다정하게 웃지 않고 다소 경직된 표정으로 하연에게 걸어왔다. 그리고 그녀를 품에 안았다.

"미안해, 정말 미안해."

얼마나 기다렸을까. 정우의 코트에서 느껴지는 찬기가 하연에게까지 퍼지는 것 같았다. 그리고 정우의 향수 냄새를 지우는 듯한 다른 향수 냄새에 하연은 조소를 지었다.

왜, 항상 너는 나를 이렇게 실망시키는 걸까.

하연은 정우의 가슴팍을 밀어냈다.

"나도 미안. 하지만 오늘은 혼자 있고 싶어."

부러 정우와 눈을 마주치지 않았다. 그의 눈을 본다면 다시금 안길 자신의 모습이 너무 뻔해서, 도저히 마주칠 용기가 나질 않았다.

"하연아."

애달프게 부르지 마, 제발. 마음이 이상했다. 정우를 볼 자신이 없어 고개를 숙였는데 어째서 그의 표정이 생생하게 보이는 것 같을까. 하연은 입술을 꽉 깨물었다.

"그러지 마."

습관처럼 깨무는 하연의 입술을 정우가 손으로 어루만졌다. 입술에 닿은 손끝이 차다.

제발 돌아서 가 줬으면 했다. 평소처럼 매정한 뒷모습을 본다면 마음이 더 편안할 텐데…….

너는 참 끝까지 이기적인 남자였다. 나를 손에 쥐고 쥐락펴락하고 있으니까. 내 마음을 송두리째 지배하고 있었다.

"네가 그리웠어. 그러니까 나를 밀어내지 마."

정우가 하연의 어깨에 이마를 기댔다. 많이 지쳐 보이는 정우가 안쓰러웠다. 갈피를 잃은 손이 정우의 등 뒤에서 배회했다. 마음이 두 갈래로 나뉘었다. 그를 안아 주고 싶다가도, 코끝에 스치는 그 향기가 그녀의 마음을 지워 버렸다.

정우는 그녀의 침대에 누워 그녀를 끌어안았다.

"오늘은 이러고만 있자."

하연의 정수리에 턱을 대고 정우가 눈을 감고 있었다. 하연은 자신을 잘 알고 있었다. 절대로 정우를 밀어낼 수 없다는 것을.

"너한테 주려고 목걸이를 주문했었어."

다정하게 귀를 울리는 정우의 목소리에 하연은 눈을 감았다. 그녀의 등을 쓰다듬으며 대답 없는 그녀를 대신해 말을 이어 나갔다.

"미안해. 생일날 걸어 주고 싶었는데."

정우는 언제부터 쥐고 있던 건지 모를 목걸이를 그녀의 목에 걸어 주었다. 차가운 금속의 느낌이 그의 손의 온도 때문에 거의 느껴지지 않았다.

"정말 미안해."

유달리 그가 미안하다는 말을 많이 해 왔다. 차라리 아무렇지 않은 듯 평소처럼 굴지. 하연은 소리 죽여 눈물만 흘렸다.

정우의 목소리가 자장가처럼 계속 귓가를 울려 댔다.

"미안해……. 하연아."

정우는 하연의 등을 세심하게 쓸며 그녀의 마음을 달래듯 어루만져 주었다. 하연의 생일에 맞춰 귀국했었다. 하지만 올 수 없었다. 변명일지 모르겠지만 도저히 그녀에게 연락을 할 틈이 없었다.

민선의 어머니의 죽음. 혼자 남겨진 그녀를 버리고 하연에게 돌아올 자신이 없었다. 자신을 생명줄처럼 붙잡고 울며불며 매달리는 민선을 혼자 두고 올 자신이 없었다.

아니, 그 시간들 동안 하연의 생각들은 잊어버렸는지도 몰랐다. 자신의 첫 번째라고 굳건히 믿는 민선이 너무 안쓰럽고 불쌍해서.

가족을 다 잃었다. 고등학교 때 엄마를 잃은 자신의 모습이 오버랩되었다. 자신을 안중에도 두지 않던 아버지, 그리고 위로해 줄 형제조차 없는 자신의 모습과 민선이 너무도 닮아 있었다.

아무도 없는 틈에서 정우는 장례를 거의 혼자 도맡아 했다. 아버지는 그저, 그곳의 객이었으니까. 아무것도 할 힘이 없는데다 자신이 끌어안아야 할 민선의 모습이 마치 자신의 모습과 참 닮아 있었다.

그 모습에 어린 날 자신의 모습을 어루만지듯, 그녀를 품에 안고 달랬다.

'괜찮아. 울지 마. 괜찮아.'

어린 날 자신에게 건네는 위로의 말과 같았는지도 몰랐다. 자신의 품에서 실신하듯 오열하는 민선 대신 모든 장례 절차를 그가 맡았다. 어린 날 힘들게 지내 왔던 자신을 위로하듯이, 아무것도 할 수 없는 민선을 대신했다.

아버지와 말도 섞지 않던 그에게 따뜻한 밥을 주시던, 죽은 엄마 대신이었던, 민선의 어머니. 항상 위축된 모습이었지만 그의 손을 꼭 잡아 주던 그 모습만은 너무도 따스했었다.

장례식이 끝나고 불안정한 민선 곁을 떠날 수가 없었다.

그리고 뒤늦게 생각해 낸 하연의 생일에 정우는 허겁지겁 하연에게 연락을 했다. 하지만 되돌아오는 것은 익숙한 기계음뿐.

언제나 자신의 안식처 같았던 하연이 천천히 멀어지고 있었다. 하지만 오늘도 자신의 마음을 다스리며 자만 아닌 자만을 하고 있었다.

하연은 절대 떠나지 않을 것이다. 아니, 떠날 수 없었다.

하연은 잠이 든 정우의 가슴에 오른손을 올렸다. 심장이 뛴다. 여느 때처럼 똑같이. 그 요동이 너무도 차분해 그녀의 손이 바들바들 떨렸다.

그의 품에 안긴 것만으로도 설레어 잠을 못 잘 정도인 자신과는 전혀 다른 느낌이었다.

비참했다. 그저 마음 한 귀퉁이만 내어 주길 바랐던 것이었다. 조금이라도 사랑해 주길 바랐던 것뿐이었다.

하연은 자조적으로 웃었다.

결국 정우는 자신에게 조금의 마음조차 내어 주지 않은 것이었다.

정우가 나가기 전, 하연이 먼저 집을 빠져나왔다. 아침 식사를 차려 식탁에 올려놓고 작은 메모를 남기고 서둘러 집을 빠져나왔다.

항상 봐 왔던 정우의 뒷모습을 오늘만은 보고 싶지 않았다. 결국 그녀는 도망친 것이었다.

멍하니 하루를 지냈다. 정우의 생각들이 차츰차츰 제자리를 찾아가고 있었다. 명확하게 그어진 선, 그리고 그 선을 넘어갈 수 없는 자신. 교집합조차 없는 그들의 관계는 오늘 당장에라도 끊어질 수 있는 미미한 관계였다.

왜 그것을 이제야 깨달았을까. 지켜 내기 위해 아등바등한 자신의 모습이 불쌍하게 느껴질 정도였다.

"하연아!"

며칠 전 선주가 할 말이 있다고 메시지를 했던 것을 하연은 이제야 기억해 냈다. 평소 같으면 화가 난 표정이었겠지만 어쩐지 선주의 표정이 눈에 띄게 굳어져 있었다.

"왔어?"

"할 말이 있어서 온 거야. 잠깐 시간 괜찮아?"

"언니, 갔다 와요."

난처한 표정을 짓는 하연의 등을 영은이 떠밀었다. 가뜩이나 요새 혼이 빠져 있기 일쑤이고, 기분도 다소 좋지 않았던 하연이었다. 영은은 그런 하연에게 친구가 찾아왔다는 것이 다행이라고 여겼다.

"그럼 잠깐만 부탁해."

앞치마를 잠시 벗어 놓고 창가 구석 자리에 선주와 나란히 앉았다. 선주는 하연이 건넨 커피 대신 찬물을 들이켰다.

"무슨 일이야?"

"왜, 연락 안 했어?"

"미안해. 정신이 없었어."

선주는 고개를 끄덕이며 숨을 크게 들이마셨다.

"그럴 만도 했겠지. 한 번만 말할게. 내 말 잘 들어. 제발 서정우랑 헤어져."

"무슨 일 있는 거야?"

늘 진심이었지만 농담 삼아 말을 하던 선주가 이번엔 꽤 진지하게 말을 꺼냈다.

"그 새끼 도대체 정체가 뭐니? 아니, 걔한테 너는 뭐야? 어떻게 여자친구 생일까지 딴 여자 끼고 호텔을 갈 수가 있어. 다른 날도 아니고 생일까지!"

선주는 가슴이 답답한지 남은 물을 모조리 들이마셨다.

"아……"

"멍청해도 미련해도 정도가 있는 거야. 그만둬. 당장! 친구로서 마지막 충고야. 네가 끝까지 저놈 못 놓겠다면 내가 어찌할 수 있는 건 아니지만, 잘 생각해. 쟤 너 사랑 안 해. 네가 쟤를 잡고 있는 건 미련하고 아둔한 집착이야."

"그래. 그랬구나."

하연은 선주의 말을 그저 담담하게 들으며 읊조렸다. 상처는 기대를 할 경우에만 생긴다. 기대조차 하지 않은 상황에서 어떤 말을 들어도 그녀는 그저 담담했다. 아니, 정우에 대한 마음의 문이 닫힌 건지도 모른다.

단지, 정우에게 실망스러웠다. 그녀 자신이 그렇게 만든 것인지도 모르지만, 정우는 끝까지 그녀를 안중에 두지 않았다.

결국 연인이란 이름으로 발목 묶인 자신은 세컨드에 지나지 않았던 것이었다. 왜, 알아 왔던 것인데 새삼 이것들이 마음 아프게 다가오는 것일까.

친구에게 자신의 치부가 들켜서? 그것도 아니면 짐작했던 일들을 생생하게 들어서?

하연은 자신을 비웃었다. 결국 자기 자신이 자초한 일들이었다. 누구를 원망할 것도 없이.

하연은 카페에 홀로 앉아 창밖을 내다보았다.

몇 번을 망설였다. 이곳에 나오기까지. 과연 자신의 선택이 옳을까, 아니면 후회할까. 밤낮없이 눈물을 삼키고, 슬픈 이별 이야기만 나오면 울기 일쑤였다.

하지만…… . 이제는 정말 지쳐 버렸다.

아니, 정확하게는 너를 놓아주려 한다. 나에게서 벗어나, 너의 제자리로 돌아가길…… .

정우는 하연의 담담한 목소리가 신경 쓰였다. 요 며칠 연락이 되지 않았다. 하연의 기분이 이런 기분이었을까. 걱정되고 불안한 이 감정들.

자업자득이었다. 하연을 이렇게까지 몰아붙인 것은 바로 정우 자신이었다.

먼저 카페에 도착한 하연이 자리에 앉아 있었다. 그제야 기억이 났다. 하연이 바리스타가 되면서 이런 곳을 온 적 없다는 사실이. 아니, 그녀와 데이트를 즐긴 기억이 거의 없었다.

왜 이 순간 그런 것들이 떠오를까. 정우는 씁쓸하게 웃으며 그녀에게로 다가가 맞은편에 앉았다.

"오래 기다렸어?"

느낌이 이상했다. 하지만 애써 밝은 척 하연에게 말을 걸었다. 그가 오는 내내 하연은 테이블에 시선을 고정한 채, 그를 봐 주지 않았다. 가슴 깊은 곳이 순간 아렸다.

"아니, 조금. 나 먼저 시켰어. 괜찮지?"

종업원이 가져온 메뉴판을 정우는 대충 살피고 아메리카노를 주문했다. 그녀에게 익숙해진 입맛에, 근처에서 커피조차 마시기 힘들었다.

과연 누가 누굴 길들였던 것일까.

아메리카노가 나오기까지 하연은 말이 없었다. 그가 말을 안 해도 항상 사소한 것까지 물었던 그녀였기에, 정우는 이 분위기가 몹시 어색했다.

"전화했었어."

"응, 바빠서……."

하연은 계속 정우의 눈을 피했다. 그사이 주문한 아메리카노가 나오고 정우는 그것을 한 모금 마셨다. 씁쓸하고 시큼한 향이 입안 가득 퍼졌다. 고소한 원두의 향에 익숙해진 입맛 때문에 이 커피가 맛있게 느껴지지 않았다.

"할 말이 있어."

정우는 말하라는 대답 대신 맛없는 아메리카노를 한 모금 다시 마셨다.

"우리 그만 헤어지자."

잔을 내려놔야 한다는 생각도 잊은 채 정우는 멍하니 하연을 바라봤다. 아니, 입안 가득 퍼졌던 시큼한 향에 인상을 썼던 자신의 모습이 어색했다.

"왜?"

자신이 무슨 말을 들었던 것인지, 곰곰이 생각도 해 보기 전에 말이 먼저 튀어나갔다. 아니, 지금 머릿속에 새겨진 수많은 물음을 대변하는 말이었다.

도대체 왜? 왜 갑자기?

"이제 내가 그만하고 싶어."

"우리 지금까지 잘 지내 왔잖아."

아무렇지 않은 척 하연에게 말을 했다. 속으로는 불안한 주제에, 정말 하연이 그를 떠나가겠다, 선언할까 겁이 나는 주제에 담담하게 말을 했다. 아직 복잡한 머릿속이 제대로 진정되지 않았다.

아니, 이곳에 오면서 조금은 예상하고 있던 일이었다. 아니, 그녀가 자신을 떠날 리 없었다.

김하연이었다. 자신의 모든 것을 온전히 사랑해 주던 그녀가 이제 그를 떠나려 한다.

"너는 그럴지 몰라도 나는 이제 지쳤어."

화가 났다. 어떻게 이럴 수 있냐고 따져 묻고 싶었다. 하지만 그럴 자격이 과연 자신에게 존재할까. 그저 멍하니 하연의 말간 얼굴을 두 눈으로 담았다.

"후회 안 해?"

제발 후회하길 바랐다. 예전처럼 그녀가 자신의 말을 주워 담길 바랐다. 자신은 그녀를 잡을 수 있는 자격이 없으니까. 공허한 물음들이 가슴속에 퍼져 나갔다.

제발, 나를 봐. 정우는 피곤한 두 눈을 느릿하게 감았다 떴다. 늘 자신을 바라봐 주던 두 눈이 이제는 그를 담지 않았다.

가슴속이 먹먹해지고 가슴 깊은 곳이 찌릿하게 아려 왔다.

"하겠지. 그래도 이제 그만할래."

하연이 고개를 들어 그를 정확하게 직시했다. 순간 헛웃음이 튀어나올 뻔했다. 그를 담았던 그 눈에 이제 그가 없었다. 너무도 냉정한 그 눈빛에 순간 어깨가 움츠러들었다.

왜, 어째서! 머릿속이 복잡했다. 다급하게 그녀를 잡고 싶었다.

"미안해. 먼저 일어날게."

너는 내게 작은 기회조차 주지 않았다. 정우는 망연자실하게 의자에 앉아, 사라져 가는 하연의 뒷모습을 두 눈에 담았다. 네가 항상 나에게 했던 일을, 이제 내가 했다. 아, 뭐가 어떻게 된 거지? 답이 내려지지 않는다. 달려가 하연을 잡아야겠다는 생각이 들었지만 그를 무언가가 붙잡았다.

그리고 귓가에 누군가가 속삭였다.

'너는 그럴 자격이 없어.'

아아, 그랬다. 나는 지독히도 못나고 나쁜 놈이었다.

정우는 두 손에 얼굴을 파묻으며 숨을 크게 베어 물었다. 그리고 지워지지 않는 하연의 뒷모습을 계속 꺼내어 봤다.

지독히도 맑은 날, 우리 둘은 그렇게 헤어졌다.

## 07. 네가 남기고 간 그림자

　나는 네가 없어도 아무렇지 않을 줄 알았다. 아니, 힘들 거라는 예상 정도였다. 모든 것을 쉽게 생각했던 난, 너무도 미련했다.

　네가 없는 날들을 생각조차 하기 싫었었다. 그만큼 정우에게 모든 것을 기대고 그에게 의존했던 자신이 우습게 느껴졌다.

　왜, 우리가 헤어질 수 있다는 생각들을 하지 않았던 것일까.

　정우가 없는 삼 일은 아무렇지 않았다. 문득 생각나는 그와의 이별이 머릿속을 점령했지만, 괜찮을 거라 생각했다. 아무렇지 않았으니까. 영은과 웃고 떠들고, 정우와 헤어지기 전보다 더 즐겁게 일을 했다.

　정우와 헤어졌다는 말을 했을 때, 선주는 뛸 듯이 기뻐했다.

　— 그래. 잘했어! 외로우면 당장이라도 말해. 소개팅 대기 빵

빵하게 시켜 놓을 테니까.

"응, 고마워."

헤어졌어, 라는 말이 아무렇지 않게 튀어나왔다. 오히려 무언가에 의존하지 않아도 되니까, 더 마음이 편하게 느껴졌다.

"언니가 이렇게 웃는 모습 보는 게 얼마 만인지 모르겠어요."

그녀의 환한 모습에 영은은 제 일처럼 기뻐했다.

"미안해. 내가 신경 쓰이게 했구나. 다시 그런 일 없을 거야."

그래, 다시 그런 일은 없을 것이다. 우린 헤어졌으니까. 다시 만날 일도, 다시 마주 보고 밥을 먹는 일도, 다시 서로를 보고 웃는 일도, 모두 다 없겠지.

이상하다. 괜찮았던 마음이 짜르르 아파 왔다.

하연은 머리를 도리질 치며 환하게 미소를 지었다.

나는 정말 괜찮았다.

"우리 오늘 회식할까요? 오랜만에 분위기 좋은 기념으로?"

세준이 넉살 좋게 말을 했다.

"오! 언니, 우리 오늘은 진짜 비싼 거 먹어요."

"그래, 그러자."

까르르르 웃음소리가 가게 밖을 넘을 것 같았다. 화기애애한 분위기 때문에 덩달아 계산하는 손님들도 환하게 웃었다. 이런 게 정말 행복이 아닐까, 하연은 잠시 생각했다.

그동안에 마음의 무게가 한결 가벼워진 덕분이었다. 하연은 주저하며 정우를 놓지 못했던 자신의 지난날들이 안타깝게 느껴겼다.

회식이 끝나고 하연과 세준은 나란히 길을 걸었다. 뽀얀 입김이 입 밖으로 새어 나왔다. 아직도 완연한 겨울이었다.

하연이 극구 사양했지만 세준 역시 완강했다. 여자 혼자 집에 보내는 것이 위험하다는 이유였다. 남자친구가 데리러 온 영은까지 합세해서 밀어붙이는 바람에 결국 둘이 길을 걸었다.

소주가 한두 잔 들어갈 때마다 정우의 생각을 지워 내기 위해 애썼는데, 오늘만은 서로의 이야기를 하며 웃고 떠들 수 있었다.

모든 것이 어색하고 이상했다. 그토록 사랑했던 정우를 이렇게 한순간에 잊는다는 게.

"제가 하연 씨 좋아한다는 거 아시죠?"

"아……."

입 밖으로 다른 소리를 내뱉을 수 없었다. 발걸음을 멈춘 세준을 물끄러미 올려다봤다.

이 남자는 내가 왜 좋을까, 그런 생각을 해 볼 겨를이 그녀에겐 없었다. 밀어내기만 너무 바빠 그의 마음까지 헤아릴 시간이 없었다.

"제가 왜 좋으세요?"

그녀의 물음에 세준은 당황한 빛이 역력했다. 하지만 곧 침착하게 말을 이어갔다.

"음…… 이걸 어디서부터 말해야 할지. 사실 하연 씨를 처음

봤을 때, 솔직히 아무 느낌 없었어요. 그냥 가냘픈 사람이구나, 하는 생각 정도였거든요. 그런데 누군가를 생각하며 행복하게 웃고, 초롱초롱해지는 그 눈이 마음에 들었어요. 누군가를 저렇게 사랑할 수도 있구나, 하는 그 마음이 저한테까지 전해지는 거죠."

말을 건네며 자신을 바라보는 세준의 눈빛이 촉촉하게 빛이 났다. 마치 그의 감정이 고스란히 전해지는 것처럼.

"사실 그땐 나도 저런 사랑 한번 받아 보고 싶다, 하는 부러움 정도였어요. 옆에서 보는 하연 씨는 제 동생 같아서 많이 보듬어 주고 챙겨 주고 싶었거든요. 그런 하연 씨가 답답하게 느껴지기도 했지만, 제가 했던 사랑하고 비슷해서 또 그게 마음이 쓰였어요. 그러다 술에 취한 하연 씨의 눈물을 봤을 때 그 눈물이 제 눈에 밟혔어요. 그때 알았죠. 이 사람을 내가 좋아하는구나."

가로등 빛이 비춘 세준의 얼굴이 빨개져 있었다. 덩달아 하연의 얼굴까지 빨개졌다. 참 이 사람이 부럽다, 생각했다. 자신의 마음을 피하지 않고 당당하게 말할 수 있는 그 자체가 자신은 감히 해 볼 수 없던 것들이어서 더 부럽게 느껴졌다.

어쩌면, 자신의 마음을 똑바로 말했더라면 정우와 자신이 이렇게 되지는 않지 않았을까.

하연은 자조적으로 웃었다. 술기운에 잠시 밀고 들어오는 잡생각을 떨치려 고개를 흔들어 댔다.

"하연 씨한테 내 마음 강요하진 않아요. 하지만 하연 씨 곁에 그 사람 말고도 사람이 많다는 것만 기억해요. 이 정도면 하연 씨 꽤 행복한 사람 아닌가요?"

"그러게요. 왜 진작 몰랐을까요. 저는 제가 세상에서 가장 불행한 여자인 줄만 알았어요. 제 주위 한 번 제대로 돌아 본 적이 없어요."

"이제라도 돌아봐요. 그리고 힘들면 투정 부리고 기대도 돼요. 너무 혼자 짊어 가려 하지 말아요."

"고마워요."

진심이었다. 이렇게 마음 써 주는 세준이 고맙게만 느껴졌다. 멋쩍어하면서도 환하게 웃는 그 다정한 미소가 가슴속에 박혀 들어갔다. 차기만 했던 가슴이 조금씩 따스해지는 느낌이 들었다.

세준이 간 후, 하연은 홀로 집으로 들어왔다. 현관을 들어서자마자 느껴지는 찬기에 하연은 저도 모르게 몸을 바르르 떨었다. 고요함이 내려앉은 집 안은 그 어느 때보다 황량하게 느껴졌다.

옷을 갈아입은 뒤, 맥주 한 캔을 들고 하연은 소파에 털썩 앉았다. 가죽 소파의 찬기가 몸 안으로 스며들었다. 멍하니 텔레비전을 틀어 채널을 돌려 댔다.

사람들 틈에 어울려 있었을 때 생각도 나지 않던 정우의 얼굴이 흐릿하게 번져 들었다.

캔이 가벼워질 때마다, 몸이 더 차졌다. 방금까지 열기가 가득해, 따스했던 심장이 차갑게 식어 버렸다. 엄습해 오는 지독한 외로움과 황량함에 다시 느끼고 있었다.

너와 내가 이별했다는 것을.

하연은 후후 자조적으로 웃다 자신의 뺨을 타고 흐르는 눈물을 손으로 거칠게 훔쳤다.

나는 네가 그립지 않았다. 나는 네가 보고 싶지 않았다.

몇 번을 머릿속에 되뇌었다. 오늘도 그렇지 않았던가. 정우와 헤어졌다는 이야길 아무렇지 않게 했다. 왜, 어째서! 하연은 가슴속에 울부짖는 메아리를 달래기 위해 노력했다.

서정우와 헤어진 건 자신의 선택이었다. 이제 서정우에 대한 미련 따위는 존재하지 않는다.

마음을 달래 보지만 복받쳐 오는 설움이 거센 파도처럼 마음을 뒤흔들었다.

"흡, 흐흐흑. 아니야! 아니야!"

타오르는 가슴을 움켜쥐고 머리를 거칠게 흔들었다.

왜, 지금에서야 너에 대한 기억들이 다시금 떠오르는 것일까. 따스하게 안아 주던 네 품이, 다정하게 입 맞춰 주던 너의 그 입술이, 모두 다 그리워졌다.

혼자 남은 고독함이 그녀를 송두리째 갉아먹고 있었다.

"싫어! 아니야!"

자신의 마음을 부정해 봐도, 마음이 찢어질 듯 아려 왔다. 보고 싶어, 보고 싶어, 머릿속을 강하게 점령하는 생각들에 하연은 부들거리는 손을 겨우 잡았다.

정우에게 당장 잊어 달라고 애원이라도 하고 싶은 마음이었다. 전화를 걸려는 손을 진정시키며 입술을 거칠게 깨물었다.

입술 깨무는 것을 정우는 참 싫어했는데…….

너는 끝까지 지독했다. 그 지독한 사랑이 자신을 이렇게 변하게 할 줄 생각조차 못 했다. 머리를 흔들고 쥐어뜯어도 엄습해 오는 너의 그림자는 도무지 나를 놓아줄 줄 몰랐다.

"제발……."

나를 놓아 달라, 너의 검은 그림자에 애원해 보지만 그림자는 나를 비웃기라도 하듯 잊었던 추억을 더 떠올리게 만들었다.

귓가에 속삭이던 정우의 나직한 웃음소리, 자신의 손을 꽉 잡아 주던 다정한 손…….

하연은 숨을 거칠게 베어 물었다. 정우가 보고 싶었다. 묶여 있는 끈도 사라진 자신의 곁엔 아무도 없었다.

옥죄어 오는 가슴을 쾅쾅 치며 숨을 헐떡거렸다. 숨이 쉬어지질 않았다. 누군가 목을 움켜쥐는 듯, 아니 숨 쉬는 방법을 잊어버린 건지도 몰랐다.

하연은 떨리는 손으로 휴대폰을 잡고 전화를 걸었다. 자신에게 방법을 알려 줬으면 한다. 자신을 뒤흔드는 이 거친 고통에서 제발 누군가 꺼내 줬으면 했다.

"사장님…… 저 좀 살려 주세요……."

뒤섞인 울음이 거친 비명으로 바뀌고 목을 움켜쥐며 타들어
갈 듯한 손으로 바닥을 움켜쥐었다. 머리가 어지럽다. 눈앞에 흐
릿하게 번져 드는 어둠이, 꼭 너였으면 좋겠다.

하연은 씁쓸한 미소를 지으며 눈을 스르륵 감았다.


갑작스러운 하연의 전화에 다급하게 세준이 계단을 뛰어 올라
왔다. 현관문 고리를 돌리자, 문이 기다렸다는 듯이 열렸다.

숨을 크게 들이마시고 집 안으로 들어섰다. 사람의 흔적이 느
껴지지 않는 을씨년스러운 한기가 그를 반겼다.

"하연 씨!"

소파에 쓰러져 있는 하연에게 다급하게 뛰어가 그녀의 상체를
올렸다. 미처 다 흐르지 못한 눈물이 세준의 손 위로 툭 떨어졌
다.

"하연 씨, 정신 차려요."

느릿하게 반쯤 눈을 뜬 하연이 곧 꺼져 갈 듯한 목소리로 속
삭였다.

"정우야……."

세준은 한숨을 내쉬고는 그녀를 안아 침대에 조심스럽게 눕혔
다. 방 안에 그녀의 향기가 퍼지는 것 같았다. 지치다시피 잠에
빠진 그녀의 모습이 야속하게만 느껴졌다.

하연의 집 창문을 보며 밖을 서성거리고 있었다. 왠지 못내
불안한 마음이 들었다. 평소보다 유달리 기분이 좋아 보이는 하

연의 모습이 그를 더 불안하게 만들었다.

사랑이라는 게 한순간에 잊힐 수 없는 것을 세준 본인도 잘 알고 있었다. 활달하게 웃는 그녀의 모습이 가시처럼 박혀 들고, 차근차근 말하는 그녀의 마음이 아픔처럼 다가왔다.

"잊어요. 한참 뒤에 생각하면 아무것도 아니었을 거예요. 그저 열병 같은 거예요. 언제 왔다 갔는지도 기억나지 않는 열병."

듣지도 못할 말을 넋두리하듯 쏟아 냈다. 하연의 얼굴에 달라붙은 머리카락을 조심스럽게 떼어 내며 그녀의 얼굴을 무연히 바라봤다.

욕심내는 것은 아니었다. 그저 예쁘게 웃는 그 모습을 보고 싶을 뿐이었다. 가슴속에 퍼지는 많은 말들을 삭이며 세준은 자리에서 일어났다.


머리가 깨질 듯이 아파 왔다. 묵직한 눈이 간밤의 기억들을 떠올리게 했다. 약해진 자신의 몸을 집어삼키려는 추억들에 하연은 마음을 굳건히 다잡으려 노력했다.

뼈 마디마디가 아려 오는 몸을 겨우 일으켜 부엌으로 갔다. 목을 타고 지독한 갈증이 일었다. 냉수를 연달아 두 컵을 마시고 몸을 돌렸다. 코끝에 닿는 냄새가 식욕을 자극했기 때문이었다.

하연은 식탁 위에 올려진 냄비를 손으로 만져 보았다. 아직 따뜻했다. 간 지 얼마 되지 않았구나.

「오늘은 푹 쉬어요. 북엇국 끓여 놨으니 꼭 챙겨 먹고요.」

하연은 국을 가스레인지에 데우고 세준이 지어 놓은 밥을 밥그릇에 가득 펐다. 그리고 끓는 국을 국그릇에 떠 식탁에 앉았다.

한 숟가락 두 숟가락 입에 넣다가, 밥을 국그릇에 모조리 넣고 입안으로 꾸역꾸역 밀어 넣었다. 이 모든 건 자신이 정우에게 했던 것들인데, 받으려니 어쩐지 어색했다.

밥을 입안으로 밀어 넣을 때마다 눈물이 한두 방울씩 뺨을 타고 흘렀다. 따스하고 정갈한 국이 꼭 세준 같아서 미안하고 고마웠다.

콧물을 훌쩍이며 무식할 정도로 꾸역꾸역 밥을 먹었다. 술에 취해서 돌아온 정우에게 먹이기 위해 온 동네 편의점을 돌아 북엇국을 겨우 끓여 줬던 일, 속이 좋지 않은지 반도 못 먹었으면서 맛있다고 웃어 줬던 일.

하연은 꽉 막힌 가슴을 주먹으로 치며 밥을 씹어 삼켰다. 그 추억을 모조리 씹듯 꾸역꾸역 밥을 먹었다.

나오는 눈물을 손으로 다 훔치면서.

정우와 헤어진 지 4일째, 하연은 집 안 정리를 했다. 세준의 배려 덕택에 얻은 휴일을 허투루 쓰고 싶지 않았다.

그에 대한 기억들이 스멀스멀 올라오는 것은 역시 그와의 추억이 많은 이 집 때문이라는 생각을 했다. 이사를 할 수 있는 상황은 아니어서, 하연은 정우의 물건들을 하나둘씩 박스에 담았다.

정우가 입던 와이셔츠, 칫솔, 그가 사용하던 면도기, 속옷까지. 그의 흔적은 생각보다 세세하게 남아 있었다.

정우가 읽다 놓고 간 책이며, 시계, 만년필……. 찾아가라고 연락을 할까 하다 하연은 그만두었다. 얼굴을 본다면 아마 그녀의 노력이 물거품이 되고 말 것이다.

차곡차곡 물품을 담아 베란다 구석, 보이지 않는 곳에 몰아넣었다. 차마 버릴 수가 없었다. 이것도 못난 미련 중에 하나일 테지.

마지막으로 자신의 목에 걸어 주었던 목걸이를 빼 화장대 서랍 깊은 곳에 넣었다. 손에 꼭 쥐고 있던 정우의 마지막 모습이 떠올랐지만 하연은 고개를 세차게 흔들며 지독한 상념에서 벗어나기 위해 애썼다.

하연은 거실을 멍하니 보다 방 안에 들어가 가구 위치를 바꾸었다. 정우에 대한 추억들을 지우듯 그 자리를 없애고 있었다.


정우와 헤어진 지 5일째, 이별은 현실이었다. 모든 이별 노래들이 마치 자신의 이야기 같았다. 정우에 대한 사무친 그리움이 노래를 통해 흘러나오고 모두 자신의 이별의 아픔을 노래하는 거 같았다.

정우가 그럴 수밖에 없었던 이유를 자기 합리화까지 시키는 자신의 모습을 보며 웃음이 나올 뻔했다. 도대체 무엇을 위안받고 싶었던 것일까.

소소한 데이트를 하고 첫 키스를 나누고 처음으로 한 몸이 되었던 그 날의 추억들이 떠올라, 하마터면 손님의 커피에 눈물을 쏟아 낼 뻔했다.

처음 하나가 되었던 그때, 정우의 몸과 뒤섞이었던 그 따스함과 아픔, 그리고 그를 온전히 가졌다는 자만까지, 마치 지금의 일처럼 모든 것이 생생하게 느껴졌다.

"언니 핸드드립 커피 두 잔이요."

"아, 알았어."

하연은 자신을 뒤덮는 아린 추억들에게서 벗어나기 위해 발버둥 쳤다. 문득문득 찾아오는 가슴속에 담아 두었던 추억들, 상황이 너무 힘들어서 잊었던 좋은 추억들은 꼭 이별한 뒤에 생각이 난다.

이런 추억을 붙잡고 있었으면 어쩌면 정우를 늦게 떠나보낼 수 있었을까. 모두 아니었을 것이다. 결국 자신이 힘들어서 놓았던 것이다.

후후, 한심한 자신을 비웃기라도 하듯 웃으며 뜨거운 물을 여과지 위에 돌려 가며 천천히 부었다. 코끝에 넘실대는 커피 향까지도 모조리 지울 수 있었으면 얼마나 좋을까.

'밖에선 커피를 마실 수가 없어. 너에게 익숙해진 거 같아.'

그 한마디에 얼마나 뛸 듯이 기뻐했던가. 가물가물했던 그 모습까지 모두 다 생생하게 퍼져 나갔다.

미련이란 녀석이 얼마나 지독한 녀석인지, 새삼 깨닫고 있는 중이었다. 더 이상 연락 올 곳도 없는데, 하연은 시간 날 때마다 휴대폰을 손에서 놓질 않았다.

그러고는 아무것도 남겨지지 않은 정우의 상태메시지를 자신도 모르게 수시로 확인하곤 했다.

"언니, 이거 봐 봐요. 예쁘지 않아요?"

"어? 아, 그러네."

자신의 쪽으로 몸을 숙이는 영은이 혹여라도 휴대폰 액정을 볼까, 얼른 잠금 버튼을 눌렀다.

도둑질을 하다 걸린 사람처럼 심장이 쿵쾅거렸다. 남에게 미련을 보인다는 것이 창피한 모양이었다.

"하연아!"

선주가 환하게 웃으며 하연에게 다가왔다.

"너…… 근데 몰골이 왜……. 아, 뭐 그럴 만도 하겠지."

"우선 앉자."

하연이 앞치마를 잠시 벗으며 선주의 팔을 잡았다.

"어? 안녕하세요?"

"안녕하세요. 하연 씨 보러 오셨나 봐요."

"네, 저번엔 죄송했어요. 말도 못 하고 가 버려서. 다음엔 제가 제대로 살게요."

"아, 아닙니다. 제가 모셔야죠."

오래 알고 지낸 사람처럼 넉살 좋게 세준과 선주가 이야기를 나누었다. 하연은 이 상황이 난감하기만 했다. 어떤 상황이든 정우가 끼어들지 않은 곳이 없었다. 그 날, 그 여자와 함께 있던 정우를 봤더랬지.

하연은 쓸쓸한 미소를 지으며 선주의 팔을 잡아당겼다.

"가서 앉자."

"알았어."

"천천히 얘기 나누세요."

세준이 카운터로 들어가고, 선주와 하연은 창가 구석진 자리에 마주 보고 앉았다.

"어때?"

"뭐가?"

"그 자식이랑 헤어지고 나서 어떻냐고. 네 상태가 안 좋을 거란 생각은 했지만 역시나네."

선주는 혀를 끌끌 찼다.

"그냥, 뭐……."

"아무리 힘들어도 무너지면 안 돼. 너 그때 헤어지지 못해서 지금까지 끌어왔잖아. 이번엔 절대 안 돼. 알았어?"

"힘들어. 솔직히."

"힘들어도 지금 잠깐이야. 너 한참 뒤에 생각하면 서정우는 기억도 안 날 거야. 그래서 말인데……."

선주는 몸은 하연 쪽으로 한껏 수그리며 목소리를 낮췄다.

"너희 사장 어때? 저 사람 너 좋아하잖아."

"김선주!"

"나 귀 안 먹었거든? 사랑은 사랑으로 치유하란 말 있잖아. 잘 생각해 봐."

하연은 한숨을 크게 내쉬었다. 선주의 말뜻을 모르는 바는 아니지만 누군가 등 떠밀면 더 도망가고 싶어지는 것이 사람 심리였다. 더구나 마음대로 안 되는 것이 사람 마음이기도 했다.

"나 정우랑 헤어진 지 일주일도 안 됐어. 아직은 싫어."

"기집애, 새침하기는. 근데 정말 잘 생각해. 여자는 사랑받아야 하는 거야. 넌 계속 주기만 했잖아. 이제라도 제발 행복해져, 하연아."

하연의 손을 꼭 잡고 애원하듯 말하는 선주가 애처로웠다. 못난 친구를 둬서, 괜히 이런 고민까지 하게 만드는 것은 아닌가 싶을 정도였다.

처음엔 사랑을 주는 것이 더 좋다고 생각했다. 가슴속 타오르는 사랑을 올인 할 수 있어서 좋다고 했다.

하지만 한쪽만 주는 사랑은 결국 주는 사람이 지치기 마련이었다. 처음 같은 포부가 사라진 반쪽짜리 사랑의 잔해는 더 처참했다.

돌아온 것은 결국 상처였다. 어쩌면 선주나 세준의 말처럼 사랑을 받아야 행복해질지 모른다.

하지만…… 그 아픔을 모두 치료하기엔 시간이 오래 걸리지 않을까. 또 같은 상처를 상대방에게 주지는 않을까. 하연은 모든 것이 조심스러웠다.

어둠은 이별의 아픔들을 너무나 쉽게 일깨웠다. 사람들과 함께 있을 때면 잊었던 것들이 기다렸다는 듯 하연을 찾아왔다. 슬픔, 아픔, 그런 차원을 넘어선 그리움이 그녀를 집어삼켜 댔다.

정우와 헤어진 지 일주일째, 정우가 집 앞에 찾아왔다. 골목길 어귀에 들어섰다 하연의 발걸음이 우뚝 멈춰 섰다. 익숙한 그림자에, 익숙한 내음들이 그임을 알려 왔다.

심장이 거칠게 요동쳐 댔다. 가로등 아래, 눈이 마주친 그 짧은 순간이 꽤 길게 다가왔다. 주위의 시간이 멈춘 듯, 몰아닥치는 바람이 아니었다면, 평생 깨고 싶지 않은 순간이었다.

빙긋이 웃는 정우의 모습도, 다가오는 정우의 모습도, 곧 신기루처럼 와르르 사라질 거 같았다.

"늦었네?"

코끝이 빨개진 정우의 모습, 저음의 허스키한 목소리, 하연은 눈을 느릿하게 감았다 떴다.

"어쩐 일이야?"

생각을 했었다. 정우가 이렇게 불쑥 찾아오면 어떤 느낌일까. 냉정하게 옆으로 돌아서는 자신의 모습을 그려 보곤 했다. 결국 그런 생각들은 모두 다 부질없는 것들이었다.

정우의 모습을 봤을 때, 심장이 얼어붙었고 정우와 눈이 마주 쳤을 땐 움직일 수도 없었다. 냉정하게 정우를 스쳐 지나간다, 그것은 있을 수도 없는 일이었음을 왜 몰랐을까.

"보고 싶어서. 넌 내가 보고 싶지 않았어?"

정우의 물음에 멍청하게 그를 올려다보는 자신의 모습이 문득 한심하게 느껴졌다. 자신이 해 왔던 이 모든 몸부림들은 다 뭐였 던 것일까. 그것들을 너무 쉽게 잠식시켜 버린다. 한심한 자신의 모습을 즐기기라도 하듯.

하연은 그제야 정신이 번뜩 들었다.

"우리 이제 그럴 사이 아니잖아."

꽤 담담한 목소리가 흘러들었다.

"진심이었어?"

되묻는 정우의 물음에 순간 헛웃음이 나올 뻔했다. 믿지 않았 구나, 너무 쉽게 돌아오는 자신의 모습을 알기라도 하듯 정우는 믿지 않고 있었다.

이 정도였다. 자신의 가치는. 결국 정우를 이렇게 만든 건 하연 자신이었다.

"진심이었어. 이제 더 이상 찾아오지 마."

냉정하게 등을 보일 수 있는 날이 더 있을 줄 알지 못했다. 예전의 정우는 그녀를 이렇게 찾아오지 않았을 것이다.

"너 나 사랑하잖아."

풋, 웃음이 났다. 자만심 가득한 말이었다. 결국 그녀는 일방적으로 사랑을 주는 사람이었다.

사람들은 참 우습다. 일방적으로 무언가를 받는 것을 당연스럽게 여겨 버린다. 그 사람이 어떤 마음으로 사랑을 주는지도 모른 채.

"그래서?"

정우는 멍하니 자신을 바라봤다. 눈에서 불꽃이 탁탁 튀었다.

"그래서라니. 난……."

"잘 들어. 난 이제 싫어. 아직 내가 사랑해도 그건 내 몫이야. 너와 할 몫이 아니라."

덩그러니 정우를 남겨 둔 채 지나쳐 가며 하연은 이를 악물었다.

당장이라도 돌아가 그에게 안기고 싶었지만 숨을 삼키고 주먹을 꽉 쥐며 참았다. 이렇게 돌아가면 자신의 인생이 너무도 불쌍해져서. 도저히 뒤를 돌 수가 없었다.

이제 정말 안녕이었다. 하연은 눈에 담았던 정우를 지우듯 눈을 느릿하게 감았다 떴다.

이렇게 밀어냈으니, 정우는 더 이상 오지 않겠지. 이렇게 밀어냈으니, 다시는 볼 일 없겠지.

뺨을 타고 흐르는 눈물을 닦지도 않은 채, 계단을 한 발짝 한 발짝 올라갔다. 뒤돌아서서 달려가 안기려는 자신을 다독이며, 다시 한 번 안녕을 고했다.

정우는 하연이 사라지는 그 길을 볼 수 없었다. 아니, 머리에 강한 충격을 받은 듯 그곳에 붙박이처럼 서 있었다. 이제 모두 끝이 났다.

이상했다. 모든 것을 자초한 것은 자신인데……. 왜 기분이 이상할까. 가슴 언저리를 손으로 짚었다. 쓰리고 뜨거웠다. 그 통증이 팔다리, 전신으로 퍼지는 기분이었다.

이 알 수 없는 느낌은 뭘까. 하연은 차마 부를 수도 없게 냉정하게 돌아서 갔다.

이곳에 왔을 때, 자만 아닌 자만을 했다. 그를 보면 하연이 달려와 안길 거라는 자만, 그에게 다시 돌아올 것이라는 자만. 그 모습을 기대하며 들떠 있던 자신의 모습들이 왜 이리 우습게 느껴졌을까.

정우는 풋, 웃음을 터트렸다. 모든 것이 쉬웠었다. 하연의 모든 것은 쉬웠었다. 사귀는 것도 쉬웠고, 첫 키스도, 첫 경험도 모두 다 쉬웠다. 그 쉬웠던 것이 그 어느 때보다 어렵게 느껴졌다.

이곳에 오기까지 수도 없이 고민하고 망설였다. 과연 이곳에 올 자격이 있을까, 그녀를 자신의 옆에 두는 것이 과연 옳은 것이었을까.

그 모든 양심의 가책을 다 던져 버리고 이곳에 오는 길은 꽤 즐거웠다. 환하고 따스한 하연의 품에 안길 수 있다는 기대감이, 그의 자만심을 부추겼다.

정우는 하연이 돌아가고 한참을 그 자리에 서 있었다. 비척비척, 익숙한 길을 벗어날 때도, 몽롱했다. 모든 것이 꿈처럼.


정우는 자주 가던 바에 앉아 온더락 잔에 위스키를 가득 따랐다. 얼음에 희석하지도 않은 술을 입안에 털어 넣으며 자신의 생각들을 정리해 갔다.

"무슨 일이야?"

"왔어?"

석준이 바텐더에게 가볍게 인사를 하며 정우의 옆자리를 차지하고 앉았다.

고등학교 때부터 친구이지만 정우가 밤에 불쑥 술 한잔하자며 연락하는 일은 드물었다. 아니 없다고 볼 수 있었다. 갑작스러운 연락에 석준은 당황스러움을 감출 길이 없었다.

"뭔데 그래? 그 민선이란 여자랑 헤어졌어?"

"아니, 하연이랑."

무감각한 입으로 나오는 말을 통해 다시 한 번 느꼈다. 우리가 헤어졌구나. 씁쓸한 웃음이 입안에 파고들었다.

"김하연이랑? 어차피 헤어져도 상관없잖아."

석준의 무람없는 말에 정우의 곱던 눈썹이 일그러졌다.

"무슨 뜻이야?"

"무슨 뜻인지 몰라서 묻는 거야? 어차피 사랑하지 않았잖아. 너에게 도피처였고."

정우는 바텐더가 건넨 잔에 얼음을 집어넣고는 위스키를 음미하는 석준을 노려보았다.

"그렇게 볼 거 없어. 난 네 생각을 정리해 준 것뿐이니까."

눈앞이 흐릿하게 번진다. 술기운이 몰아서 올라오는 모양이다. 정우는 감기려는 눈을 또렷하게 뜨려고 애썼다.

"사랑, 웃기네. 진짜."

정우는 자조적으로 읊조렸다. 웃기는 소리다. 그래, 석준의 말대로 사랑으로 시작한 일이 아니고 지금도 사랑이 아니다. 그런데 왜, 밀어낸 그 등이 아리고 시리게 느껴지는 것일까. 애처로운 하연의 그 등을 어루만져 주고 싶었다.

"독한 놈. 잘도 마셔 댔네."

석준은 멜론을 하나 입안에 넣으며, 쓰러질 듯 아슬아슬하게 바에 기대어 있는 정우를 한심한 듯 바라봤다.

"그래서 네가 원하는 건 뭐야. 술은 걔가 마셔야 하는데 네가 왜 마셔?"

"나도 그걸 모르겠어."

아파야 하는 것은 자신이 아니었다. 하지만 방금 만나 본 하연이 어땠던가. 자신을 단칼에 밀어낼 수 있을 정도로 잘 지내고 있었다. 하루하루가 힘든 자신과는 다르게.

이 모든 것은 모순이었다. 왜, 아파야 할 당사자는 잘 살고 있고 아프지 않아도 될 자신은 이렇게 지내고 있는 걸까.

"지금에 와서 사랑이라고 하고 싶은 거 아니야? 아서라. 너 이러는 것도 웃기고, 이제 제 살길 찾아서 가겠다는 여자 놔줘. 너희 관계 누가 봐도 이상해. 그냥 너랑 그 여자랑 둘만 사랑해. 남 끼어들게 해서 힘들게 하지 말고. 이게 뭐 하는 짓이야."

석준의 독설이 듣고 싶지 않았다. 아니 말 한마디 한마디가 파고드는 가시 같았다. 그 말이 다 틀린 말은 아니었는데 듣고 싶지 않았다. 남이 자신의 약점을 건드린 것처럼 모두 다 듣고 싶지 않았다.

내가, 왜 그래야 하지? 내가, 왜 하연이를 놓아줘야 하지?

이기적인 마음이 술기운과 같이 독처럼 퍼져 나갔다. 하연은 자신만을 바라보던 해바라기였다. 싫었다. 이런 이기심들이. 그리고 석준의 말들이 모두 다 사실이라 반박할 수 없는 자신이.

머리가 깨질 듯하게 아파 왔다. 이런 날이면 항상 하연의 집으로가 그녀가 만들어 주는 해장국을 먹으며 가볍게 커피를 마시고 출근하곤 했다. 하나부터 열까지 그녀는 자신에게 꼭 맞춰진 여자였다. 민선과는 비교할 수 없는.

그래, 그랬다. 민선의 대용품이라 하연은 생각했겠지만, 사실 그에게 하연은 김하연 그 자체였다. 처음부터 그랬다. 그녀의 존재감은 그에게 확실하게 박혀 있었다. 단지, 너무 익숙해져 잠시 잊고 있었던 것뿐.

하연은 그에게 공기 같은 존재였다. 있을 땐 모르지만 사라지면 살 수 없는. 이걸 이제야 깨달아 버렸다. 갑자기 소소하게 생각됐던 일상이 사라지자, 가슴이 아려 왔다.

아마 화가 많이 나서 그랬던 걸 것이다. 그저 투정일지도 모른다. 그가 사과를 하고, 그녀에게 진심을 말한다면 그녀는 결국 그를 받아 줄 것이다. 여태껏 그래 왔듯이. 헛된 자만심이 정우에게 용기를 심어 주었다.

"커피 한 잔만 가져다줘요."

비서에게 인터폰을 하며 정우는 가죽 의자에 몸을 파묻었다. 잠시 후 비서가 하얀 찻잔에 커피를 담아 와 그의 앞에 내려놓았다.

"성화모직과 내일 세 시에 미팅 잡아 뒀습니다."

"알았어요. 이만 나가 봐요."

정우는 잔에 담긴 커피를 한 모금 마시며 인상을 찌푸렸다. 본인이 생각해도 지독하게 까다로운 입맛이었다. 한숨을 몰아 내쉬며 다시 눈을 감았다.

다시 생각해 보면 하연은 자신에게 참 다정한 사람이었다. 민선조차도 다 이해해 줄 수 없던 자신을 완벽하게 이해한 것은 어쩌면 하연이 아니었을까.

그에게 맞추고 그를 위해서라면 뭐든지 할 수 있는 여자였다. 그런 그녀가 그에게 냉정하게 등을 돌렸다. 이 모든 것은 자신이 결국 자초했던 일이었다. 왜 진작, 왜 먼저, 그녀를 안심시키지 못했을까.

갑자기 카페 사장이라는 남자와 하연의 모습이 오버랩되어 거친 화가 치밀어 올랐다. 아직 하연의 옆자리는 자신의 것이었는데, 그녀가 먼저 이렇게 그를 떠날 수 없었다.

비열하고 졸렬한 생각들이었지만 아직은 자신의 마음을 온전히 이해할 수가 없었다.

왜일까. 석준의 말대로 나는 너에게 아무 감정이 없었는데……. 그 말들을 무색하게 하는 이 뜨거운 감정은 무엇일까. 목구멍까지 치밀어 오르는 이 통렬한 감정은 무엇일까. 네 이름을 들으면 따스해지는 이 가슴은 대체 무엇일까.

민선과 밥을 먹으면서도 정우는 제대로 집중할 수가 없었다. 이 공간엔 분명 민선과 단둘뿐인데 하연이 와 앉아 있는 거 같았다. 그녀가 자신을 밀어냈다는 것 때문인지, 유달리 그녀의 생각들이 그의 머릿속을 점령했다.

"이것도 먹어 봐."

민선이 자신의 접시에서 양갈비 한쪽을 썰어 그의 접시에 올려 주었다. 정우는 멍하니 와인을 한 모금 마셨다.

냉정하게 뒤돌아서던 그 차가운 눈빛이 가슴속에 박혀 들었다. 다정하고 맑은 눈을 지녔던 하연이었다. 그 눈동자에 사로잡혀 처음 고백도 밀어낼 수 없었던 것이었다. 하연이 이런 눈을 지녔었구나, 새삼 그는 마음속으로 놀라고 있었다.

"정우야? 서정우!"

"아, 어?"

"무슨 생각을 그렇게 해?"

"아니야. 아무것도."

민선이 어리둥절한 표정을 짓다가 양갈비를 칼로 썰며 심드렁하게 물었다.

"그런데 그때 영화관에서 봤던 네 여자친구 말이야. 하연이라고 했던가?"

"응."

"그래도 꽤 옆에 오래 있네?"

"무슨 뜻이야?"

정우가 쥐고 있던 나이프와 포크를 놓으며 인상을 찌푸렸다. 민선의 입에서 그녀의 이름이 나오는 것 자체가 못마땅했다.

은연중에 깔려 있는 무시, 그리고 자신이 우월하다는 것을 과시하는 은근한 우월감. 듣는 내내 거북하고 화가 났다.

하연이 민선을 지칭하는 것은 몰라도 민선에겐 하연을 무시할 수 있는 자격이 없었다.

"그렇잖아. 말은 여자친구지만 실상 여자친구 대우도 못 받잖아. 나라면⋯⋯."

"그만해."

기분이 나빠진 정우는 칼같이 말을 잘라 버렸다. 민선도 당황한 듯 눈을 동그랗게 뜨며 말했다.

"그만하라니? 내가 못 할 말 한 거야? 나는 그래도 내 존재 알고도 있어 주는 게 다행이다 싶어서⋯⋯."

"하고 싶은 말 그거 아니잖아. 피곤하다. 그만하자."

정우는 의자에 걸쳐 두었던 겉옷을 챙겨 들고 자리에서 일어났다.

"계산하고 갈게. 먹고 가."

정우는 망설임 없이 민선에게서 등을 돌려 나왔다. 가슴이 답답했다. 자신을 다급하게 부르는 민선의 목소리도, 하연을 무시하는 민선의 언행도 아무것도 듣고 싶지 않았다. 그 자리에 있는 것만으로도 숨이 막히고 답답해졌다.

정우는 밖으로 나가자마자 담배 한 개비를 입에 물었다. 술기운이 조금씩 오르자, 하연이 미치도록 보고 싶었다. 마치 자신의 감정들이 아닌 듯 낯선 감정이 그를 지배했다.

정신없이 택시를 타고 이곳까지 왔다. 알싸하게 오른 술기운이 이곳으로 발걸음을 옮기게 한 것인지도 몰랐다.

정우는 항상 기다리던 전봇대에 등을 기댄 채 하연이 걸어오는 방향을 하염없이 바라봤다.

정우는 이 시간이 좋았다. 그녀가 오기만을 기다리며 아무 생각 없이 오로지 그녀에게 집중할 수 있는 이 시간이. 그리고 자신을 볼 때면 놀란 모습으로 달려와 안기던 하연의 모습도 좋았다.

그래서 항상 이곳에 서서 그녀를 기다려 왔다. 이제 곧 하연의 퇴근 시간일 것이다. 하연은 자신을 보며 놀라고, 반갑게 자신을 맞이해 줄 것이다. 여느 때처럼 해사하게.

헛된 기대감이 하연의 냉정했던 그 눈을 잊게 만들었다.

시간이 얼마나 지났는지 모르겠다. 한참을 그곳에서 하연이 오기만을 하염없이 기다렸던 거 같다. 그녀의 환한 웃음을 기대하면서. 기대는 또 더 큰 기대를 만들고 우리가 헤어졌다는 생각 자체를 무기력하게 만들었다.

삼 년 정도 됐을 때, 그녀가 자신에게 이별을 고했을 때와 비슷한 상황이라 생각했다. 아무 생각 없이 달려와 안길, 하연이 눈앞에 선했다.

저 멀리 그녀의 모습이 보였다. 그 모습에 갓 연애를 시작한 사람처럼 심장이 두근거렸다. 정우는 밝게 웃으며 하연이 걸어올 그 방향을 바라봤다.

낯선 남자와 함께 한참을 그곳에서 이야기를 나누다 둘이 헤어지고 하연만 이쪽으로 걸어왔다.

기분이 이상했다. 아니, 화가 났다. 그 낯선 남자를 어렴풋이 알 거 같아 더 화가 났다. 그럼 나를 버리고 저 남자에게 가려고 했던 것인가? 아니, 다 아닐 것이다. 하연은 자신을 사랑했다. 어제도 확인했었다. 그 눈에 담겨 있던 미련을. 아, 모두 다 아닐 것이다.

정우는 애써 현실을 부정하며 바닥을 보고 걸어오는 하연의 앞에 섰다.

하연은 마감 때문에 퇴근이 늦어지는 길이었다. 집 앞까지 부득이 데려다주겠다는 세준의 말을 도저히 밀어낼 상황이 아니었다.

세준을 집 근처에 도착해서야 겨우 보내고 하연은 자신의 집으로 걸어오다 익숙한 그림자를 어리둥절하게 바라봐야 했다.

그녀가 아는 정우는 이렇게 질척대는 사람이 아니었다. 알 수 없는 정우의 행동에 설핏 웃음이 났다. 그동안 정우에게 매달려 사랑을 갈구하던 자신이 너무 한심하고 가여워서.

"여긴 또 왜……."

잠시 자신의 등장에 놀란 듯 하연이 바라보다, 이내 눈동자가 잔잔해졌다. 아니, 이게 아니었다. 하연이 자신을 바라보던 시선은 이게 아니었다. 사랑이 담뿍 담긴 따스한 그 눈빛이었다.

"왜 이제 와? 그 남자와 함께 있었어?"

정우는 저도 모르게 날카롭게 대꾸했다. 사실 여기 오기 전까지 이렇게 말을 할 생각이 아니었다. 다정하게 말을 건네야지,

웃으며 이야기해야지, 생각했던 것들이 물거품처럼 사라졌다. 마치 지금 내뱉는 목소리가 자신의 것이 아닌 거 같았다.

"무슨 뜻이야?"

"저 남자와 함께 있었냐고 묻는 거야."

꽤나 차분한 어조였지만 그녀에게 비난을 담고 있었다. 하연이 냉정하게 자신을 바라보는 그 눈동자가 서글프고 아팠다.

제발…… 나를 이렇게 바라보지 마……. 예전처럼…… 나를 봐 줘.

하, 웃음이 나오려고 했다. 예전처럼이라는 게 도대체 뭐였을까. 하연이 말했던 것처럼 우리의 5년이 과연 무엇이었는지, 감이 잘 잡히지 않았다.

"서정우, 잘 들어. 우리 둘은 헤어졌고, 네가 나에게 이래라저래라 말할 권리 없어. 내가 저 남자와 함께 있든 다른 사람과 무엇을 하든, 이제 너에게 그럴 권리 없다는 뜻이야. 아니, 처음부터 너에겐 그럴 권리가 주어지지 않았어."

하연의 가슴속에 남아 있던 미련이 실망감으로 물들었다. 결국 못난 질투 하나 때문에 자신을 찾아오고 몰아붙이는 것이었다. 어린아이가 질린 장난감을 빼앗기기 싫은 그런 심보일 테지.

정우는 자신에게 질투라는 감정을 가져 본 적이 없었다. 그는 자신을 사랑하지 않았으니까. 어쩌면 자신도, 정우도 서로에게 질투할 수 있는 권리가 없었다.

"무슨 뜻이야?"

"말한 그대로야. 이제 더 이상 찾아오지 말아 줘."

냉정하게 자신에게 등을 돌리는 하연의 손목을 잡았다. 그녀의 손목을 끌어당겨 끌어안았다.

"이거 놔."

놓으라고 발버둥 치는 것보다, 차가운 거부의 한마디가 그의 숨통을 조여 왔다.

"정말 나랑 헤어질 거야? 우리 만난 게 5년이야!"

재차 물어 오는 정우의 말에 하연은 헛웃음을 지었다. 결국 하나도 믿지 않았던 것이었다. 자신이 너무 쉬워, 이렇게 다가오면 예전처럼 웃어 줄 것이라고 생각했던 것이었다. 결국, 그녀는 그에게 쉬운 존재밖에 되지 않았다.

"그 시간들 짓밟은 건 바로 너였어."

허리를 감싸고 있던 팔이 스르륵 풀어졌다. 정우의 흔들리는 눈동자와 마주쳤을 때, 하연은 가슴에 묵직한 돌을 얹은 듯 가슴 언저리가 짜르르하게 아파 왔다. 하지만 그 시선을 피하진 않았다.

"너와 난 그 날 끝났어."

"아니, 우린 끝나지 않았어!"

돌아서 가려는 하연의 손목을 거칠게 잡았다. 우리가 이렇게 쉽게 끝날 리가 없었다. 끝날 것이었으면 진작 헤어졌었다. 그런 하연을 옆에 두고 이 관계를 유지했던 게 무엇 때문이었는데!

그녀가 좋았다. 그래서 힘들어하는 것을 알면서도 일부러 묵인하고 그녀를 찾았다. 정우의 잔잔하던 눈빛이 거칠게 흔들렸다. 악마가 속삭이고 있었다.

그 묵인이 그녀를 홀로 외롭게 지치게 만든 것이었다고.

"미안하지만 난 끝났어."

자신의 손을 냉정하게 쳐 내고 뒤돌아서서 가는 하연을 더 이상 붙잡지 못했다. 자신이 무슨 실수를 했는지, 이제야 하나둘씩 보이기 시작했다.

거부하지 않을 줄 알았다. 설마 하연이 자신을 거부할 줄 몰랐다. 그가 민선을 만나는 동안, 하연은 그 안에서 이미 상처를 받았던 것이었다.

해맑게 웃어 주던 그 미소가 결국은 자기방어로 만들어 낸 거짓이었음을 왜 이제야 알아 버린 걸까.

정우는 한동안 그 자리에 멍하니 서 있었다.


햇살이 유난히 맑게 부서졌다. 어젯밤 다녀간 정우의 모습이 모두 아련한 추억 같았다. 일부러 밖을 보지 않았다. 약해진 마음이 더 약해질까 봐. 모든 것이 아직은 두려웠다.

바보 같은 자신이 정우에게 다시 안길까 봐. 뫼비우스의 띠처럼 돌아도 돌아도 원점이 되어 버릴까 봐, 두려워졌다.

"어머, 언니 화장했네요?"

영은이 반갑게 알은체를 해 왔다.

"응, 기분 전환 삼아서. 이상해?"

"아니요. 전에도 말했지만 훨씬 예뻐요. 앞으로도 좀 하고 다녀요."

"고마워."

하연은 우울한 기분을 조금이나마 날려 버리기 위해 오랜만에 공을 들여 화장을 했다. 거울 속의 모습이 마치 자신이 아닌 듯했다. 아니, 정우를 만나기 전 원래의 자신의 모습이 어땠는지도 기억이 잘 나질 않았다.

21살 가장 예쁠 시기에 정우를 만났고, 또 한때는 그에게 잘 보이기 위해 자신을 꾸몄다. 하지만 또 나중엔 현실의 벽이 무거워 그조차도 그만두었다.

어차피 정우에게 그녀 자신은 그저 옆에 있는 사람 외엔 아무것도 아니었다.

정우와 헤어진 지금, 나 자신을 찾아야 하는데 도대체 자기가 어떤 모습을 했었는지도 가물가물하고 기억이 나질 않았다.

내가 어떤 모습으로 지냈고, 어떤 모습으로 사람을 대했는지도……. 예전엔 남자 친구와 여자 친구들이 주위에 많았었는데 어느 순간 선주만 남고 다 떠나가 버렸다. 그 모든 것이 다 자신의 탓일 테지…….

하연은 숨을 삼켰다.

"이제 좀 있으면 봄인데 왜 이렇게 추운지 모르겠어요."

영은이 넋두리를 하듯 한숨을 쉬었다. 추운 건 쥐약이라고, 겨울이 싫다고 누누이 말하던 영은이었다.

"따스한 봄이 왔으면 좋겠어요. 개나리도 피고, 진달래도 피고. 언니, 날 따뜻하면 우리 꽃놀이 가요. 사장님하고 언니 친구도 불러서 다 같이."

"그래, 그러자."

봄이 한 발짝 다가오는 2월의 끄트머리였다. 그래, 따스한 봄이 오고 그리고 여름이 오면 정우는 잊히듯 사라질 것이다. 모든 것을 잊을 순 없겠지만, 그의 추억까진 잊을 순 없겠지만 이 아픔은 아주 잠시일 것이다.

"누가 그렇게 가재?"

"제가요. 끼워 주면 고마운 줄 알아야죠, 사장님!"

"네 남자친구도 불러야지. 그렇게 가면 서운해할 거 아니야?"

"정말요? 앗싸!"

영은이 신이 나서 깡충거리자, 세준과 하연도 덩달아 웃음을 터트렸다. 따스하다. 아직 봄이 오지 않았는데, 이곳에 있으면 그냥 따스하고 마음이 편했다.

모든 것이 아픔인 자신의 집과는 달리 따스하고 포근한 곳이었다.

"그때쯤이면 하연 씨도 편안하게 웃을 수 있겠죠?"

하연은 세준 쪽으로 고개를 돌렸다.

"편안한 하연 씨의 미소를 보고 싶어요."

진실을 말하는 사람. 자신의 마음을 솔직하게 말하는 남자. 모든 것이 자신과 정우와는 다른 사람이었다. 하연은 대답 대신 미소로 화답했다. 제발 그러길…… 바라고 있었다.

"저기, 김하연 씨?"

낯선 여자의 목소리에 하연은 고개를 돌렸다. 아니, 자신의 부르던 목소리에 이미 온몸이 부르르 떨렸다.

"잠깐 얘기 좀 할 수 있을까요?"

해사하게 웃고 있는 여자의 모습이 어딘지 이질적으로 느껴졌다.

## 08. 너를 잊기

하연은 앞에 앉은 여자를 물끄러미 바라봤다. 단정하게 묶은 머리, 잔에 댄 도톰한 입술, 파르르 떨리고 있는 긴 속눈썹. 이렇게 그녀를 꼼꼼하게 본 적이 없었다.

그녀의 어떤 모습을 네가 좋아했는지, 내가 그녀에 비해 갖지 못한 것은 무엇이었는지, 자괴감을 느끼며 그녀를 미워하곤 했었다.

너를 빼앗기 위해서 안달 내던 내가 이제는 아련한 추억으로 남을 것 같았다.

하연은 바짝 타들어 가는 입술을 혀로 축이며 숨을 베어 물었다.

"하연 씨랑 이렇게 마주 보고 얘기 나눠 보고 싶었어요. 저는 유민선이에요."

오래된 친구라도 되는 듯 쾌활하게 자신에게 말을 건네는 그녀가 불편하기만 했다. 우리는 친구도, 또 아는 사이도 아니었으니까. 이렇게 마주할 이유가 전혀 없었다.

"커피가 참 맛있네요. 정우가 반할 만해요."

정우, 란 단어에 하연의 손끝이 자잘하게 떨려 왔다. 그의 이름을 내뱉지 않기 위해 무의식중으로 노력을 하고 있었나 보다. 이름만 듣고도 작은 반응을 일으키는 자신의 반응을 보니.

"정우가 하연 씨 커피에 대해 얘기 많이 했었거든요. 이렇게 먹어 볼 수 있다니 너무 좋네요."

나에 대해서……. 설핏 웃음이 나오려 하고 있었다. 그녀에게 아무렇지 않게 나의 존재를 말할 수 있을 정도로 나는 너에게 아무것도 아니었구나.

검게 물든 실망감이 탁하게 가라앉았다.

정말 너와 나 사이는 아무것도 없었다. 이별을 하고 나면 미련이 남는 법인데 너와 나는 그저 아픔만, 그것도 나 혼자만의 아픔만이 남아 있었다.

"저를 찾아오신 목적이 뭔가요?"

차분하게 대꾸하려 했지만 날카롭게 말이 튀어나갔다. 민선은 이런 반응을 예상이라도 한 듯 쿡쿡 웃음을 터트렸다.

"정우요. 우리 관계에서 정우 이야기 말고 할 이야기가 있을까요?"

"그 얘기라면 저와 더 이상 나누지 않아도 될 거 같네요."

"알아요. 헤어진 거. 하지만 하연 씨가 모르는 게 하나 있어요. 정우와 헤어진 이유가 나 때문이라면 그럴 이유 없단 얘길 하러 온 거예요."

"무슨 소리시죠?"

"우리 지금까지 잘 지내 왔잖아요. 지금처럼만 지내면 돼요. 전 정우와 결혼도 연인도 할 생각 없어요. 하연 씨 자리 확실하게 지킬 수 있잖아요. 정우의 마음만 제게 주면 돼요. 어렵지 않은 일이잖아요."

풋, 하연은 민선의 말에 웃음을 터트렸다.

"지금 이건 무슨 뜻이죠?"

순간 민선의 생글생글 웃던 낯이 날카롭게 변했다. 애써 웃음을 짓고는 있지만 민선의 입꼬리가 파르르 떨렸다.

분명 이곳까지 왔을 땐, 하연에 대한 괄시, 동정, 우월감 등을 가지고 찾아왔을 것이다. 하지만 선심 쓰듯 내민 손을 무시당하자 화가 난 모양이었다.

"아아, 불쾌하다면 미안해요. 말을 굉장히 재미있게 하시네요."

"무슨 뜻이죠?"

"말 그대로예요. 그렇게 마음이 갖고 싶으시면 직접 가져가세요. 나한테 찾아와서 이래라저래라 하지 말고."

하연은 담담하게 말을 건넸다. 화가 난 것은 아니었다. 단지 이 상황이 우습게만 느껴졌다.

한때 자신이 저런 사람들 사이에 끼어들어 갔다는 사실만으로도 머리가 어지럽고 아팠다. 처음으로 정우랑 헤어져서 다행이라는 생각을 했다.

"하연 씨, 생각보다 머리가 나쁜 사람이네요. 정우 사랑하잖아요. 그렇게 쉽게 끝날 사랑 아니잖아요. 정우랑 나는 그저 가족이에요. 가족을 우선시하는 건 당연한 거잖아요. 안 그래요?"

"가족……."

하연은 민선의 말을 씁쓸하게 읊조렸다. 가족이라는 말로 얼마나 자신을 울고 웃게 만들었던가. 모든 것을 원망할 순 없었지만 그녀의 이기적인 마음만은 원망할 수 있었다.

아무리 자신이 정우를 선택했지만, 민선의 이기적인 마음까지 선택했던 것은 아니었다. 그래, 이것이 다 자신의 과오였다. 처음부터 정우를 사랑하지 않았으면 될 일이었다.

"제 사랑의 시간을 짓밟은 건 바로 당신이에요. 완벽히 남인 정우와 당신을 왜 내가 가족이라고 이해를 해야 하죠?"

"이봐요. 김하연 씨!"

"정말 당신에게 정우가 가족이에요? 만약 당신이 진짜 가족이라면 당신이 이렇게 집착할 일 따위도 없었겠죠. 혹시 가족이라는 이름하에, 당신은 정우를 이용하고 있는 거 아닌가요? 당신 혼자 남고 싶지 않아서 정우를 이용하는 거 아니냐고요. 그런 당신에게 끌려다니는 정우나, 그런 정우에게 끌려다녔던 나나, 정우를 이용한 당신이나, 한심하긴 마찬가지네요. 미안하지만 난 당신들 가족이라는 이름에 더 이상 엮이고 싶지 않으니 이만 돌아가 주세요. 말씨름하는 시간조차 아깝네요."

"잠깐만요, 하연 씨!"

일어서려는 하연을 민선이 다급하게 붙잡았다.

"이상하네요. 하연 씬 정우를 사랑하잖아요. 그럼 된 거 아닌가요? 누가 봐도 하연 씬 정우의 애인이고 나는 아는 누나일 뿐이잖아요."

자신의 손을 잡은 민선의 손을 냉정하게 뿌리쳤다. 자신도 그동안 그 생각들을 안 해 본 것이 아니었다. 아니, 그것 하나로 여태껏 버텨 왔다.

하지만 그렇다 해서 정우의 사랑이 자신에게로 돌아오는 것이 아니었다. 왜 진작 알지 못했을까. 자신들의 관계가 바닥을 보이고서야 겨우 보인 것이었다.

우리의 관계는 이상했다. 사랑도 아니었고 연인도 아니었다. 하지만 그 말도 안 되는 관계들을 묵인한 것은 바로 자신이었다. 상처받았다 외칠 수 있는 권리조차 하연에겐 없었다.

"정우도 당신 그런 생각 알아요?"

"네, 알아요."

이상하리만치 자신만만한 이 여자가 사는 세상은 뭘까. 아니, 그 중심에 서 있는 저 여자를 바라보는 정우의 느낌은 도대체 무엇일까.

무례한 여자를 보고 있자니 자신의 지난 세월들이 아깝고 한심해 미칠 지경이었다. 결국 자신의 선택에 대한 대가를 하연은 톡톡히 받는 중이었다.

정우를 사랑한 5년이 끝이 나면 모든 것이 다 제자리로 돌아올 줄 알았다. 오만한 착각. 그 착각들에 싸여 있던 진실들이 하나둘씩 그녀의 앞에 모습을 드러냈다.

알고 싶었지만, 또 알고 싶지 않았던 이 여자, 그리고 정우가 묵인하고 있던 핵심까지도.

하연은 숨을 크게 베어 물며 경멸 어린 시선으로 민선을 내려다봤다.

"참 우습네요. 당신 생각이며, 정우의 생각이며. 그런 이상한 관계 당신들끼리나 해요. 나 건드리지 말고. 이만 돌아가 주세요."

"하연 씨!"

민선이 덩달아 몸을 일으켰다. 하연은 붙잡는 민선의 팔을 매섭게 쳐 냈다. 자신의 몸에 손이 닿는 것조차도 소름 끼치고 기분 나빴다.

"누나!"

"정우야……."

타이밍 한번 거지 같았다. 하연이 손을 뿌리치며 민선이 넘어질 뻔한 것이었다. 그런 민선을 정우가 급하게 붙잡았다. 거의 안다시피 한 그들의 모습을 보자 가슴에 자잘한 통증이 일었다.

이런 것을 보고 싶었던 것이 아니다. 아니, 정우의 저런 표정을 보고 싶었던 것도 아니다.

당황해서 자신과 그 여자 사이에서 갈팡질팡하는 저 표정, 지독히도 싫었다. 아니 그 표정이 자신을 더 비참하게 만들 뿐이었다. 어차피 그의 선택은 저 여자일 테니.

난감해하며 그 여자를 걱정하는 저런 얼굴 따위 보고 싶지 않아, 하연은 몸을 돌렸다.

두 개의 시선이 자신에게 박혀 들며, 한순간 그들 사이에 악녀가 된 더러운 기분에 더 이상 휩싸이고 싶지 않았다.

"여긴 왜 온 거야."

"나는…… 네가 힘들어하기에……."

여자는 비련의 여주인공이라도 되는 모양이었다. 방금까지 비아냥거리던 입으로 말을 잘도 놀려 댔다. 하연은 속으로 화와 아픔을 삼켰다.

정우는 민선의 몸을 자신의 품에서 떼어 내고 하연에게 한 발짝 다가왔다.

"미안."

어느 순간부터 미안하다는 그 말이 참 쉬워졌다. 언제부터였을까. 자존심이 강해 미안하다는 말 따위 하지 않는 사람이라고 생각했었는데. 민선이 끼면 정우의 그 모든 것이 참 쉬워졌다.

자신에게 해 준 적 없던 것들은 온전히 그녀의 몫이었겠지. 가슴속에 씁쓸한 아픔들이 퍼져 나간다.

"데리고 이만 가 줘. 그리고 제발 나를 더 이상 건들지 말아줘."

하연은 정우 쪽을 돌아보지도 않은 채, 사무실로 걸어갔다.

"연락할게."

"아니, 그럴 필요 없어. 사과도 할 필요 없고."

"하연 씨!"

정우의 뒤편에 서 있던 민선이 얼른 하연의 말을 잡아챘다.

"그리고 저 여자도 내 눈앞에서 당장 치워 줘. 난 두 사람 더 이상 보고 싶지 않으니까."

하연은 지끈거리는 머리를 한 손으로 짚었다. 안기다시피 한 그 여자의 모습, 그 여자의 어깨를 잡은 그 손, 모두 다 보고 싶지 않았다. 정우는 무어라 대답하기 위해 입을 달싹거리다 카페를 빠져나갔다.

자신의 표정이 얼마나 추할까, 아니 울고 있을지도 모르겠다. 그래, 이상한 나라에 갔다 온 거라고 생각하자. 더러운 똥을 밟았다고 생각하자. 마음을 다독이며 입술을 꽉 깨물었다.

더 이상 그 자리에 있으면 자신이 너무 불쌍하고 비참해질 것 같아, 아무것도 보고 싶지 않았다.

눈을 감고 귀를 닫았다. 어차피 자신은 정우와 헤어진 사이였다.

정우는 민선의 손목을 끌고 서둘러 카페를 빠져나왔다. 머릿속이 복잡했다. 하연을 보기 위해 온 것이었다. 다시 따져 물을 참이었다.

정말 나 없이 괜찮은 거냐고.

그리고 민선과 앉아 있는 하연을 봤을 때, 자신의 치부를 들킨 것처럼 부끄럽고 화가 났다.

민선이 하연의 이름을 입에 올렸을 때와 비교도 되지 않았다. 깨끗한 도화지 위에 검은 오물을 쭉 뿌린 듯한 더러운 기분이었다. 결국 하연에게 물으려고 했던 물음은 자신에게 되묻는 소리였다.

너 없이 괜찮은 거냐고.

"나한테 화난 거 아니지? 내가 잘못한 거야?"

"우선 타."

머릿속이 복잡했다. 민선에게 닿는 경멸 어린 시선, 그 시선은 결국 자신을 향한 것이었다.


'너희 관계 누가 봐도 이상해.'


석준의 말이 뇌리를 스치고 지나쳤다. 그래, 우리의 관계는 비정상적인 관계였다. 그 관계 속에서 하연이 얼마나 상처를 받았을지, 이제야 천천히 보였다.

희뿌옇던 시야가 밝아지는 기분이었다. 하지만, 그 속에 이제 하연이 없었다. 가슴이 먹먹해졌다.

시동을 걸고 액셀러레이터를 오른발로 꾹 밟았다. 얼른 그곳을 빠져나오고 싶었다. 아니, 이 모습조차 보여 주고 싶지 않았다.

처음부터 당당했던 관계였지만 그 관계를 온전히 들킨 지금은, 그 경멸 어린 시선이 자신에게 돌아올까 겁이 났다.

너에게만은 그런 시선을 받고 싶지 않았다. 너에게만은…….

"정우야."

"왜 간 거야. 왜!"

가까스로 화를 억눌러 보지만 그 화가 결국 튀어나오고 말았다. 피곤했다. 목구멍에 지독한 갈증이 일었다.

하연이 떠난 후로 잠을 제대로 이루질 못한다. 밤새 뒤척이고, 술에 의존해 보지만 잠이 오지 않는다. 머릿속을 뒤흔드는 자신만의 안식처, 완벽한 내 편이 사라져 버렸다.

자신의 이기심으로.

"너 지금 이상해. 너한테 저 여자 아무것도 아니었잖아. 그런데 왜 이렇게 화를 내?"

머리가 지끈거렸다. 뻑뻑해진 눈을 손바닥으로 비비며 숨을 크게 들이마셨다.

"가지 마, 더 이상은."

제발, 이런 비참한 기분 느끼지 않게 해 줘.

핸들을 꽉 잡은 그 손의 핏줄이 도드라졌다. 참담하고 비참한 기분, 여태껏 하연이 느꼈던 기분들이 이런 것들이었을까. 아니,

이것보다 더한 것들인지도 모르겠다.

"내가 못 갈 곳 간 거야? 난 널 도와주려고 한 거야."

"제발, 누나. 그만해. 누나까지 하연이 괴롭히지 마."

애원 섞인 분노에 민선은 당황한 듯 정우의 얼굴을 빤히 바라보았다.

"내가 괴롭힌 거야? 그 여자를?"

정우는 대답하지 않았다. 사실 아닐 것이다. 민선이 괴롭힌 것이 아니라, 하연을 괴롭게 한 사람은 정우 자신이었다. 그것이 가슴속에 이토록 응어리처럼 맺힐 줄은 상상도 하지 못했다.

나는 무슨 짓을 저지른 것일까.

"서정우, 너 이상해. 내가 지금 생각하는 거 아니지? 그렇지? 너한테 내가 여전히 첫 번째 맞는 거지?"

불안한 듯 초조해하는 민선의 시선이 느껴졌지만 정우는 쉽사리 대답하지 않았다. 아니, 대답할 수 없었다. 항상 쉽던 대답이 이제는 더 이상 나오지 않았다.

하연의 눈물이 가슴에 맺히고, 하연의 경멸 어린 시선이 가슴을 타들어 가게 했다. 머리로는 민선을 위해야겠다고 생각했지만 도저히 마음이 움직여지질 않았다.

도대체 너는 나한테 무엇이었기에…….

"남자친구와는 헤어졌어?"

"갑자기 왜 묻는 거야?"

그래, 결국은 이런 식이었다. 손에 두 가지를 쥐고 갈팡질팡

하며 저울질하는 것.

자신에게 항상 첫 번째를 원하지만 정작 민선에게 그는 첫 번째가 아니었다. 정우에게 항상 최우선을 강요하지만 실상 그녀의 최우선은 정우가 아니었다.

정우는 자조적으로 웃었다. 어쩌면 이런 관계를 묵인한 것도 정우 자신이었다. 하연처럼.

민선을 바라보는 눈은 결국 하연이 자신을 바라보던 그 눈이었다. 왜 진작 몰랐을까.

정우는 가슴팍에서 담배 한 개비를 꺼내 입에 물었다. 불을 붙이고 매캐한 연기가 입 사이로 빠져나오자 갑갑했던 가슴이 조금이나마 풀렸다.

목구멍으로 타고 드는 그 지독한 열망과 갈증들은 그대로였지만, 조금의 숨이라도 쉴 수 있었다.


민선은 아파트 단지 안으로 들어올 때까지도 입을 꾹 다물고 한마디도 하지 않았다.

하지만 그것에 신경 쓸 여력이 없었다. 아직도 생생했다. 민선을 바라보던 하연의 그 경멸 어린 눈빛이. 그 눈빛이 심장에 파고들어 그의 숨통을 옥죄어 왔다.

민선이 아무 말도 없이 차에서 내리자, 정우도 잠시 차에서 내렸다.

"들어가."

무미건조한 정우의 입을 한참 동안 쳐다보, 민선이 들고 있던 가방을 정우에게 집어 던졌다.

"네가 어떻게 나한테 이래? 네가 나한테 어떻게 이러냐고! 그까짓 계집애 하나 때문에 네가 나한테 이런 표정까지 짓는 거야? 너랑 나 고작 그런 사이였어?"

정우의 가슴팍을 거칠게 밀며 두 주먹으로 그를 원망하듯 때렸다.

"정도껏 해!"

정우가 그녀의 두 손목을 잡으며 그녀를 밀어냈다.

"투정도 정도껏 하란 말이야!"

"투정이라고 했니? 이게 투정이야? 나는 너 잘되라고!"

"지친다. 누나한테도, 나한테도."

정우는 자조적으로 내뱉으며 민선을 뒤로한 채, 차에 올라타 시동을 걸었다.

"아아아악! 서정우, 너 이대로 가면 나랑 끝이야! 알아? 서정우! 정우야!"

바닥에 주저앉아 울음 섞인 비명을 지르는 민선을 보고도 마음이 돌아서질 않는다. 예전 같으면 당장 달려가 민선을 달래 줬을 텐데, 도저히 그럴 수가 없었다.

민선을 보고 있자면 하연의 얼굴이 겹쳐 들었다. 자신을 순수하게 바라봤던 그 눈이 마치 자신을 질책하고 있는 것 같았다.

정우는 그녀를 그 자리에 버려둔 채, 아파트 단지를 빠져나왔다.

민선의 눈물보다, 하연의 눈물이 더 깊게 와 닿았다. 항상 그랬다. 잘 울지 않는 하연이 남몰래 훔치는 그 눈물이 마음에 더 애잔하게 와 닿았다.

너는 나에게 뭐였을까. 내가 널 쥐고 흔든 거라 생각했지만 실상은 아니었다. 너는 나를 길들이고, 너는 나를 항상 뒤흔드는 존재였다.

❖   ❖   ❖

하연은 휴대폰을 건조하게 내려다봤다. 그녀를 데리고 가며 연락하겠다 했다. 정우는 평소와는 다르게 다음 날 바로 연락을 해 왔다. 이걸 어떻게 받아들여야 할까.

[미안, 거기까지 찾아갈 줄 몰랐어.]

서정우가 이렇게 약속을 잘 지키는 사람이었던가. 정우가 자신에게 남긴 것은 아픔과 불신뿐이었다. 마음이 점점 굳어져 갔다.

"무슨 연락인데 그래요?"

"아무것도 아니에요."

하연은 세준의 물음에 아무렇지 않게 대답하며 정우의 메시지를 지웠다. 정우에게 연락이 올 때면 항상 기뻐하던 자신이었는데, 이제 그런 자신의 모습이 어색할 정도로 사라져 간다.

정우를 생각하면 여전히 가슴이 아프고 아렸다. 정우를 사랑할 때 느끼던 감정들이 죽은 것이 아니었다.

단지, 실망감이 너무 커 이제는 그 사랑조차 느낄 수 없는 지경인 거 같았다.

"영은아, 이따 나랑 시간 괜찮아?"

"네? 왜요?"

"휴대폰 좀 바꾸려고. 너무 오래돼서."

"네, 좋아요! 우리 오랜만에 여자들끼리 데이트해요! 진성이한테 전화해야지~"

영은은 신이 난 모습으로 휴대폰을 들고 주방 안으로 들어갔다.

"괜찮겠어요?"

"뭐가요?"

"그냥, 아직은 힘들잖아요."

세준의 말뜻을 알아차린 듯 하연은 씁쓸하게 웃었다. 하지만 이렇게 끈이 연결된 지금이 더 힘들었다.

어쩌면 내일 당장 후회할지도 모른다. 아니, 바로 후회할지도 몰랐다. 하지만 다른 사람들 말대로 시간이 약인지도 몰랐다.

이렇게 하나둘씩 끊어 내면 아무것도 남지 않겠지. 이렇게 하루 이틀 지나면 잊혀져 갈 것이다.

"괜찮아요."

"힘들면 기대요."

하연은 대답 없이 미소를 지었다. 아직은 세준의 이런 마음들이 불편했다. 그리고 누군가를 다시 만난다는 두려움이, 그 누군가를 정우의 그림자에 가둬 버릴지 모른다는 걱정이 그녀의 발목을 잡아 댔다.

아직은 온전히 마음을 비울 수 없기에, 결국 그 관계는 상처로 돌아갈 것이다. 그 상처가 어떤 것인지 하연 스스로가 제일 잘 알고 있었다.

하연은 그 날, 휴대폰 번호를 바꿨다. 이제 정우를 그리워하며 울던 자신의 모습을 지워 나가려고 하고 있었다.


하연과 연락이 되질 않았다. 메시지를 보내면 바로 답이 오던 하연이었다. 아니, 그가 연락하지 않아도 몇 번이고 연락을 해 오곤 했다.

그런 모습들이 아득하게 느껴졌다. 하연은 자신에게서 완벽하게 벗어나려 하고 있었다.

아니, 이미 벗어난 건지도 모르겠다.

정우는 회사 일을 뒤로 제쳐 둔 채, 휴대폰으로 하연에게 전화를 걸었다.

— 지금 거신 번호는…….

아……. 한숨 섞인 탄식이 튀어나왔다. 하연이, 정말 그를 잊기 위해 사라지고 있었다.

하연은 자신을 사랑했다. 자신을 떠날 수 있을 리 없었다. 호기롭게 내뱉던 말들이 조금씩 비탄으로 바뀌어 간다.

"실장님, 하반기 매출실적 보고입니다."

머릿속이 텅 빈 듯 멍했다. 귓가가 웽웽 울리고 아무것도 들리지 않았다. 그녀의 눈을 봤을 때 심장이 덜컥 내려앉았다.

부정하고 또 부정했다. 하연이 자신을 그렇게 바라볼 리 없다면서, 자신의 마음속에 피어오른 불신을 송두리째 부정했다.

"실장님?"

다정하게 속삭이던 입술, 사랑을 담뿍 담은 그 눈, 자신을 다독여 주던 그 손길, 그것이 차라리 허상이었으면 좋겠다.

"두고 나가세요."

"저…… 실장님, S백화점 시찰하시러 3시에 나가신다고……. 지금 나가셔야 할 거 같은데, 차 대기시킬까요?"

"아……. 네, 그렇게 해 주세요."

정우는 답답한 타이를 한 손으로 풀며 비서에게 말했다. 하연과 있었던 시간은 여전히 그곳에 머물고 있는데, 일상 속 시간은 빠르게 지나갔다.

하지만 그 속에 지닌 아픔은 무뎌지긴커녕 자신의 과오를 알면 알수록 아픔이 더 커져만 갔다.


정우는 불안했다. 자신의 두 눈으로 모든 것을 확인하고 싶었다. 진짜 하연의 마음속에 자신이 없는지.

아니다, 밀어내고 또 밀어내도 자신을 보면 마음이 다시 돌아설 것이 분명했다. 하연이 자신을 사랑하고 있다는 못난 자만심이 계속해서 그를 갉아먹고 있었다.

"S/S 콘셉트로 마네킹 코디해 뒀습니다. 저 코발트블루 컬러의 트렌치코트가 이번 봄 시즌 주력 상품입니다."

여러 사람들이 정우를 스쳐 지나갔다. 그 틈바구니에 있으면서도 자신은 이곳에 섞이지 못하는 듯한 이질감이 느껴졌다.

자신은 어디에 있을까. 하연과 있을 때면 마음이 편안해지고 마치 엄마와 함께 있는 듯 안심이 되었다.

갑자기 웃음이 났다. 자신의 이런 생각들이 모두 어이가 없었다.

옆에 있을 때 자신을 봐 달라 수백, 아니 수천 번을 하연은 마음으로 호소했다. 그때마다 자신은 철저하게 그것을 외면했으며 그 외면으로 상처를 받은 것은 결국 하연이었다.

그런 하연에게 자신에게 돌아와 달라고 말할 자격이 그에게 과연 있을까.

"저쪽은 경쟁 브랜드인데, 역시 봄 콘셉트 컬러 자체가 비비드 한 컬러가 주류인지라……. 저쪽도 코발트블루를 메인에 내세울 거 같습니다."

"실장님?"

비서가 멍하니 한곳만 쳐다보고 있는 그를 불렀다.

"아······. 네, 알겠습니다. 본사 쪽에서도 지원을 아끼지 않을 테니 좀 더 판매에 힘써 주세요."

몽롱했다. 모든 것이 다 꿈같았다. 이곳에 있는 자신도, 하연과 헤어졌던 그 날도 모두.

언제까지고 말없이 자신의 곁에 있어 줄 거라는 착각을 했었다. 밀어내도 하연은 항상 그 자리에 있을 거라는 못난 착각을 했었다.

"실장님, 좀 더 둘러보시겠습니까?"

"아, 잠깐만요."

"실장님! 갑자기 어디를······."

정우는 비서의 외침을 뒤로한 채, 어디론가 빠른 걸음으로 걸어갔다. 익숙한 뒷모습을 봤던 탓이었다.

하연을 이곳에서 볼 일 따위는 없을 줄 알았다. 그녀에 대한 그리움으로 만들어 낸 허상인 줄만 알았다.

"언니, 이건 어때요? 이것도 발라 봐요."

"이거 너무 튀지 않을까?"

"에이, 이 정도는 튀는 것도 아니죠."

옆에 있는 여자는 낯이 익었다. 하연과 카페에서 같이 일한다는 직원이었다. 다정하게 립스틱 색을 고르는 너는 20대의 여느 아가씨들과 다르지 않았다.

정우는 설핏 웃음이 났다. 하연의 첫 모습이 어땠는지 잘 기억이 나질 않았기 때문이다.

화장이라는 것은 그녀와는 거리가 먼 줄 알았다. 아니, 꾸미는 것 따윈 좋아하지 않는 줄 알았다. 화장품 매장에서 환하게 웃으며 립스틱을 바르고 있는 그녀의 모습이 이질적으로 느껴졌다.

결국 나는 너에 대해 아는 것이 없었다. 어떤 색을 좋아하고, 어떤 것을 좋아하는지, 식성은 어떤지, 아는 것이 하나도 없었다.

"이거 살까?"

"네, 사요. 얼굴이 한결 화사해 보이네."

"얼굴이 하얘서 레드 컬러가 정말 잘 어울리세요."

하연은 잠시 머뭇거리다 점원에게 립스틱을 건넸다. 항상 투명 립밤만 바르던 하연과는 상반된 모습이었다.

자신과 헤어지고 하연의 얼굴이 한결 화사해진 거 같았다. 햇빛을 막 받은 매화의 몽우리가 꽃으로 만개하듯, 그녀는 점점 그가 손에 닿을 수 없게 멀어지는 거 같았다.

"언니 우리 저쪽도 가 봐요. 오늘 세일한다더라고요."

점원에게 계산을 하고 매장을 나오던 그녀가 이쪽으로 고개를 돌렸다.

"언니······."

옆에 있던 여자가 하연을 쿡 찔렀다. 동시에 하연과 정우가 눈이 마주쳤다. 잠시 놀란 듯 흔들리던 눈동자가 이내 담담해졌다.

"신경 쓰지 마."

정우를 보던 하연의 시선이 다른 곳으로 돌려졌다. 마치 그를 모른다는 듯 그의 옆을 스쳐 지나갔다. 하연과 정우가 만난 지 1년째 되던 날, 그가 그녀에게 그랬던 거처럼.

정우는 자신을 스쳐 지나가는 낯선 하연의 손목을 잡았다.

"하연아……."

애절하게 너를 부르면 네가 돌아봐 줄 거야. 잠시 넌 화가 난 것뿐이니까.

마음속에 울리는 소리는 이내 잠잠해졌다. 하연이 그의 손을 차갑게 밀어낸 탓이었다. 하연은 정우를 끝까지 보지 않았다. 아니, 가는 내내 단 한 번도 돌아보지 않았다.

정우는 그곳에 멍하니 서서, 하연의 뒷모습만을 무연히 바라봤다.

이제 너의 마음속엔 내가 없는 모양이다.


정우를 밀어내고 하연은 아무렇지 않은 척, 흔들림 없이 걸었다. 완강한 거부였다. 그를 잊기 위한 그녀 마음의 보호막 중 하나였다.

"언니…… 괜찮아요?"

영은이 걱정스럽게 말을 건넸다. 사실 하나도 괜찮지 않았다. 다리가 후들거리고 이 자리에 당장이라도 주저앉을 것 같았다.

하지만 그럴 수가 없었다. 이렇게 쓰러져 버리면 내가 너에게 다시 돌아갈까 봐. 달려온 네가 나를 안아 버리면, 무너져 버릴 내 모습이 너무도 선해서.

"괜찮아."

"언니, 내가 부축해 줄게요. 조금만 더 버텨요."

창백하리만치 하얗게 질린 하연의 모습이 영은은 가여워 보였다. 이를 악물고 그 남자에게서 벗어나려 하는 그녀가 안쓰러웠다. 영은은 그녀를 부축한 채, 근처 카페에 그녀를 앉혔다.

"언니 조금만 있어요. 내가 물 가져올게요."

영은이 카운터로 달려간 사이 하연은 참아 왔던 숨을 몰아쉬었다.

영은과 오랜만에 짬을 내 쇼핑을 즐기고자 했다. 정우에게 맞추던 나 대신 원래의 나로 돌아가기 위해.

수다를 떨며 쇼핑을 즐기던 자신의 모습이 어색했었다. 하연은 그런 것에 익숙하지 않았으니까. 하지만 그 시간들은 즐거웠다. 오랜만에 느껴 보는 여자들의 소소한 모임 같아서.

분명 정우가 나타나기 전까지는 그랬다. 완벽했던 자신의 시간을 무참하게 짓밟아 버린 그의 등장은 그녀에게 달가운 것이 아니었다. 하지만 야위어 버린 그의 얼굴이 또다시 그녀의 마음을 아프게 했다.

너는 나를 사랑하지도, 좋아하지도 않는데, 네가 왜 그런 표정을 짓고 있을까. 웃음이 났다. 그런 표정은 나한테나 어울리는 표정이었고, 너에겐 어울리지 않는 것들이었다.

정우는 하연의 주위를 맴돌아 본 적이 없었다. 항상 맴돈 것은 하연이었다. 대학 때부터 그랬다.

'고마워.'

수줍게 말하던 너의 모습이 아직도 기억에 또렷하게 남아 있었다. 그때부터 너는 내 옆에 항상 있었다. 밀어내도 밀어내도, 항상 너의 자릴 찾기 위해 아등바등하듯 넌 내 옆에 있었다.

그런 모습이 미안하면서도 싫지 않았다. 미안한 마음은 시간이 지날수록 당연함으로 바뀌었고, 그 당연함은 너를 잃게 만들었다.

깊은 곳에 묻어 둔 저열한 마음들이 고개를 들 때마다 정우는 자신이 한심해 견딜 수가 없었다.

정우는 필터를 깊게 빨아 당기고 내뱉기를 반복했다.

'담배 피웠어? 피우지 마. 몸에 안 좋아.'

민선과 대수롭지 않게 피웠던 담배를 하연은 지독히도 싫어했다. 마치 엄마처럼 그의 옆에서 잔소리를 하기 일쑤였는데, 그 잔소리가 싫지 않았다. 마치 자신을 챙겨 주고 아껴 주는 거 같은 그 느낌이 좋았다.

그것이 습관이 되었다. 하연의 앞에서 담배를 피우지 않는 것이. 그녀의 까랑까랑했던 목소리가 귓전에 여전히 울리는 것 같았다.

생글생글 웃으며 말을 건네는 그 모습조차도.

카페 건너편에 차를 세우고 그녀의 모습을 무연히 바라봤다. 여직원과 웃으며 수다를 떨고, 커피를 만드는 것에 집중하는 하연의 모습을 처음으로 담아 봤다.

그렇게 하연을 백화점에서 보고 이틀이 지났다. 그동안 홀로 많은 생각들을 했었다. 하지만 그 생각들 중 정확하게 하연에 관해 내려진 답은 없었다.

너에게 나는 무엇이었을까. 나에게 너는 무엇이었을까. 그리고 이제 그만 인정을 해야만 했다.

내게 처음부터 사랑은 너 하나였다고. 동정과 사랑을 착각했던 멍청한 내가 결국은 그 사실을 이제 알았다고.

여직원과 웃고 있는 하연의 모습이 어색하게만 느껴졌다. 자신의 앞에서 짓던 그런 미소가 아니었다. 언제나 불안해했던 초조함이 담긴 그 미소와는 전혀 다른 미소였다.

허탈한 웃음이 입가에 파고들었다. 가슴이 시리고 아려 왔다. 왜, 한 번도 행복한 미소를 볼 수 없었던 걸까.

핸들에 뺨을 기댄 채, 아무 생각 없이 그녀의 모습들을 지켜봤다. 하연이 웃으면 덩달아 그의 입가에 미소가 지어졌고, 하연이 심각한 표정을 지으면 그의 얼굴에서도 웃음기가 사라졌다.

냉정하게 자신을 바라보던, 그 눈빛이 여전히 가슴에 비수처럼 박혀 있었다. 아니, 아닐 것이다. 하연이 잠시 화가 난 것일 뿐이었다.

자신에게 냉담한 표정을 지었던 하연이 그 남자 앞에서 웃었다. 자신에게 보여 준 적 없는 해사한 미소로. 근심도 없고 불안함과 초조함도 없는 그런 맑은 미소로.

핸들을 쥐고 있던 손에 힘이 꽉 들어갔다.

그런 눈으로 담지 마. 그 남자를 그런 시선으로 바라보지 마!

분노와 절규가 가슴속에 활화산처럼 터졌다.

정우는 차에서 내려 저벅저벅 카페 안으로 들어가, 하연의 손목을 잡아 돌렸다.

"정……우?"

놀란 눈으로 정우를 바라보긴 카페 안 사람들도 마찬가지였다. 하지만 곧 하연은 초연한 모습을 되찾았다.

"또 어쩐 일이야?"

냉소적인 반응에 정우는 뒤로 주춤 물러났다.

"나는……."

이런 냉담한 눈빛을 생각해 본 적 없었다. 하연이 이런 식으로 자신을 바라봤던 적이 있었던가. 언제나 사랑이 담뿍 담긴 표정으로 버려질까 두려워하는 그런 눈빛이었었다.

그와 만나기 전 하연은 꽤 자신만만한 표정을 가진 여자였다. 그런 하연을 꺾고 또 꺾어 짓밟아 버린 것은 혹여 자신은 아니었을까.

아아, 그랬다. 정우 자신이 이렇게 만든 것이었다. 그런 표정을 잊고 또 잊고, 지금의 하연의 모습을 당연하게 받아들였다.

가슴이 아렸다. 거부당한 것 같은 그 냉정한 표정. 다시 보고 싶지 않았다.

정우는 하연의 손목을 끌어 자신의 품에 안으려 했다. 하지만 하연은 그의 손을 망설임 없이 쳐 냈다.

정우는 하연이 쳐 낸 자신의 손을 내려다보다, 이내 다시 그녀를 촉촉하게 젖은 눈으로 바라봤다.

"잠깐 얘기 좀 해."

상처받은 듯한 표정으로 바라보는 것은 이제 하연이 아니었다. 무작정 그녀를 잡았지만 정우는 도저히 그녀에게 할 말이 생각이 나지 않았다. 어떻게 해야 그녀의 상처받은 마음을 돌려놓을 수 있을까.

"난 할 말 없어. 이만 가 줘."

네가 날 밀어낸다. 나의 애절한 목소리에도 너는 나를 돌아보지 않는다.

"잠깐, 잠깐이면 돼!"

"사장님, 저 잠시 사무실에 있을게요."

냉정하게 돌아서 가는 하연을 붙잡으려 발걸음을 옮겼지만 세준에게 몸이 막혔다. 몇 번이고 하연을 불러 댔다. 뭐지? 머릿속의 사고회로가 모두 정지된 거 같았다.

저것은 하연이 아니었다. 하연은 자신이 부름에 환하게 웃어 주던 여자였다. 저 여자는 누구지? 내가 사랑하던 김하연은?

아……. 그래, 나는 하연을 사랑했다.

머릿속의 여러 가지 생각들과 수없이 많은 감정들이 독처럼 가슴속에 퍼져 나갔다.

가슴이 아렸다. 아니, 심장이 쿵쿵 뛰며 아파 왔다. 가슴속 깊은 곳부터 하연에 대한 감정들이 목구멍까치 가득 차올랐다.

"하연아……."

애절한 목소리에도 이제 하연은 자신을 보지 않았다. 냉정하고 냉담했던 자신의 뒷모습처럼, 하연은 이제 그를 돌아보지 않았다.

"이만 가시죠."

굳게 닫힌 문이 마치 하연의 마음을 대변하고 있는 것만 같았다.

왜, 어째서! 하연은 자신만을 바라보던 예쁜 해바라기였다. 그 해바라기가 다른 해를 찾으려 하고 있었다.

폭풍 같은 분노와 상실감이 파도처럼 그를 뒤흔들어 놨다.

"비켜요."

세준은 그를 가로막고 섰다. 모두 다 이 남자 때문이었다. 하연이 바뀐 모든 것이! 하연을 되찾아 와야겠다는 생각들이 머릿속을 점령했다.

절대 빼앗기지 않을 거다. 이 남자에게.

"그럴 자격 있습니까?"

불꽃이 튀길 듯 냉정한 시선으로 서로를 바라봤다. 가슴속 분노에 기름을 부은 듯 그 분노가 더 크게 타올랐다.

하연은, 내 여자였다.

"비키시죠."

넘치는 화를 겨우 억누르고 낮게 으르렁거렸다. 이 남자가 처음부터 마음에 들지 않았다. 하연이 이 가게에 처음 출근했던 그날부터, 이 남자의 눈은 하연을 좇고 있었다. 거리낌 없이, 거침없이 하연에게 다가가는 것도 알고 있었다.

하지만 그의 행동을 묵과한 건 온전히 자신이었다. 그 밑바닥엔 하연이 자신을 끝까지 사랑할 것이라는 몹쓸 자만심이 깔려 있었다.

"지금 당신이 하는 행동, 갖지 못한 것에 대한 집착으로밖에 안 보여. 그건 어린애가 장난감 빼앗겼을 때나 하는 행동이야. 당장 나가 주세요. 영업방해로 신고하기 전에."

고저 없는 목소리로 자신의 약점을 헤집어 놓듯 세준이 신랄하게 지껄였다. 아니 저 지껄이는 입을 닫아 버리고 싶었다. 정우는 힘이 들어가는 주먹을 쥐었다 폈다를 반복했다. 누구도 자신과 하연의 관계를 이따위로 정리할 수 없었다.

"어머, 뭐야? 싸움 났나?"

"그런가 봐."

주위가 순식간에 소란스러워졌다. 커진 목소리에 주위의 사람들이 웅성대며 몰려들기 시작한 탓이었다.

"그래 봐야 당신이 끼어들 틈 따윈 없어."

치졸한 마음. 정우는 어떻게 해서든 세준의 저 자신만만한 기세를 꺾어 내리고 싶었다. 비아냥거리는 말이 결국 자신에게 돌아오는 화살 같았지만, 정우는 그 자리에서 물러섰다.

더 이상 하연을 곤란하게 만들 수는 없었다. 커피 만들 때가 제일 즐겁다고 했다. 이곳이 자신의 안식처 같다고 했었다.

넋두리같이 소소한 일상을 말하던 하연의 말을 모두 다 기억하고 있었다. 하연은 모르겠지만, 그녀의 말을 허투루 들은 적은 단 한 번도 없었다.

그런 소중한 공간을 자신의 이기심으로 빼앗을 순 없었다. 그동안 상처 준 것으로도 너무 큰 상처여서, 쉽게 다가가지 못하고 이기적으로 굴 수 없는 것이 지금 자신의 현실이었다.

냉정하게 말해서 자기가 그동안 했던 일은 이기적이고 못난 일이었고, 더 이상 하연을 힘들게 해서는 안 될 일이었다. 하지만 어째서 그 마음이란 것이 쉽게 물러서지지가 않았다.

정우는 하늘을 바라보며 한숨을 크게 삼켰다. 지독히도 맑은 날이었다.

네가 끝을 고하던 바로 그 날처럼.


사무실 문에 기댄 채 미끄러지듯 주저앉았다. 눈물이 하염없이 흐르는 것 같았다. 왜 정우는 자신을 끝까지 헤집어 놓는 것일까. 그만 잊고 싶었다.

정우의 얼굴, 정우의 향기, 정우의 목소리, 모두 다 송두리째 기억이 지워졌으면 좋겠다. 그랬다면 이렇게 아프지 않을 텐데.

가슴이 미어지듯 아파 왔다. 헤어진 것은 자신의 결정이었지만, 보고 아프지 않을 리 없었다. 애원하듯 바라보는 애절한 너의 눈빛에 나는 오늘도 흔들리고 만다.

"하아……"

숨을 크게 내뱉으며 한 손으로 눈물을 거칠게 훔쳤다.

제발 오지 마. 더 이상 나를 흔들지 말아 줘. 마음속으로 몇 번을 외쳐도 결국 정우에겐 닿지 않았다.

똑똑, 누군가 문을 두드렸다. 하연은 흘러나오는 눈물을 양손으로 훔치며 목소리를 가다듬었다.

"네."

"하연 씨, 이제 나와도 돼요."

하연은 매무새를 가다듬으며 몸을 일으켜 밖으로 나갔다. 세준은 문 앞에 기대서 하연을 무연히 바라봤다. 울었던 것을 들키지 않을 리 없었다.

"괜찮을 거예요. 다."

"죄송해요."

"죄송은요. 하연 씨, 안에서 오 분만 더 쉬어요."

세준은 코끝이 빨개져 있는 하연의 모습을 보기가 힘들었다. 마음이 아렸다. 저런 모습까지 사랑스럽고 좋았지만, 그녀의 아픔까지 보기는 힘들었다.

아니, 자신의 눈으로 방금 보지 않았던가. 그 남자 때문에 운 것을 아는 것과 눈앞에서 본 것은 사실 많이 달랐다.

세준은 한숨을 크게 내쉬며 아무렇지 않은 척 카운터로 다가 갔다.


정우는 소파에 흐트러진 자세로 앉아 위스키 잔을 기울였다. 술을 먹으면 먹을수록 하연의 웃음소리, 따스했던 눈빛이 또렷하게 떠올랐다.

잊으려고, 지우기 위해 마셔 보아도 위스키 한 병을 다 비워 내도, 그 따스한 느낌들이 그를 떠나지 않았다.

네가 이런 느낌이었구나. 네가 이런 비참한 기분이었구나.

목구멍까지 차오르는 뜨거운 아픔을 달래기 위해 위스키를 단번에 들이켰다. 목구멍이 뜨거웠다. 뜨겁다 못해 따갑기까지 했다.

너의 대한 그리움이 증폭되어 가슴이 아려 왔다. 숨을 쉴 수가 없었다. 잠을 잘 수도 없었다.

"으아아아악!"

머리를 쥐어뜯어 봐도, 그의 머리엔 단 한 가지 답밖에 내려지질 않았다.

하연이 그리웠다. 하연을 되찾고 싶었다.

[정우야, 미안해. 내가 다 잘못했어.]

민선의 문자를 봐도 아무 감흥이 없었다. 예전 같으면 당장이라도 달려가 그녀의 안부를 물었을 텐데, 이제는 더 이상 그녀가 그립지 않았다. 이 알 수 없는 감정들은 도대체 뭘까.

하연은 사랑이 아닌 줄 알았다. 민선만이 자신의 사랑인 줄 알았다. 하지만 그가 착각한 것들이 있었다. 익숙함과 사랑은 다르다는 것. 어쩌면 민선과 자신은 필요에 의해 서로를 지탱했던 버팀목이었는지도 몰랐다.

정우는 머리를 소파에 기댄 채 하얀 천장을 바라다봤다.

그리웠다. 너의 체온이……. 너의 온기가…….

너는 나에게 모든 것을 주던 엄마 같은 존재였다. 엄마의 따스함을 잊고 살았던 그때 너는 나에게 모든 것을 내어 주었다. 그런 네가 떠나간 빈자리는 고통만이 남아 있었다.

하연이 자신을 바라보던 그 시린 눈동자도 결국은 자신이 남겨 놓은 죄였다.

미안해. 몇 번이고 마음속으로 되뇌어도 네가 나를 바라보는 냉정한 눈은 뒤바뀌지 않았다. 뭘 더 어떻게 해야 널 다시 내 품에 안을 수 있을까. 몇 번이고 고민해도 답이 없었다.

정우는 비워져 가는 술병들을 널브려 놓은 채 비척비척 자리에서 일어났다.

눈이 왔다. 봄이 얼마 남지 않았지만, 눈이 내렸다. 그 눈이 자신의 마음속까지 내리는 듯했다. 목도리로 목을 싸매고 두꺼운 패딩을 입어도 마음속에 남겨진 찬기가 채워지질 않았다.

정우를 떠올리면 가슴이 미어지고 아팠다. 수십 개의 칼날이 자신을 난도질하는 듯 아파서 숨조차 쉴 수가 없었다.

너는 그저 내게 아픔이었다. 그래서 끝내려 했다. 고통 어린 마음이 정우에게 전해질까 두려워, 더 끝내려고 했다.

그런데 이제 네가 날 잡는다. 욕심쟁이 같은 나는, 너에게 돌아갈 순 없었다.

둘이 하는 사랑을 셋이 할 자신이 없었다. 하연은 고개를 들어 새까만 하늘을 바라봤다. 얼굴에 찬바람이 불어닥치고 눈발이 조금씩 쏟아졌다.

시간이 지나면, 너도 나도 모두 행복해지겠지. 이제 지쳐 버려 썩어 문드러진 가슴으로 사랑을 할 수 있을까 생각하지만 언젠가는 그렇게 될지도 모르겠다.

정우와 자신이 아닌, 완벽한 타인으로 돌아갈 수 있길 바랐다.

여기까지 어떻게 왔는지, 기억이 나질 않았다. 닥치는 대로 택시를 잡아타고 겨우 말을 꺼낸 것이 결국 하연의 주소였다. 술이 아무리 취해도 잊히질 않았다. 거센 찬바람과 눈발을 맞으며 몽롱했던 정신이 점점 또렷해졌다.

택시 기사는 힐끔거리며 정우를 이상한 눈으로 바라봤다. 한겨울에 외투도 걸치지 않은 얇은 니트 차림이었다. 짙게 퍼지는 알코올의 향까지, 사람들이 이상하게 볼 이유는 충분했다.

하지만 정우는 옷을 걸치지 않아서 추운 것이 아니었다. 자신을 품어 주던 온기가 사라져서, 자신을 지켜 주던 유일한 방패막이가 사라진 것 때문에 추웠다.

한겨울, 망망대해 바다 한가운데에 발가벗고 서 있는 듯, 시리고 뼈아픈 추위가 그를 덮쳤다.

이런 느낌은 어머니가 돌아가시고 처음 받는 것이었다.

"만 사천 원입니다."

택시 기사의 말에 주머니를 뒤적여 돈을 지불하고 차에서 내렸다. 눈은 여전히 내리고 있었다. 너와 눈길을 제대로 걸어 본 적이 있었던가. 하연이 눈을 좋아했던가. 아, 모두 기억이 나질 않았다.

이상했다. 너에 대한 모든 것을 기억하고 있었다. 네가 말하는 것을 허투루 넘기지는 않았다. 하지만, 너는 내게 좋아하는 것에 대해 제대로 얘기를 해 준 적이 없었다.

항상 자신의 위주였기 때문에, 그녀가 2월에 태어났다는 것과 A형이라는 것 빼고는 그녀에 대해 자세히 아는 것이 없었다.

5년이란 시간이 헛된 시간들 같았다. 정우는 숨을 깊게 베어 물며 항상 기다리던 가로등에 기대어 하연을 기다렸다. 이가 딱딱 맞물리는 추위 속에서도 몽롱한 정신을 또렷하게 유지하려 애쓰며 그녀가 올 그 골목을 하염없이 바라보았다.

멀찍이 멈춰 있는 익숙한 그림자에 정우가 기댔던 몸을 뗐다. 하연은 그를 경계하듯 쉬이 다가오지 못했지만, 정우는 며칠을 굶은 사람처럼 애정에 허기짐을 느끼며 그녀에게 다가가 그녀를 거칠게 껴안았다.

"이거 놔!"

하연은 정우의 품에서 거칠게 저항하려 했지만, 손이 쉽게 움직이지 않았다. 등을 껴안은 정우의 손이, 목에 닿은 정우의 숨결이 차가워 눈물이 왈칵 쏟아질 것 같았다. 하연은 입술을 옹송그리며 눈물을 참기 위해 고개를 돌렸다.

"하연아, 이러지 마. 너까지 날 두고 가 버리면 나는! 난 널 놓을 수가 없어. 아니, 절대 안 놓을 거야!"

물기 어린 정우의 목소리에 저항하던 하연의 손의 힘이 탁 풀려 버렸다. 지독히도 이기적인 말이었다. 하지만 그 말밖에 내뱉을 수가 없었다.

하연을 바라보던 세준의 다정한 그 눈이 그의 머릿속을 떠다녔다. 그리고 그 남자에게 다정히 웃던 하연의 미소까지도. 그것들은 불과 얼마 전까지만 해도 온전히 자신의 것이었다.

하지만 한순간에 모든 것을 빼앗겨 버렸다. 그는 절대 어느 것도 빼앗기고 싶지 않았다. 하연은 자신의 여자였으니까.

정우는 화가 났다. 자신을 밀어내는 하연에게 화가 나고, 그런 하연을 놓지 못하는 자신에게 화가 났다.

"네가 그랬잖아. 날 사랑한다고. 근데 왜! 왜! 날 버리는데! 하연아…… 제발……."

눈발이 조금 더 굵어졌다. 하연은 뜨거웠던 마음도, 울컥했던 마음도 순식간에 가라앉는 것을 느꼈다. 머리에 찬물을 옴팡 뒤집어쓴 듯, 정신이 또렷해졌다.

하연은 정우를 밀어내며 그의 품에서 빠져나왔다. 알싸한 알코올 향과 함께 정우는 생각보다 쉽게 밀렸다.

"그런 너는 나를 사랑하니?"

"하연아……."

냉정해진 눈으로 하연은 정우를 바라보았다. 비틀리는 고통 속에서 하연은 침착하게 말을 이어 나갔다.

사랑이었다. 분명 정우에 대한 감정은 사랑이었다. 하지만 온전히 혼자만 할 수 있는 사랑은 없었다. 그것은 언제든 깨어지기 마련이었고, 연인이란 둘이 하는 관계였다.

하지만, 우린 그 어디에도 속하지 못했다. 연인이었지만 혼자 하는 사랑이었고, 그 누구도 이해해 주지 않는 관계였다.

머릿속에 어지럽게 교차되던 수많은 말들이 한순간에 정리되었다.

"이제 와서 내게 사랑이라고, 그건 사랑이었다고 하고 싶은 거야? 그럼 너에게 그 여자는 뭔데?"

"누나는……."

정우가 망설이듯 말을 꺼내자 하연의 차분했던 마음에 거센
파도가 일렁였다.

"너도 그 여자처럼 가족이란 소리 하고 싶은 거야? 너희가 가
족이니? 웃기지 마. 이게 무슨 가족이야! 최소한 내 눈에도 너희
는 연인으로 보였어. 그런데 그게 가족이라는 거야? 아니면 여
태껏 내가 오해했던 거야? 아니잖아. 네가 그 여자 보던 거, 사
랑이었잖아! 가족이라는 틀에 고급스럽게 너희 관계 포장하려
하지 마."

정우는 하연의 말에 한마디도 내뱉을 수가 없었다. 어쩌면 그
녀의 말처럼 가족이라는 틀에 서로를 가둬 두고 가족도 아닌 주
제에 그것을 그럴싸하게 포장하려 든 건지도 모르겠다.

그 틀 속에서 상처를 받은 것은 누구였을까. 자신과 민선이
아닌, 그 옆을 지키는 사람들이었을 것이다.

한마디로 정리되어 버린 관계에 정우는 충격을 받은 것처럼
그 자리에 멍하니 서 있었다.

"내가 널 아무리 사랑한다고 해도 네가 내 사랑을 그따위로
짓밟고 이용할 권리, 너에게 없어. 네가 나한테 모든 걸 밝히고
당당했다고 해도, 상처를 안 받는 거 아니야. 이제 보지 말자.
나 더 이상은 안 하고 싶어."

하연은 망설임 없이 정우에게 등을 보였다. 뺨을 타고 흐르는

눈물까지 막을 수 없었지만, 숨을 쉴 수조차 없이 가슴이 아려 왔지만 후회는 없었다.

하연이 가는 그 모습을 망연자실하게 바라보다 정우는 하연에게로 뛰어갔다. 이번이 아니면 정말 그녀를 놓칠 거라는 불안한 예감이 그를 엄습했다.

하연이 간다. 정말 이제는 하연이 망설임도 없이 미련도 없이 돌아서서 간다. 냉정하게 등을 보이고 하연이 그렇게 떠나가고 있었다.

순간 정신이 번쩍 들었다. 이렇게 놓아줄 것이었으면 처음부터 이곳에 오지도 않았다. 정우는 멍한 자신의 정신을 일깨우며 다급하게 하연에게 뛰어가 그녀의 손목을 낚아채, 품에 안았다.

"놔! 너는 왜 끝까지 날 흔들어 놓는 건데! 왜! 이제 그만하고 싶다잖아! 내가!"

"하연아⋯⋯. 미안해. 제발 나에게 다시 기회를 줘."

몇 번이고 미안하다는 말을 내뱉는 정우를 거칠게 밀쳤다. 걷잡을 수 없을 만큼 증폭된 분노의 감정이 하연을 뒤덮고 있었다.

"뭐가 미안한데? 뭐가 미안한데! 넌 한 가지도 모르잖아!"

자신의 품에서 벗어나려 버둥거리는 하연을 꽉 껴안고 정우는 몇 번이고 미안하다는 말만 되풀이했다. 그녀에게 해 줄 수 있는 말이 이것밖에 없었다.

"너희들 사이에서 내가 빠져 주겠다잖아! 그 이상한 관계 다시는 안 하겠다잖아! 그런데, 왜 날 찾아와서 이렇게 헤집어 놓는데! 도대체 왜!"

"하연아, 나는……."

너에게 모든 것을 다 말해 주고 싶었다. 자신이 하연에게 어떤 감정이었는지. 하지만 정우는 몸부림치는 하연을 꼭 안고만 있었다.

지금에서야 사랑인 걸 알았다고 널 과연 붙잡을 수 있을까. 이런 내 감정을 너에게 감히 말할 수나 있을까. 네가 나에게 주었던 그 과분한 사랑과 감히 견줄 수도 없었다.

네가 떠나갈 땐 멍했고, 네가 날 밀쳐냈을 땐 가슴이 찢어질 듯 아파 왔다. 너의 냉정한 눈을 봤을 땐 심장이 멎을 듯 숨이 탁 막혔다.

그리고 자신이 싫다 말하는 너의 말을 들었을 땐, 하늘이 무너진 것처럼 눈앞이 깜깜해지고 숨조차 쉴 수가 없었다. 가슴속에서 몸부림치는 격한 고통 속에서 밤낮으로 술을 마시지 않으면 잠을 잘 수가 없었다.

모든 것에 익숙해진 너의 향기에 난 중독되고 취하여 이제 너 없이 살 수가 없었다.

왜, 자만했던 것일까. 온전히 넌 나만 바라볼 것이라고 왜 자만했던 걸까. 그 자만이 없었다면 이렇게 네가 날 버릴 일 따위 존재하지 않았을까.

아니, 다 아니었을 것이다. 이런 이기적인 마음이라도 깨달으라고 시련을 주신 걸 것이다.

아니다. 하연이 자신을 떠나갈 리 없었다. 거칠게 떨리는 불안감을 잠재우려 했지만, 그것은 점점 더 증폭되어 정우를 무기력하게 만들었다.

사실은 안다. 네가 나에게 질렸다는 것도. 네가 날 떠나갈 것이라는 것도. 불안감 속에서 싹튼 현실이 이제는 정확히 보였다.

하지만 이렇게라도 붙잡고 매달리면 네가 다시 날 돌아봐 줄까 봐, 이 자리에서 꼼짝도 할 수가 없었다.

"너는 나한테 이럴 자격 없어."

나직하게 내뱉는 하연의 차분한 목소리에 정우의 두 팔의 힘이 탁 풀려 버렸다. 머릿속을 점령하던 말들이었다. 매일같이 자신의 귓가에 속삭이던 악마의 목소리였다. 너는 그럴 자격이 없다는, 달콤한 목소리로 지독하게 속삭였다.

그 말을 이제 하연이 내뱉었다. 멍하니 망연자실하게 정우는 그 자리에 서 있었다.


그렇게 정우를 뒤로한 채, 하연은 흔들리지 않고 걸었다. 아무도 밟지 않은 그 눈 위를 하연은 걷고 또 걸었다.

정우에게 자신의 눈물이 들킬세라, 뒤도 돌아보지 않았다. 하염없이 볼을 타고 흐르는 그 눈물이, 깨끗한 눈처럼 다 지워 버렸으면 좋겠다.

눈은 그녀의 발자국을 지우듯 계속해서 흩뿌려 댔다. 발자국을 지우는 눈처럼 언젠가는 담아 두었던 마음도 모두 지워질 것이다. 그때쯤이면, 너와 난 어떤 모습일까.

이런 아픔 따위는 모두 기억도 안 날지도 모른다. 내가 널 사랑했다는 그 마음도 모두 잊혀지겠지. 깊은 한숨이 입 밖으로 새어져 나왔다.

하연은 자신의 마음을 들키지 않기 위해, 빠르게 계단을 올랐다. 흔들리는 마음처럼 발걸음이 부들부들 떨려 왔다. 그리고 현관문을 닫자마자, 다리에 힘이 풀려 문에 기대어 미끄러져 앉았다.

"하아……."

눈물을 한 손으로 훔치며 깊게 숨을 내뱉었다. 아리고 막힌 가슴이 답답하기만 했다. 하연은 그 자리에 멍하니 앉아, 불도 켜지지 않은 거실을 바라보다 눈을 감았다.


정우의 어깨가 바들바들 떨렸다. 어깨에 쌓인 눈이 제법 수북했다. 하연이 자신을 버리고 간 지, 얼마나 됐을까. 시간조차도 무감각했다. 아니, 발이 그곳에 묶인 듯 움직일 수조차 없었다.

정우는 느릿하게 눈을 감으며 빨개진 하늘을 올려다보았다. 차가운 함박눈이 그의 얼굴을 적셔 나갔다. 그리고 자신이 왔던 그 발자취들도 모두 지워 내고 있었다.

불현듯 모든 것이 불안해졌다. 자취를 지우는 눈처럼 하연의 마음에서도 그가 지워지고 있었다. 영영 그의 모습조차도 지워 버릴지 모른다.

정우는 감각조차 희미해진 손끝으로 하연의 집을 쥐듯 손을 폈다 쥐었다. 닿지 않는 마음이 이리도 아프고 슬픈 것이란 것을 왜 진작 알지 못했을까.

아무리 애원해도 자신의 마음은 이제 하연에게 닿지 않았다. 정우는 떨어지지 않는 발걸음을 옮겨 계단을 두세 개씩 올라갔다.

쾅쾅쾅, 문이 부서져라 두드리며 하연을 애타게 불러댔다.

"하연아! 하연아!"

탁하게 갈라진 그의 부름 속에서도 하연은 이제 대답조차 하지 않았다. 다리에 힘이 풀려 버렸다. 이제 다 끝이 난 것이었다. 하연의 마음처럼 굳게 닫힌 철문은 두 번 다시 열리지 않을 것처럼 닫혀 있었다.

너의 온기로 가득 찬 그 집을 나는 무엇이 두려워 한 번도 홀로 들어가 본 적이 없던 것일까. 아마도 너의 웃음소리가, 네가 나를 발견해서 환하게 웃는 그 사랑스러운 눈망울이, 그리고 너를 기다리는 그 설렘이 좋아서였을 것이다.

네가 없는 황량하고 메마른 사막 같은 공간이 마치 엄마가 사라진 그 날 그 집 같아서 두려웠는지도 모르겠다.

왜, 한 번쯤은 네게 그 따스한 집을 선물해 주지 못했을까. 너에게 받는 것에만 익숙해진 나였기에, 너에게 무언가 해 줄 생각을 하지 못했다. 아마도 너도 빈집에 혼자 들어갈 때면 나와 같은 느낌이 아니었을까.

이제 네가 웃던 따스하던 그 집을 나는 열고 들어갈 수가 없었다. 네가 나에게 닫은 그 마음의 문처럼 아무리 두드려도 열리지 않았다.

이제 너와 나의 모든 것들이 사라지고 있었다.

"미안해……. 왜 너에게 이 말밖에 할 말이 없을까."

정우는 씁쓸하게 웃으며 먼발치를 바라봤다. 당장이라도 달려와 품에 안길 것 같은 하연은 오지 않는다. 문에 기댄 채, 그녀에게 닿지 않을 말을 해 본들 돌아오는 것은 자신의 목소리뿐이었다.

"너도 나한테 질렸을 거야. 내가 얼마나 못났는지 이제는 아니까……. 미안해……. 정말 미안해……. 널 내버려 두지 못해서, 널 힘들게 해서 모두 다 미안해……."

아아, 해 주고 싶은 말들이 너무도 많았다. 목구멍에 가득 찬 단어들이 힘겹게 하나씩 꺼내져 올라올 때마다 정우의 가슴이 미어졌다. 단어의 끝이 목구멍을 할퀴고 가슴에 커다란 생채기를 남겨 갔다.

정우는 뻑뻑해지는 두 눈을 비비며 한숨을 내뱉었다.

"처음 봤을 때, 네 눈이 좋았어. 상냥하게 웃던 그 눈이 좋았었어……. 상냥하고 당당하던 그 눈이 어느 순간 사라지더라. 미안해. 너에게 고통의 시간을 줘서. 5년이란 시간 동안 너를 아프게 해서. 그래서…… 내가 벌을 받나 봐. 미안해. 정말 미안해, 하연아……."

꺼져 가는 불씨처럼 하연의 눈의 반짝임이 사라졌을 때, 제 탓인 줄 알면서도 모르는 척했다. 불안한 마음을 달래 주기는커녕, 그 불안함을 이용했다.

그저 너에게 나는…… 나쁜 놈이었다.

정우는 두 손에 얼굴을 파묻은 채 소리 없이 절규했다. 통절한 마음을 너에게 감히 전하지도 못한 채, 이곳에서 넋두리를 했다.

혹여라도, 네가 들을까 봐. 혹여라도, 마음을 돌려 줄까 봐.

문에 머리를 기댄 채, 소리 없이 한쪽 눈에 떨어지는 눈물을 느끼며 눈을 감았다.


정우가 현관문을 거칠게 두드릴 때도 하연은 그곳에서 등을 기댄 채 소리 죽여 입만 막고 있었다. 혹시 흐느낌이 들리기라도 할까 봐.

너의 그 한마디 한마디가, 가슴속에 메아리처럼 울려 퍼졌다. 가슴을 울리고, 아팠던 마음을 더 헤집어 놓았다.

"흡, 흑흐흑흑."

두 손으로 입을 막아도 하염없이 눈물이 흘러내렸다. 당장이라도 정우의 품에 안겨 이런 일 따위를 다 잊고 싶을 때도 있었다. 하지만 이제 돌아갈 자신이 없었다.

자신의 다친 마음은 정우의 모든 것을 품을 수 없었다.

차디찬 현관문에 온기를 전하고 마음을 전했다. 차마 그 닿을 수 없는 마음이, 너에게 닿길 빌면서.

가죽 시트에 몸을 깊게 파묻으며 정우는 눈을 감았다. 그녀의 마음처럼 닫힌 문은 끝내 열리지 않았다. 그곳을 돌아서며, 정우는 몇 번이고 그 문을 바라봤는지 모른다.

혹시라도 그 문이 열리고 네가 나올까 봐.

— 실장님, 서 팀장님 오셨습니다.

머리와 몸이 묵직하고 눈앞이 몽롱했다. 일으키기조차 힘든 몸을 이끌고 샤워만 하고 회사로 나왔다. 머릿속을 점령한 너의 모습에 나는 하루하루 피폐하게 말라 가고 있었다.

"실장님, 말씀하셨던 작년 하반기 통계 자료입니다."

작은 목소리에도 집무실 울리는 듯했다.

"아……."

대답을 해야 하는데 머리 전체가 목소리로 울려 어지러웠다.

"그리고 이건 결재하실 서류입니다."

온몸이 으슬으슬 추웠다. 이럴 때면 하연이 따끈한 야채죽을 쒀 주곤 했었다. 그 맛이 엄마가 살아 계실 때 끓여 주었던 맛과 비슷했다. 목이 부어 죽을 잘 못 넘길 것이라며 야채를 아주 잘게 갈아서 끓여 주던 그 죽.

눈앞이 흐릿했다.

"실장님?"

엄마가 돌아가시고 나서, 집 안에 온기는 없었다. 항상 반기던 것은 차디찬 공기뿐이었으며, 아버지랑 대면할 시간조차 없었다. 성인이 되어 살아가면서부턴 그 온기가 그리웠던 적이 별로 없었다. 항상 그의 곁엔 하연이 있었으니까.

아버지가 없어도 괜찮았다. 정이 없는 부자 사이지만, 얼굴조차 볼 일이 거의 없었지만, 그 빈자리를 느낄 틈조차 없었다. 하연이 있었기에. 하지만 오늘은 하연의 온기가 사무치게 그리웠다.

"알겠습니다. 놓⋯⋯고 나가세요."

한 음절 한 음절 이를 악물며 어렵사리 내뱉었다. 정우는 흐려지는 눈을 제대로 뜨기 위해 몇 번이고 눈을 감았다 떴다.

"괜찮으십니까? 어디 안 좋으시면 약을⋯⋯."

"됐습니다. 이만 나가 주세요."

"알겠습니다."

문이 닫히자 쓰러질 듯한 몸을 의자에 겨우 지탱했다. 차가운 가죽 시트의 찬기를 느끼기 위해 더 깊게 파묻었다. 살짝만 살이 닿아도 그곳이 쓰리고 아팠다.

찬 곳에서 옷조차 제대로 입지 않고 한나절을 있었으니 무리도 아니었다. 정우는 뜨거운 이마를 손등으로 짚으며 천장을 올려다보았다.

아프면 그리운 사람이 더 생각난다는 건 사실인 모양이었다. 몸이 아프고 심장이 아리니 하연의 얼굴이 더 그리웠다.

뜨거운 너의 품에 안겨 너의 온기를 느끼고 싶었다.

"하아……"

입에서 뱉는 숨조차도 뜨겁게 느껴졌다. 정우는 책상 위에 올려진 울리지 않는 휴대폰을 바라봤다.

너의 안부 인사로 시작하던 내 휴대폰은 이제 너의 흔적이 점점 사라져 가고 있었다.

모든 것은 습관이었다. 습관처럼 이어지던 것들에서 너만 사라졌다. 나는 습관처럼 행동을 반복하지만 그 안에 네가 없었다. 자취만 남기고 사라진 것처럼, 너는 나를 길들이고 그렇게 사라져 갔다.


흰색 와이셔츠에 식은땀에 배어 나왔다. 얼굴이 빨갛게 달아오르고 온몸이 으슬으슬 추웠다. 비서가 사다 준 약을 먹었지만 열이 쉽사리 내리지 않았다. 오랜만이었다. 이렇게 아파 본 것이.

"먼저 퇴근할게요. 서 비서도 퇴근해요."

"네, 알겠습니다. 푹 쉬세요."

안쓰럽다는 듯 바라보는 여 비서에게 가볍게 목례를 하고 사무실을 빠져나왔다. 눈앞이 몽롱했다. 귓가 왱왱 울리고 내뱉는 숨조차 뜨겁게 느껴졌다.

"정우야……."

회사 로비를 반쯤 가로질러 갈 때쯤이었다. 그리웠던 목소리에 정우는 서둘러 고개를 돌렸다. 그래, 넌 나를 버리지 못한다.

"정우야!"

얼굴을 봤을 때, 정우의 얼굴은 실망감에 물들었다. 이제는 자신을 부르는 모든 목소리는 하연 같기만 했다. 가슴속에 시린 기운이 퍼져 나갔다.

"어쩐 일이야?"

"네가 연락이 안 됐잖아. 난 그래서……. 어디 아파? 얼굴이 안 좋아 보여."

민선이 정우의 빨개진 얼굴을 만지려 손을 뻗었다. 하지만 정우는 자신도 모르게 얼굴을 돌렸다.

"괜찮아."

이상했다. 익숙한 것은 하연보다는 민선 쪽이었을 것이다. 같이 보낸 시간을 봐도 그랬다. 하지만 지금은 민선의 그 차디찬 손길을 원하는 것이 아니었다.

생각해 보면 민선을 보며 설레었던 기억은 없었다. 처음부터 민선은 익숙한 사람이었다. 너무도 익숙해서 그것을 사랑이라 착각했었는지도 몰랐다.

민선은 멋쩍어진 손을 거둬들이며 쓸쓸하게 웃었다.

"이제 내 손길도 피하는 거야? 도대체 왜? 정우, 네가 나한테 이럴 수는 없잖아!"

민선의 사무친 고함에도 정우는 무덤덤하게 그녀를 내려다봤다.

한때는 그녀의 작은 소란 하나에도 놀라 헐레벌떡 뛰어갔을 때가 있었다. 하지만 지금은 찬물을 뒤집어쓴 것처럼, 소란조차도 귀찮기만 했다.

"그만 가. 연락할게."

민선에게 등을 내보이는 건 흔한 일이 아니었다. 몸도 마음도 모두 다 지쳐 있었다. 민선의 기분을 맞춰 주며 모든 것을 받아 줄 기분이 아니었다.

"서정우! 너 이렇게 가면 나 죽어 버릴 거야! 죽어 버릴 거라고!"

거친 외침 속에서도 정우의 마음은 조금도 미동이 없었다. 죽는다는 그 말이, 참 많은 것을 앗아 갔었다.

마치 그것은 마법의 주문 같아서, 그녀의 그런 외침이 들리면 당장 달려가 그녀의 아픈 마음을 달래 주곤 했었다. 왜, 진작 몰랐을까.

민선을 그렇게 만든 사람도 결국 정우 자신이었다. 하지만 그녀의 그런 말에도 이제 가슴이 미동도 하지 않았다. 질릴 대로 질려 버려서, 빨리 이 공간에 사라지고 싶을 뿐이었다.

"정우야! 서정우!"

발악하며 그 자리에서 악다구니를 써도 정우는 뒤를 돌아보지 않았다. 민선은 바닥에 주저앉아 자신의 머리카락을 쥐어뜯었다.

"가만 안 둬! 가만 안 둘 거라고!"

오늘 아침 남자친구에게서 헤어지자는 연락을 받았다. 자신을 더 이상 감당하기 힘들다는 이유에서였다.

평소처럼 쿨하게 그러자고 말하려 했지만, 그것이 잘 되지 않았다. 그 남자가 떠나고 정우마저 자신을 떠나가고 있었기 때문이다.

자신이 하자는 대로 다 해 주던 정우가 그녀를 버렸다. 아무리 화를 내고 행패를 부려도 정우만은 항상 자신의 편인 줄 알았다.

그래서 여태껏 사귀어 온 남자친구와 헤어져도 외롭지 않았다. 하지만 이젠 자신을 위로해 줄 사람이 없었다.

이게 다 그 망할 계집애 때문이었다. 그런 계집애쯤은 자신의 적수가 되지 않을 거라고 생각했다. 서정우는, 자신을 바라보는 일편단심 해바라기쯤이라고 생각했으니까.

그런데 어느 순간 그 계집애한테 마음이 기우는 정우를 발견했을 때, 마음이 불안하기는커녕 코웃음을 쳤더랬다. 어차피 자신이 찾아오면 그뿐이었다. 정우는 자신이 손만 뻗어도 돌아오는 남자였으니까. 그런데 이제는 완전히 틀어져 버렸다.

자신의 머리를 쥐어뜯던 민선이 자리를 털고 일어났다. 머리를 정돈하고 이를 악물었다.

긴 꿈을 꾸었다. 아무것도 보이지 않는 캄캄한 어둠과 안개 속에서 홀로 갇히는 그런 꿈을.

숨을 헐떡이며 잠에서 깨어났다. 눈가에 채 다 떨어지지 못한 물방울이 또르르 흘러내렸다.

시간이 얼마나 흘렀는지도 모르겠다.

정우는 끈끈한 몸을 겨우 이끌고 욕실로 들어갔다. 흘렸던 땀 때문에 몸이 끈적거려 견딜 수가 없었다.

아무도 없는 빈 공간 같은 틈에서 정우는 처절한 아픔을 맛보았다. 아무리 불러 보아도, 너는 나를 돌아보지 않았다. 끊어질 것 같은 숨통을 쥐어뜯듯 바닥에서 울부짖어도 네가 나를 돌아보지 않는다.

차가운 물을 맞으며 정우는 얼굴을 거칠게 훔쳤다. 아니다, 싫다. 아니, 다 싫었다. 당장이라도 너를 안고 마지막으로 확인하고 싶었다. 정말 나를 떠나는 것이냐고.

정우는 물을 끄고 옷을 대충 걸쳐 입었다. 여전히 악몽 속에 있는 것 같았지만, 머릿속만은 맑았다.

이제는 제대로 된 생각을 할 수 있을 거 같았다.


새벽녘 정우가 바스락거리며 사라지는 소리를 들었던 거 같았다. 그 밤, 우리 둘은 문을 하나 남겨 둔 채로 그렇게 소리 죽여 울었다.

눈이 엉망이 되어 나온 하연을 보며 영은이 아침부터 소란을 한바탕 떨었더랬다. 그녀를 바라보는 세준의 눈빛은 여전히 안타까웠지만 딱히 말을 꺼내진 않았다.

정우만 생각하면 가슴이 답답하고 아려 왔다. 달그락달그락, 컵들을 정리하며 하연은 한숨을 크게 내쉬었다.

"언니, 우리 오랜만에 술 한잔할까요?"

그녀의 우울한 기분을 알아챘는지, 영은이 살갑게 말을 붙여 왔다.

"미안해. 오늘은 좀 쉬고 싶어."

혹, 감기가 걸리진 않았을까. 정우는 한 번 감기에 걸리면 호되게 걸리곤 했는데, 그때마다 하연이 항상 옆에 있었다. 씁쓸한 자신의 생각들을 지우려 머리를 흔들어 댔다.

이제 더 이상 그녀가 해 줄 수 있는 일이 아니었다.

"김하연 씨?"

자신의 상념들을 일깨우는 목소리의 주인공을 바라봤다. 하연의 미간이 저절로 좁혀졌다. 다시는 볼 일이 없을 줄 알았던 여자였다.

"무슨 일이시죠?"

"잠깐 저 좀 보죠."

"할 말 없어요. 돌아가세요."

단호하게 내치는 하연을 기가 막히다는 듯 쏘아보았다. 민선의 반듯하던 얼굴이 험상궂게 일그러졌다.

"제가 있어요. 그러니 잠깐 나와요."

하연은 한숨을 깊게 삼켰다. 막무가내로 구는 것은 정우와 참 닮아 있는 것 같았다. 주위의 눈치를 보며 하연은 앞치마를 벗었다.

민선이 구석진 자리에 먼저 앉았고 하연은 그 앞에 앉았다.

"말씀하세요."

"당신이죠? 정우를 그렇게 만든 게?"

"무슨 말인지 모르겠군요."

"무슨 말인지 모른다고? 이 모든 게 당신 때문인데? 당신 때문에 정우가 내 연락도 받질 않아! 처음부터 당신만 끼어들지 않았으면 이런 문제 없었어! 그냥 만나도 된다 했잖아! 그러면 다 되는 거라고 했잖아!"

고함을 치며 민선이 온몸을 바들바들 떨어 댔다. 이 여자는 최소한 자신이 무슨 말을 하고 있는지는 알까.

"제가 당신이 하라고 하면 해야 하는 사람인가요? 정신 차려요, 유민선 씨. 사랑을 구걸하려거든 내가 아니라 정우한테 가서 해요. 나한테 와서 이렇게 유치하게 굴지 말고."

차분하게 대꾸를 하고 하연은 자리에서 일어섰다.

"이 모든 게 너 때문이야. 너 때문이라고!"

"꺄아아악! 언니!"

순간이었다. 갑자기 민선이 그녀의 머리채를 잡고 흔들어 댔다.

"이게 다 너 때문이라고! 네까짓 게 뭔데! 내 허락받고 정우와 사귀었던 년 주제에 건방지게! 주제를 알아야지!"

"이거 놓으라구요! 사장님, 이거 어떡해요!"

영은이 소리를 지르며 민선을 떼어 놓기 위해 안간힘을 썼다.

"당신 말대로 그랬을지도 모르죠. 하지만 주제를 알아야 하는 건 내가 아니라 당신이에요."

"웃기지 마! 내가 너 같은 년한테 밀릴 줄 알아?"

"이거 놓으시죠!"

세준까지 달려들어 민선을 겨우 떼어 냈다. 세준에게 몸이 잡힌 후에도 민선은 여전히 악다구니를 써 댔다.

"이거 놔! 놓으라고! 이 걸레 같은 년아! 몸뚱이 함부로 굴린 주제에 도도한 척하지 마! 그래 봤자 넌 내 대용품이었어! 알아?"

"이게 무슨 짓이야!"

하연의 머리를 정리해 주던 영은이 갑작스러운 고함에 문 쪽을 바라봤다. 정우는 저벅저벅 걸어와 하연을 스치고 지나갔다. 그의 뒷모습을 보는데 허탈한 기분이 드는 것은 왜였을까.

"저, 정우야……."

민선의 앞에 선 정우는 그녀의 흔들리는 눈빛을 보면서도 일 말의 동정심조차 느껴지지 않았다. 전신을 훑어 내리는 화에 정 우는 몸을 바들바들 떨었다. 그동안 민선은 하연을 도대체 어떻 게 생각했던 것일까.

"너 설마 저 계집애 편들 건 아니지? 나 유민선이야! 네가 사랑하는 사람은 저 계집애가 아니라 나라고! 정신 똑똑히 차려!"

"정신 똑똑히 차려야 하는 건 누나야! 이제 그만하자. 더 이상 누나 얼굴도 보기 싫다."

"서정우! 설마 너 지금 나 버리려는 거야? 어? 말해 봐. 말해 보라고! 그러기만 해! 정말로 저 계집애 죽여 버릴 거야! 죽여 버릴 거라고!"

하연에게 거칠게 달려드는 민선을 정우가 막아섰다.

"그만 좀 해!"

"그만? 뭘 그만해! 저 걸레 같은 년이 널 홀렸는데! 내가 왜!"

찰싹, 날카로운 마찰음이 허공을 갈랐다. 민선의 뺨을 친 정우의 손이 바들바들 떨려 왔다. 얼얼해진 한쪽 뺨을 부여잡고 민선이 핏발 선 눈으로 정우를 노려보았다.

"서정우……."

"누나의 이기적인 행동들 더 이상 못 참겠다. 누나 이렇게 만든 사람 바로 나야. 하연이를 무시하는 그 마음 심어 준 게 결국 나였네. 이제 다시는 연락하지 마."

최후의 통첩 같은 정우의 말에 민선이 멍하니 정우를 올려다보았다. 눈물조차 나오지 않는지 빨개진 눈으로 정우를 올려다보았다.

안쓰럽다는 마음이 항상 있었다. 그래서 민선의 요구들을 묵인할 수 없었다. 하지만 그동안 하연을 어떤 마음으로 멀리서 지켜봐 왔는지 정확히 알았다.

그와 민선은 하연을 비난할 자격조차 없는 사람들이었다. 비난받을 것은 정작 민선과 자신이었다.

정우는 하연의 손을 무작정 끌고 카페를 나왔다.

"이거 놔!"

미처 세준이 잡을 새도 없이 정우는 빠른 걸음으로 어디론가 걸어가고 있었다. 하연이 손목을 빼 보려 애썼지만, 정우의 악력이 센 손이 빠지지 않았다.

"놓으라고! 놔! 싫다고!"

한참을 무작정 걸어가던 정우가 발걸음을 우뚝 멈춰 섰다. 정우는 몸을 돌려 하연을 바라보았다. 그러곤 그녀의 잔뜩 헝클어진 머리칼을 떨리는 손으로 매만졌다.

눈가가 촉촉하게 젖어 있었다. 하연은 정우의 그 손길과 눈빛을 차마 냉정하게 쳐 내질 못했다. 그 눈빛과 손길이 너무도 애틋하고 가슴 아파 차마 그만두라는 말을 하지 못했다.

"……미안해."

떨리는 목소리로 한참 만에 내뱉은 말이 고작 저것이었다. 이상했다. 너는 참 미안해진 것이 많았다. 어쩐지 입안이 썼다. 하연은 입술을 꾹 깨물며 정우의 눈을 피했다.

어느 틈에 터져 버린 입술 위로 뜨거운 정우의 손이 닿았다. 조심스럽게 만지는 그 손길이 그 아픔마저도 앗아 가는 것 같았다.

"정말 미안해……. 이런 꼴 당하게 해서……."

정우는 하연의 손목을 잡아당겨 자신의 품에 끌어안았다. 쿵쿵쿵, 듣기 좋은 울림이었다.

왜 진작 알지 못했을까. 뜨겁게 차오르는 이 감정들을, 왜 진작 알지 못했을까. 정우는 부서질 듯 그녀를 꽉 끌어안았다. 요동치는 그 울림을 좀 더 느끼고 싶어서.

익숙한 체취에 하연은 떨어지는 눈물을 채 막지 못했다. 같은 곳에서 공명하는 울림, 그리웠던 온기에 하연은 정우를 밀어낼 수가 없었다.

"하연아……."

정우가 하연의 뺨 위에 흐르는 눈물을 한 손으로 닦아 냈다. 속수무책으로 떨어지는 그 눈물이 정우의 손등 위로 투두둑 떨어졌다.

"하연아……."

항상 내가 부르던 너의 이름 대신, 이제 네가 내 이름을 부른다. 애틋하고, 애절하게.

하연은 그저 눈물만 삼켜 댔다. 시간이 이대로 멈췄으면 좋다고 생각했다. 너에게 닿는 내 마음이, 나에게 닿는 네 마음이 이 시간만은 온전히 하나 같았다.

왜 이때 너에게 내 사랑을 전하지 못했을까. 우리는 왜 같은 마음이면서 서로에게 마음을 전하지 않았을까.

아마도 더 큰 아픔을 주지 않으려고 했던 건지도 모르겠다.

끼이이익!

그때, 땅에 닿는 거친 마찰음과 함께 털썩, 무언가 바닥에 떨어지는 소리가 들렸다. 멈추었던 시간을 깨워 나가듯 정우와 하연의 시선이 그곳으로 닿았다.

검은 아스팔트 위로 뿌려진 검붉은 핏물에 누가 먼저랄 것도 없이 그곳으로 달려갔다. 소리를 지를 겨를도 없었다.

처참하게 일그러지던 너의 그 표정을 아직도 잊을 수가 없었다.

"내가 죽을 거라고 했잖아……. 너 없으면……."

주위가 소란스러워졌다. 옆에 있던 나도, 그리고 그 모습을 바라보던 너도, 멍하니 서 있을 수밖에 없었다.

## 10. 우리의 이별

병원 대기 의자에 앉아 정우는 마른 숨을 삼켰다. 피곤하고 뻑뻑해진 두 눈을 손으로 감싸며 머리를 벽에 기댔다.

'C.T상으론 뇌에 출혈은 없으나 후두부 쪽으로 금이 갔습니다. 열상도 10cm 정도 있는데 뼈까지 깊게 찢어져 수술실에서 꿰매야 할 것 같습니다. 머리 쪽에 충격이 있었으니 며칠 정도 입원하면서 경과를 지켜보죠.'

정우는 수술실에서 나오는 민선의 말간 얼굴을 보고 아무 말도 할 수가 없었다. 자신을 바라보고 빙긋이 웃는 그 입술에도, 그 눈을 차마 마주칠 자신이 없었다.

차도에 뛰어들기 전 민선은 웃고 있었다. 그 웃음이 모든 것을 놓은 것만 같아, 두려움이 왈칵 솟아올라 왔었다. 이만하길 다행이라고 하나같이 입을 모아 말해도, 정우는 터질 것 같은 가슴이 진정되지 않았다.

입원실 안, 민선은 말없이 누워 있었다. 정우는 민선의 눈을 피해 입을 열었다.

"왜……."

왜 그랬냐는 말이 차마 다 나오지 않았다. 정우의 질문에 민선은 자신의 몸을 일으키다가 휘청거렸다. 그런 민선을 부축해 줘야 하는데, 정우는 차마 그럴 엄두가 나지 않았다.

모든 것이 겁이 났다. 이 모든 것이 자신의 탓이었다. 민선도 하연도, 모두 자신이 불행하게 만든 것이었다.

"하아……."

입가로 타고 드는 나직한 한숨을 깊게 내뱉었다. 몽롱했다. 지금까지 있었던 일이 모두, 구름 위를 걷는 듯 몽롱하고 흐릿했다.

"네가 날 버리면 죽을 거라고 했잖아."

당연하다는 듯 내뱉는 민선의 입가에 모호한 미소가 지어져 있었다.

"누나한테 난 뭔데?"

매번 민선이 하던 질문을 정우가 했다.

"내 첫 번째."

히죽 웃으며 대답하는 민선의 모습에 정우의 온몸이 **빳빳**하게 굳어지는 것 같았다.

우리의 관계는 지옥이었다. 뫼비우스의 띠처럼 끝없이 반복적인 관계. 온몸에 열기가 솟구치는 것만 같았다.

정우는 민선을 두고 비척비척 병실을 빠져나왔다.


봄이 오고 있었다. 바람은 여전히 매섭고 찼지만, 그 봄이라는 단어가 얼어붙은 마음을 정돈해 줄 것만 같았다. 쓰러진 민선을 보며 미세하게 흔들리는 정우의 눈을 봤을 때, 직감했다. 우리의 끝은 결국 이것이었구나.

씁쓸한 웃음이 입가를 타고 들었다. 아등바등 지켜 냈던 그 관계는 속절없이 끝이 나 버렸다. 바라던 것인데, 막상 현실이 다가오니 후회와 비탄으로 마음이 얼룩졌다.

구급차를 타고 사라지는 정우의 모습을 보며, 하연은 아무것도 할 수 없었다. 자신이 없었던 듯, 사라지는 차를 보며 망연자실하게 그곳을 바라보았다.

굳어졌다고 생각한 가슴이 수도 없이 아려 왔다. 자신을 바라보지 않던 정우의 모습이 가슴속에 아프게 박혀 들었다.

"하아……."

아무리 한숨을 쉬어 봐도 갑갑한 마음이 전혀 사라지지 않았다.

"언니, 저…… 그러니까…… 언니 잘못 아니에요."

요 며칠 힘이 없는 하연을 보며 영은은 머뭇거리면서 말을 건

냈다.

"알아. 난 괜찮아."

희미하게 영은에게 미소를 지어 보였다. 죄책감 같은 것을 갖지는 않았다. 누구의 잘못도 아닌, 민선의 선택이 극단적이었을 뿐.

그렇다고 민선이 전혀 신경 쓰이지 않는 것은 아니었다. 하지만 그녀에게 미안함 같은 종류의 감정은 없었다. 가슴속에 커다란 짐이 얹어진 기분이었다.

어스름이 골목 어귀에 내려앉았다. 항상 기다리던 그 가로등 밑에서 네가 기다리고 있을 것만 같았다. 헛된 희망을 버린 지 오래인데, 항상 그 자리에만 오면 버렸던 희망이 스멀스멀 고개를 디밀었다.

하연은 자조적으로 웃으며 길을 걸었다. 숨을 내뱉을 때마다 뽀얀 입김이 새어 나왔다.

처음엔 환영인 줄 알았다. 네가 이곳에 있을 리 없었으니까. 어쩌면 네게 이별을 고했던 그때, 네가 내게 돌아올 줄 직감했었는지 몰랐다.

그리웠던 네가 돌아왔을 때 그다지 놀라지 않았으니까. 하지만 지금은 조금 달랐다. 우린 끝이 났다. 그 날 너의 눈빛이 완벽한 이별을 말하고 있었다.

하연은 그곳에서 잠시 머뭇거렸다. 평소와 다를 바 없는 그의 모습은 조금 피곤해 보였을 뿐, 달라진 것이 없었다.

하연은 느릿하게 눈을 감았다 떴다. 더 이상 그는 여기 올 수 없었다. 하지만 간격이 좁혀질수록 익숙한 체취가 정우임을 그녀에게 알려 주고 있었다.

환영이 아니었다.

정우가 하연을 발견했는지 눈꼬리가 휘어지게 미소를 지어 왔다. 마치 아무런 일도 없었다는 듯이. 그 모습에 하연의 불안감이 증폭되었다. 아무것도 두렵지 않았는데, 이상하게 정우의 웃음을 보자, 알 수 없는 두려움이 그녀를 뒤덮었다.

"괜찮아……?"

누구를 묻는 물음이었을까. 민선의 안위, 아니면 정우의 몸? 하연의 손끝이 자잘하게 떨려 왔다.

"괜찮아."

어쩐 일이냐고 물어야 하는데, 차마 입이 떨어지지 않았다. 그런 하연 대신 정우가 먼저 말을 꺼내 왔다.

"부탁이 있어서 왔어."

"무슨……?"

"마지막으로 하루만 나에게 시간을 줘."

정우의 말뜻을 하연은 잘 이해할 수 없었다. 애달프고 애잔한 그의 눈빛을 보며 가슴이 시리도록 아파 왔을 뿐.

"널 완전히 놓아줄게. 너에게 못 해 준 것들에 대한 기회를 줘. 너에게 난 최악의 남자였지만 단 한 순간만이라도 너에게 최고의 남자로 기억되고 싶어."

하연은 입술을 꾹 깨물었다. 너의 한마디 한마디가 우리의 완벽한 이별을 말해 주고 있었다. 눈물이 가득 차오를 것만 같았다.

우리가 이별했다는 것은 진작 알고 있었지만 확인사살을 받은 지금, 하연은 가슴이 숨도 쉴 수 없이 아려 왔다.

"굳이……."

그럴 필요 없다고 말해 주려던 참이었다. 우리가 그렇게 한다고 남는 것이 무엇이냐고 따져 물을 참이었다. 너의 그녀에게 돌아가라는 말과 함께. 하지만 촉촉하게 젖은 정우의 눈빛이 그녀의 입술을 꾹 다물게 만들었다.

"마지막이야."

마치 그녀의 대답을 알기라도 하듯 정우가 마지막이란 말을 덧붙여 왔다. 웃음이 튀어나올 것 같았다. 허무하고 허탈한 웃음이.

여태껏 무엇을 잡고 있었던 것일까. 헤어짐을 고한 것은 자신이었는데 어째서 이토록 허무하고 허망할까. 이유를 알지 못했다.

하연은 고개를 천천히 끄덕였다.

이틀 후, 정우가 집 앞으로 데리러 왔다. 햇살이 머리 위로 부서지듯 쏟아지는 맑은 날이었다. 밤새 한잠도 자지 못했다.

이것이 잘하는 일인지, 몇 번을 망설였는지 모른다. 하지만 마지막만은 그저 행복하게 웃길 바랐다. 그래야, 지난 기억 속의 자신이 덜 불쌍해지니까.

"왔어?"

차에 기댄 채 정우가 환하게 웃고 있었다. 모든 것을 털어 버린 듯 홀가분한 모습이었다.

"기다렸어?"

"조금."

하연에게 다가오며 정우가 그녀의 손을 잡았다. 그 손끝이 그가 얼마나 많은 시간을 기다렸는지 그녀에게 알려 주고 있었다.

"전화하지."

"아니, 그냥 그러고 싶었어."

항상 등을 내보인 것은 정우 쪽이었다. 그런 정우의 등을 무연히 바라봤던 하연은 어떤 느낌이었나, 어떤 생각을 하며 자신을 바라봤을까. 이번만큼은 정우가 그러고 싶었다.

잠을 한숨도 이루지 못했다. 하연이 과연 나올까, 아니면 아침에 취소하겠다는 연락을 할지도 모른다는 불안한 마음 때문이었다.

한 시간이나 먼저 그녀의 집 앞에 도착한 정우는 하염없이 그녀가 나올 저 문을 바라보고 있었다. 그 시간이 결코 길지 않았다. 오히려 즐거웠다.

하연이 어떤 모습으로, 어떤 표정으로 그를 바라볼까. 생각만 해도 꽤 즐거운 시간이었다. 왜 진작 이런 것들을 하지 못했을까. 가슴속에 사무친 후회만이 남을 뿐이었다.

"춥지? 타."

정우는 조수석 문을 열어 주고 하연이 차에 탈 때까지 기다렸다. 그리고 그녀가 차에 오르자, 자신도 운전석에 올라탔다.

하연은 익숙한 좌석에 앉아 운전석에 오르는 정우를 바라봤다. 항상 그에게서 나던 꽃 향이 차 안에 은은하게 퍼져 있었다.

항상 불쾌하게 느껴졌던 이 향조차 마음에 은은하게 퍼져 버렸다. 이제 그 향은 민선의 향기가 아니라 정우 본인의 향기가 되어 버렸다. 최소한 그녀의 기억 속엔 그랬다.

"향수 말이야."

"향수?"

"지금 너에게서 나는 향……."

항상 머뭇거렸었다. 네가 내게 돌려줄 대답을 너무 뻔히 알고 있어서. 차마 물어볼 수 없던 말들이 가슴속에 켜켜이 쌓여 있었다. 물어보고 싶었지만, 대답에 대한 두려움이 너무 커 차마 물어볼 수 없었던 것들이었다.

은은하게 퍼지는 라일락 향기, 여자가 쓸 법한 종류의 향수였다. 그리고 그 여자에게서도 났던 이 향기.

"네가 이 향을 좋아했잖아."

하연은 정우를 바라봤다.

"내가 이 향수를 뿌릴 때마다 네가 항상 환하게 웃어 줬잖아. 그래서 난 네가 이 향을 좋아하는 줄 알았는데."

하연은 말없이 입술을 꾹 깨물었다. 그게 아니었다. 그 여자에게 갔다 온 너를 빼앗기지 않기 위해 아등바등 버렸던 것이었다.

혹여라도 표정이 좋지 않으면 네가 다시 돌아가 버릴까 봐. 자신의 마음을 보기 좋은 웃음으로 포장했던 것뿐이었다. 너를 놓치기 싫어서.

"아니었나 보구나. 난 정말 너에 대해서 아는 게 하나도 없네."

정우는 자조적으로 웃으며 핸들을 꽉 잡았다.

모든 것을 다 안다고 생각했다. 하연에 관한 것은 어떤 것이든 알고 있다고 생각했다. 하지만 그것은 헛된 자만이었고, 그의 틀에 맞춰 그녀를 생각한 자신의 이기심이었다.

그녀의 표정 하나하나 다 관찰하고 허투로 넘기지 않는다고 생각했지만, 그것은 자신의 착각이었다.

그녀가 어떤 표정을 지었던 건지, 그 웃음 속에 씁쓸함이 남아 있던 것은 아니었는지, 그냥 자신이 보고 싶은 대로 판단해 버린 자신이 너무도 한심했다.

"지금이라도 내키지 않으면……."

"출발해. 난 괜찮아."

기어 위에 얹어진 정우의 손을 꽉 잡았다. 따스한 온기와 함께 마음이 겹쳐지는 듯했다.

우리의 출발은 꽤 어색했다. 하지만 함께 있으면 불안하고 초조했던 마음이 이제는 한결 가벼워졌다.

강릉까지 가는 세 시간 내내, 이야기를 나눈 것은 없었다. 항상 재잘거리던 쪽은 하연이었다. 자신을 조금이라도 알아 달라 안달하며 소소한 일상 얘기를 하던 쪽도 하연이었다.

하지만 오늘은 굳이 그럴 필요가 없었다. 정우에게 잘 보이려 안달했던 자신의 지난날이 다 우습게 느껴졌다. 대신 서로의 고른 숨소리를 들으며, 자신의 마음을 안정시켰다.

우리 둘 사이에 그동안 없던 것이 생겨났다. 편안함. 관계를 지켜 내기 위해 억지로 끼워 맞추려 노력했던 마음이 차분하게 가라앉았다.

하연은 이제야 알게 되었다. 자신의 모든 것을 끼워 맞춰 가며 아등바등 지켜 냈던 것들이 모두 다 부질없음을……. 그렇게 맞추고 또 맞춰서 되는 것은 사랑이 아니었다. 왜 진작 알지 못했던 것일까.

모든 것을 놓아 버린 지금, 마음이 한결 편안해졌다.

차가 탁 트인 바닷가를 따라 미끄러져 나갔다. 하연은 창문을 열어 시원한 바닷바람을 맞으며 눈을 감았다. 코끝에 스치는 짭짜름한 바다 냄새와 차가운 바람이 얼굴에 맞부딪혔다.

"시원하다. 가슴까지 탁 트이는 거 같아."

한껏 들떠 있는 하연의 목소리에 정우는 덩달아 기분이 좋아졌다.

"춥지 않아?"

"괜찮아."

하연은 히터를 올리려는 정우를 보며 환하게 웃어 준 후 다시 시선을 바다에 던졌다. 가슴이 뻥 뚫릴 것 같은 바람에 저도 모르게 몸을 바르르 떨었지만, 창문을 닫고 싶지는 않았다.

정우는 방파제 근처 주차장에 차를 세웠다. 바다 끝 쪽으로 빨간 등대가 서 있는 모습이 그림처럼 펼쳐져 있었다.

"내리자."

정우가 차 문을 열어 주기도 전에 하연은 쏜살같이 바다로 뛰어나갔다. 햇살이 바다 위로 부서지듯 쏟아졌다. 쓸쓸하고 외롭게 보이는 겨울바다가 오늘만은 춥지도, 외롭지도 않고 따스하게 가슴속에 물결쳤다.

정우가 하연의 왼쪽 손을 꽉 잡았다. 다시는 끊어지지 않을 쇠사슬처럼 깍지를 꼈다. 손끝에 닿는 온기에 황량했던 마음이 안정되었다. 그리고 문득 다 두려워졌다.

끊어지지 않을 이 손은 곧 끊어질 것이고, 우리는 완벽한 남이 되어 버린다. 가슴속에 담아 둔 추억을 꺼내어 보는 것도 잠깐일 것이고, 우리는 서로를 잊고 살아갈 것이다.

나는 여태껏 무엇을 지키려고 했던 것일까. 수없이 많은 물음을 던져 보아도, 하연은 그 대답을 아직 찾지 못했다.

"잠깐만."

손을 풀고 정우가 뒷좌석 문을 열었다. 그러고는 새하얀 목도리를 꺼내어 그녀의 목에 감았다.

"감기 걸려."

"고마워."

정우는 싱긋 웃으며 하연의 손을 다시 깍지 껴 잡았다. 목도리에선 익숙한 정우의 향이 났다. 하연은 오른손을 들어 포근한 목도리를 만져 보다, 짧게 웃고는 다시 바다를 바라봤다. 더 깊은 생각은 하지 않기로 했다.

여름의 바다와는 비교도 할 수 없이 파란 바닷물이 거칠게 물결치고 있었다. 파도가 치지 않는 모래사장 위를 바다를 보며 걸었다.

갈매기가 낮게 머리 위로 날아다니고 바람에 파도가 세게 다가왔다. 바다를 보고 파도 소리만 들어도 시원해졌다.

다행히 날이 많이 춥지는 않았다. 오히려 껴입고 온 자신이 민망해질 정도였다. 드문드문 사람들이 있었지만 널찍한 모래사장 위엔 꼭 두 사람만 있는 거 같았다.

하연은 아이처럼 파도를 잡기라도 하듯 파도가 치는 쪽으로 달려갔다가 파도가 밀려오면 뒤로 도망쳤다.

정우는 그 모습을 휴대폰 카메라로 담았다. 해사하게 웃는 하연의 저런 모습을 본 적이 없었다. 항상 불안하고 초조해 보이는 미소만 보냈을 뿐, 모든 것을 훌훌 털어 버린 저런 홀가분한 모습은 처음이었다.

묵직한 돌이 가슴 위로 얹어졌다. 이것 또한 자신이 감당해야 할 시련 중 하나일 테지. 정우는 씁쓸하게 웃었다.

사람은 곁에 있으면 소중한 것을 모른다. 항상 잃고 나서야 그 소중함을 알게 되어 뼈저린 후회를 하고 또 같은 실수를 반복한다.

아이처럼 기뻐하는 하연의 모습을 휴대폰과 자신의 가슴속에 하나둘씩 담아냈다.

언젠가 하연이 자신을 잊는 날이 오면 이 기억조차 남아 있지 않겠지만, 정우는 자신의 앨범 속에 그녀의 모습을 하나둘씩 담아본다. 자신이 꺼내 볼 그 추억들을 위해.


바닷가 앞 조개구이집에 나란히 앉았다. 바닷가에서 한참을 놀다 보니 점심때가 훌쩍 지난 것도 몰랐다. 인상 좋은 주인아주머니가 플라스틱 접시에 조개를 한가득 담아 왔다.

"애인 사인가 봐요. 잘 어울리네."

호호 웃으며 말하는 아주머니의 말에 하연은 그저 웃기만 할 뿐 대답을 할 수 없었다. 이제 곧 끝날 사이예요, 아니면 애인 사이예요, 어느 것도 말할 수 있을 리가 없었다.

"네, 맞아요."

넉살 좋게 정우가 말을 건네자, 하연은 순간 당황했다. 정우는 넉살 좋은 사람은 아니었다. 한없이 다정하긴 했어도 항상 선이 있었고, 성격도 좀 까다로운 편이었다.

정우와는 이런 작은 음식점보다는 고급 레스토랑을 주로 다녔고, 그런 곳에서는 이런 이야기를 나눌 일이 없었다.

정우는 주인아주머니가 두고 간 장갑을 오른손에 끼고 조개를 불판 위에 올렸다. 탁탁, 물기가 빠질 때마다 불이 튀어 댔다. 집게를 들고 있는 정우의 폼이 영 어색했다. 하긴, 그는 고급 일식집만 가지 이런 곳에 어울리는 남자는 아니었다.

"내가 할게."

어색해 보이는 정우의 손에서 집게를 빼앗으려 했지만 정우가 그녀의 손을 막았다.

"이런 건 남자가 하는 거야."

"풋, 너 이런 거 못하잖아."

"이런 거쯤이야. 걱정하지 마. 안 해서 그렇지 하면 잘해."

특명이라도 받은 듯 정우는 조개에 집중했다. 주인아주머니는 가기 전 조개에 물이 생기면 치즈와 초장이 범벅 돼 있는 곳에 부으라는 말을 해 주었다.

정우는 그 말을 착실하게 이행 중이었다. 조개에 조금이라도 물기가 생기면 바로 그곳에 부었고, 조개가 익을 틈도 주지 않고 손을 바쁘게 움직여 대는 거 같았다.

"아이고! 조개 다 타겠어! 이러면 조개가 다 달라붙어서 떼어 내기 힘들다고!"

주인아주머니가 얼른 달려와 정우의 손에 들린 집게를 빼앗아 은박지 위에 올려 두었다.

"이상하네. 아직 안 익은 거 같았는데."

멋쩍었는지 정우는 얼른 물을 마셨다. 하연은 쿡쿡 웃음을 터트렸다. 정우는 은박지 위의 초장과 치즈가 올려진 곳에 조개를 넣고 젓가락으로 저어 담뿍 올려 그녀의 접시 위에 올려 두었다.

"고마워."

하연은 정우가 건네준 조개를 입에 넣었다. 짭짜름한 조개의 맛과 매콤하고 달콤한 초장 맛과 함께 고소한 치즈가 어우러져 있었다.

"맛있어."

"그래?"

하연은 정우가 젓가락질하기 전에 얼른 정우의 접시에 조개를 올려 주었다.

"어때?"

"맛있어."

정우는 남은 조개를 불판 위에 올리며 말했다. 하연은 그런 정우를 물끄러미 바라봤다.

항상 정우에게 맞춰만 왔었다. 입맛이 까다로운 그의 입맛에 안 맞지는 않을까 어디를 가든 초조해했었다.

그런 정우와 이렇게 나란히 앉아, 그 누구의 눈치도 보지 않고 무언가를 할 수 있다는 거 자체가 하연에게는 신선한 일이었다. 아마 그것은 정우도 마찬가지일 것이다.

정우는 아주머니가 했던 그대로 바쁘게 조개를 구워 하연의 접시에 올려 주었다. 항상 받기만 했었다.

무엇을 하든 하연은 그가 움직이기 전에 먼저 움직였다. 무언 갈 하더라도 항상 그가 우선이었고, 자신은 늘 뒷전이었다.

무엇을 먹더라도 그가 인상을 찌푸리진 않을까 초조해했던 것을 안다. 왜 먼저 하연을 챙기지 못했을까. 아마 그것도 습관이라는 변명으로 자기 합리화를 했던 자신 때문일 것이다.

정우는 맛있게 먹는 하연의 모습을 보며 하연이 자신을 바라보던 그 눈으로 그녀를 바라봤다.

이런 마음일 테지. 그녀가 기뻐하는 모습을 보며 자신도 덩달아 행복해지는 이런 마음이었을 것이다.

정우와 하연은 나란히 조개구이집을 나왔다.

"잠깐만. 이렇게 있으면 감기 들어."

정우는 손에 들린 목도리를 하연의 목에 둘렀다. 얼마나 야무지게 묶었는지 바닷바람이 불어도 끄떡없을 거 같았다.

"손."

그는 말없이 손을 잡는 거 대신 오른손을 펴 그녀의 앞에 내밀었다. 하연이 어리둥절하게 정우를 바라보자 그가 개구진 미소를 지었다.

"손잡자. 난 네 손 잡고 있으면 마음이 항상 편해졌었어."

"나도."

정우의 손 위에 자신의 손을 포개자, 정우가 그 손을 꽉 잡았다. 둘은 마주 보고 환하게 웃었다. 불안한 마음 대신 잔잔한 바람이 가슴속에 불어닥쳤다. 따스하고 간질간질한 그런 바람이.

정우의 손을 잡고 방파제 위 산책로를 나란히 걸었다. 저마다 셀카봉을 들고 사진을 찍어 대는 친구, 가족 단위의 사람들을 많이 마주쳤다.

하지만 정우와 하연은 그 길을 느긋하게 걸을 뿐 다른 것을 하지 않았다. 같이 숨 쉬고 있는 이 시간을 기억하듯 서로 가슴속에 새기는 중이었다. 언제까지나 잊지 않기 위한 몸부림 중 하나였다.

가볍게 산책을 하고 백사장에 앉아 잔잔하게 치는 파도를 바라보았다. 마치 갓 연애를 시작한 연인처럼 바다만 하염없이 보고 있어도 질리질 않았다.

"왜 바다에 온 거야?"

한참을 말이 없던 하연이 물었다.

"네가 좋아하잖아."

풋, 순간 웃음이 났다. 정우가 자신에 대해 아무것도 모른다고 생각했다.

"넌 나에 대해 아무것도 알지 못하잖아."

넋두리 같은 그녀의 말에 정우는 대답을 하지 못했다. 하연의 말이 모두 맞았다. 그는 하연에 대해 아는 것이 별로 없었다. 하연은 정우에 대해 모든 것을 알고 있지만 그는 제대로 아는 것이 없었다.

"미안."

난 너에게 이런 말밖에 하지 못했다. 알아 갈 시간을 우리는 허비했고, 알아 가기엔 이제 너무 멀리 와 버렸다.

다시 되돌아갈 수만 있다면 이런 미련한 짓을 하지 않았겠지. 아니, 그 시절 그 못났던 자신은 다시 되돌아간다 해도 똑같은 결과를 낳았을 것이다.

"너한테 미안하라고 한 말은 아니야. 우리가 좀 더 마음을 일찍 알았으면 좋았을 텐데……."

씁쓸했다. 봄바람 같던 바닷바람이 거칠고 차가워졌다. 하연은 바다를 바라봤고, 정우는 그런 하연을 바라봤다. 다른 말을 더 하지는 않았다. 단지, 잡았던 손을 더 꽉 잡을 뿐이었다.

서로를 알 시간, 우리에겐 그것이 없었다. 절실하게 원하지도, 원할 이유도 없었다. 우리 관계는 어디서부터 틀어진 것일까. 어떻게 이어졌던 관계일까.

잊었던 것들을 하나둘씩 떠올리며 하연은 그것을 바닷바람에 같이 떠나보냈다.

너와 내 아팠던 추억도, 미련도.

떠내려가는 추억들을 하연은 무연히 바라보았다.


빨간 노을이 바다를 태울 때쯤 그곳에서 일어났다. 코끝이 빨개진 서로의 얼굴을 보고는 한참을 웃었다.

"이제……."

돌아가자는 말을 하려던 정우의 입이 꾹 다물어졌다. 이대로 보낼 수가 없었다. 가슴속에 켜켜이 쌓인 말을 다 내뱉지도 못하고는 돌아갈 수가 없었다. 정우는 하연의 손목을 잡아당겨 꽉 끌어안았다. 같은 곳에서 공명하는 심장 소리가 들릴 만큼.

"하루만 더 같이 있자. 마지막……이니까."

마지막이란 단어를 내뱉었을 때, 하연은 자신의 입이 아닌 줄 알았다. 목구멍까지 끌어 올린 그 말이 가슴속에 커다란 생채기를 남겼다.

"괜찮겠어?"

"괜찮아."

애틋하고 애절하게 보는 정우의 눈빛이 애잔했다. 다정하게 얼굴을 쓸어 주는 그 차가운 손이 온몸을 뜨겁게 만들었다.


바다가 보이는 방, 창가에서 서서 빨갛게 불타오르는 바다를 하염없이 바라보았다.

이곳에 온 것이 과연 잘한 일이었을까, 어제까지도 몇 번을 망설였다. 어차피 보지 않을 추억 따위 만들 필요가 없었으니까. 하지만 그 결정을 후회하지는 않았다.

단지, 홀가분하게 떨칠 자신감이 완벽히 사라지고 있었다. 혹여라도 너에 대한 이야기를 남에게 들을까 봐, 그 사실조차도 겁이 났다.

행복하지 마, 행복해야 해. 두 가지 공존할 수 없는 감정들이 거칠게 교차되었다.

헤어질 땐, 자신의 아픔까지도 정우에게 건네주고 싶었다. 그 여자와 행복해하는 정우의 모습이 아닌, 고통 속에서 처절하게 몸부림쳤으면 했다.

하지만 그것은 오롯이 자신의 몫이었다. 그리고 지금은 정우가 행복했으면 했다. 자신을 잊는 것은 싫었지만, 아픈 것 역시도 싫었다. 이 모순되고 상반된 감정에 하연은 한숨을 삼켰다.

"하아……."

하연의 한쪽 뺨 위로 눈물 한 방울이 또르르 떨어졌다. 가슴이 아렸다. 하지만 그 여자의 옆에서 행복할 너의 모습은 보고 싶지 않았다.

"뭐 하고 있었어?"

탁하게 내려앉은 목소리 다음, 정우가 하연을 뒤에서 껴안았다. 젖은 머리칼에서 물방울이 또르르 어깨 위로 떨어졌다.

"그냥."

막 샤워를 하고 나온 정우의 몸에선 은은한 바디샴푸 냄새가 났다. 등 뒤에서 느껴지는 고동에 마음이 점차 편안해졌다. 내일이 오는 두려움까지도 모두 날려 버릴 수 있게.


하연은 정우와 침대에 나란히 누웠다. 정우에게 등을 내보이고 누워 있는 그녀의 등을 정우가 감싸 안았다.

"하연아……."

하연은 그의 부름에 대답하지 않았다. 대답을 하면 자신의 울음 섞인 목소리가 들킬 것만 같았다.

"김하연……."

물기 어린 정우의 목소리가 자신의 가슴을 아프게 후벼 팠다. 항상 자신이 정우를 불렀듯 이제 정우가 자신을 애잔하게 부르고 있었다.

하연은 그의 부름에 대답하는 대신 천천히 몸을 돌렸다. 어두운 방 안, 정우의 눈가가 촉촉하게 젖어 있었다.

정우는 하연의 뺨을 다정하게 어루만졌다. 유리그릇을 어루만지듯 조심스러운 움직임이었다.

"하연아……."

정우의 입술이 하연의 봉긋한 이마에 천천히 닿았다 떨어졌다.

"미안해. 나 때문에 힘들게 해서……."

파르르 떨리는 눈가에 부드럽게 키스하며 정우가 그녀를 다정하게 바라봤다.

"내일부터 완벽하게 잊는 거야. 안 좋았던 그 기억들도, 나를 사랑했던 그 기억도."

콧잔등에 정우의 입술이 닿았다 떨어졌다. 꽉 끌어안고 있는 정우의 품 사이로 그의 심장 소리가 아프게 울려 퍼졌다. 눈가가 뜨거워졌다.

"정말 미안했어."

"하아……."

정우의 입술이 마지막으로 그녀의 입술에 살포시 닿았다 떨어졌다. 떨어지는 입술이 아쉽고 아파서 하연은 눈을 질끈 감았다.

그리고 귓가에 속삭이는 나지막한 정우의 목소리에 더 이상 정우의 얼굴을 볼 수가 없었다.

"사랑했어, 하연아……."

하연은 터져 나오는 눈물을 막으려 입을 막았다. 들을 수 없는 말이라고 생각했다. 단 한 번이라도 좋으니 듣고 싶었던 말이었다. 하연은 입술을 꽉 깨물며 입을 막은 양손에 더욱 힘을 주었다. 왜, 하필 우리는 끝에서 서로에게 솔직해진 것일까.

"아니, 사랑해……."

어둠과 함께 정우의 목소리가 내려앉았다. 그리고 신기루처럼 이내 사라졌다. 참담한 기분을 안고 하연은 조용히 눈을 감았다. 가슴속에 메아리치는 자신의 마음을 애써 잠재우기 위해서.

그 날 밤, 정우는 무슨 생각을 하고 있었을까. 아마 우리 둘 다 숨을 죽여 울었을 것이다. 서로에게 아픔이 되지 않기 위해 울음을 참으며.

한 번이라도 더 심장 소리를 듣기 위해, 한 번이라도 더 그 따스한 손길을 느끼기 위해, 밤새 서로를 아프게 바라보았다.

돌아오는 차 안, 우리 둘은 누구 하나 침묵을 깨지 않았다. 서로 무슨 생각을 하고 있는 건지, 애써 밝은 얼굴을 하려 해도 그것이 잘 되지 않았다. 그리고 이별의 시간이 다가왔을 때, 자신의 마음을 다시 한 번 숨겼다.

"잘 가."

"응, 너도……."

마치 내일 다시 만날 사람처럼 환하게 웃어 주었다. 그 웃음 속에 담긴 아픔이 보이지 않게.

그 날 이후 하연은 정우를 만날 수가 없었다. 일주일이 지나고 이주일이 지나고, 그렇게 또 한 달이 지나고, 그의 빈자리가 더 커질 때까지도 정우는 하연의 앞에 나타나지 않았다.

우리는 그렇게 완벽한 이별을 했다.

## 11. 너와 헤어진 그 후

햇살이 따사롭게 내리쬐었다. 불과 며칠 전까지 흩날리던 벚꽃이 이제 자취만 남았다. 길가에 피었던 개나리도, 진달래도, 이제는 다 떨어진 후였다. 여름이 한 발짝 다가오고 있었다.

계절이 바뀌고, 달이 바뀔 때마다 매번 실감을 한다. 우리가 정말 헤어졌구나. 수많은 인파 속에 파묻혀 있어도, 시간이 지나도, 나의 시간은 거꾸로 가듯 너와 헤어진 그 날에 머물러 있었다.

여지도 남기지 않은 이별의 아픔은 폭풍처럼 거대하게 자신을 휩쓸어 갔다. 허울뿐인 잔해들만 남은 가슴이, 황량하고 메말라 숨을 쉬기도 어려운 지경이었다.

봄이 오면 따스해지겠지, 한 달이 흐르면 괜찮아지겠지, 그런 자만을 스스로가 비웃어야만 했다. 헤어진 그 날이 어제 일처럼 너무도 선명했다. 선득선득하게 달라붙는 추억이라는 이름이 그녀를 좀처럼 놓아주질 않았다.

석 달이라는 시간 동안, 그녀는 변한 것이 없었다. 여전히 밤이면 이별의 아픔을 맞이하고, 아침이면 아무렇지 않은 듯 나와 일을 했다. 시간은 잘도 흘러가는데, 도저히 그 시간에 발맞춰 나갈 자신이 없었다.

"하연 씨, 생두 또 혼자서 옮겼어요? 무거웠을 텐데……."

"그렇게 무겁지 않았어요. 영은이가 도와주기도 했구요."

세준이 못 말린다는 듯 웃었다. 그사이 세준과의 관계도 거기서 머물러 있었다. 아니, 누군가 사랑할 자신이 없었다. 세준이 옆에서 살뜰하게 도와주곤 있지만, 딱 그 선까지만이었다.

영은과 선주가 사랑은 다른 사람으로 치유하는 것이라고 몇 번이고 조언을 해 주었지만, 그것이 마음처럼 되는 것이 아니었다.

정우에 대한 생각들을 억지로 밀어낼수록 그에 대한 생각이 더 또렷해졌다. 그래서 이제는 순리에 맡기기로 했다. 갈기갈기 찢겨져 나간 상처가 자연적으로 치유될 때까지.

"언니, 저기……."

영은이 머뭇거리며 손가락으로 가리킨 곳을 바라봤다. 낯선 감각이 잠시지만 잊었던 감각들을 일깨워 댔다.

"말하기 싫었는데……. 행색이요……. 도저히 말을 안 할 수가 없었어요."

"아……."

하연은 자신을 찾아온 방문객을 눈으로 훑다가 숨을 천천히 삼켰다. 영은의 말대로 행색이 말이 아니었다.

하연은 창가에 앉아 불안한 듯 연신 주위를 살피고 있는 여자에게 다가갔다.

"이곳까진 무슨 일이시죠?"

나긋하고 차분하게 말을 하려고 했지만 본심까지 숨기기는 어려웠다. 드문드문 잘리고 헝클어진 머리며, 하얗게 일어난 입술이며, 도저히 자신이 봐 왔던 그 여자가 아닌 거 같았다.

"하, 하연 씨!"

민선은 냉정한 눈빛으로 자신을 바라보는 하연의 손목을 덥석 잡았다. 항상 깔끔한 정장 차림으로 도도하고 오만한 표정을 보이던 여자의 모습과 사뭇 달랐다. 없었던 동정심까지 생길 정도로.

"저, 정우를 만나고 있죠? 그렇죠? 정우는 어디에 있어요? 나를 만나 주지 않아요! 하연 씨는 알고 있죠?"

"무슨……. 당신과 함께 있는 거 아니었나요?"

아, 그랬구나. 기뻐야 하는데, 어쩐지 그의 소식을 아무에게도 들을 수 없다는 허탈감에 한숨이 내쉬어졌다. 잘 지내고 있다는 말만이라도 듣고 싶었는데……. 그리고 나도 잘 지내고 있다는 거짓말도 전하고 싶었는데…….

"모르는 척하지 말아요! 내, 내가 이렇게 빌게요. 제발 나에게 정우를 돌려줘요. 정우가 이제 절 만나 주지 않아요. 울고불고 매달려 봐도 정우는 이제 날 돌아봐 주지도 않아요!"

민선은 두 손을 모으고 하연의 앞에서 비는 시늉을 했다.

"우리의 관계는 득이 될 수 없는 관계래요. 왜, 어째서! 날 이해하고 정우를 이해해 줄 사람은 우리 서로밖에 없는데! 왜! 왜!"

"나한테 이래 봤자 소용없어요. 난 정우와 헤어진 사이니까."

아직도 헤어졌다는 단어를 내뱉으면 가슴이 따끔따끔 아렸다. 어쩌면 정우는 모든 것을 놓아 버렸는데 나 혼자 미련을 떠는 것은 아닐까. 스산한 바람이 가슴속에 불어 댔다.

"왜……. 하연 씨는 알잖아요. 정우가 어디 있는지. 그렇죠? 알죠? 안다고 말해 줘요! 제발……."

하연은 여자의 손을 놓고 따뜻한 물 한 잔을 가져다 내밀었다.

"마셔요. 그리고 이만 가 주세요. 억지 부린다고 해결되는 건 아무것도 없어요."

목이 탔는지 허겁지겁 물을 마셔 댔다. 입가에 흐르는 물과 눈에서 떨어지는 눈물이 탁자 위로 투두둑 떨어졌다.

"왜……. 왜……. 나에게서 다 정우를 뺏어 가려고 하는 걸까요. 왜!"

"빼앗아 간 게 아니라 당신 스스로 놓친 거예요."

하연은 마주 앉아 머리를 헝클이며 절규하는 민선을 착잡한

심정으로 바라보았다. 여자는 자신의 실수를 아직 인정하지 못하는 모양이었다.

그러다 문득 공허한 민선의 눈이 하연을 훑었다. 그리고 주위를 두리번거리며 자신이 어디에 와 있는지도 확인했다.

"아……. 미안, 미안해요……. 내가 여기 오면 안 됐는데……. 정신이……. 하아……."

민선은 테이블로 시선을 떨어트리며 헝클어진 머리칼을 한 손으로 쓸어 올렸다. 그녀의 상태는 난간 위에 올려진 유리처럼 불안해 보였다.

"민선아! 걱정했잖아!"

그때 카페 문이 열리면서 낯선 남자가 뛰어 들어왔다. 그는 곧장 민선에게로 다가왔고 그녀도 그를 돌아보았다.

"선우야……."

"오면 안 된다고 몇 번이나 말했잖아! 그리고 이제 그 사람은 만날 수 없어. 나한테 똑똑히 전했으니까."

"하하하하하……. 그래……. 그랬지……. 그랬었어……."

울음 섞인 웃음소리를 내며 민선이 허탈하게 읊조렸다.

"죄송합니다. 항상 이곳에 오려던 것을 못 가게 막았었는데 오늘은 제가 잠시 한눈판 사이에 집을 나갔나 봐요."

"괜찮아요."

남자는 신발도 제대로 신지 않은 민선의 발에 신발을 신겨 주고 점퍼를 그녀의 어깨에 걸쳐 주었다.

하연은 남자와 민선을 가만히 바라보았다. 설핏 웃음이 나올 거 같았다. 그것은 비웃음이 아니었다. 담담하고, 다행이라 여기는 그런 미소였다.

하연은 민선의 앞에 서서 허리를 굽힌 채, 눈높이를 맞췄다.

"미안해요. 내가 당신을 동정했어요. 하지만 당신은 나보다 나은 사람이었네요. 최소한 앞으로 나아가고 있으니까. 이만 당신의 자리로 돌아가세요."

민선의 물기 어린 눈이 불안한 듯 떨렸다.

"이만 가 보겠습니다."

"네, 그리고 이제 더 이상……."

"걱정 마세요. 다시는 오지 않을 거예요. 가자."

남자는 민선을 부축하고 카페를 나갔다. 무언가 아쉬운 듯 민선이 자꾸 그녀를 돌아보았다.

민선이 어떤 얼굴로 자신을 바라봤는지 알 수 없었다. 시시각각 변하는 그녀의 눈은 하연이 미워 죽겠다가도, 애원의 상대로 바뀌었다. 사고의 후유증이 아니었다. 자신 속에서 일어난 변화들이었다.


민선은 선우를 따라 나오면서도 계속 반복적으로 하연이 있는 곳을 바라봤다.

"이상해……. 왜 정우는……. 저 여자도 떠난 거지?"

"그게 그 사람의 사랑이겠지."

"미안해, 선우야……. 너까지 힘들게 해서."

"괜찮아. 어서 가자."

민선은 선우의 손에 이끌려 가면서 미련이 남은 듯 한 번 더 뒤를 돌아봤다.

병원에 입원한 후, 정우는 그곳에 딱 한 번 찾아왔었다. 사실 자신도 자동차에 뛰어들 생각은 아니었다. 단지 정우가 떠나면 자신이 어떻게 될지 똑똑히 보라는 쇼 중 하나였다. 하지만 아직도 그 냉정하고 냉담하던 눈빛을 잊을 수가 없었다.

'잘 들어. 이제 난 누나를 더 이상 보지 않을 거야.'

'무슨 소리야! 내가 너 때문에!'

잔뜩 흥분하고 격양된 목소리의 민선을 일별하며, 정우는 고저 없는 목소리로 이별을 고했다.

'내가 두 사람을 망쳤어. 누나와 하연이를……. 내가 없어야 두 사람이 행복하다는 걸 이제야 알았어. 미안해. 진심으로.'

'아니야! 난 네가 있어야 해! 정우야!'

일어서려는 정우를 서둘러 민선이 잡았다. 울며불며 매달리면 돌아올 것이다. 민선의 눈물에 약한 정우였으니까.

하지만 자신의 손을 밀어내는 정우의 손끝이 차디차고 아렸

313

다. 아니, 그것은 정우의 시선 때문일 것이다. 언제나 다정하고 따스하게 자신을 바라보던 정우는 이제 없었다.


'왜……. 왜!'

'우리는 서로에게 득이 될 수 없어. 누나도 잘 생각하길 바라. 그리고 자신의 마음을 잘 들여다봐. 아마 거기에 있는 건 내가 아닌 밖에 저 남자일 테니까.'

'아니야! 아니라고!'


돌아서 가는 정우의 등을 껴안고 애원하며 매달렸다. 아니야, 아니다! 정우와 비교할 수 있는 사람이 아니었다.

그래, 그랬다. 그래서 저 남자가 헤어지자고 했을 때도 화는 났지만 그것뿐이라고 생각했다. 하지만 그 뒤에는……?


'누나는 날 사랑하지 않아. 나 역시도 그렇고. 그저 서로를 동정했던 거뿐이야. 잘 지내.'


냉정하게 민선의 손을 뿌리치고 정우는 망설임 없이 병실을 나갔다. 멍하니 그가 나가는 모습을 바라보았었다.

아니, 아니다……. 동정이 아니었다. 아니다! 이건 말이 되지 않는다! 동정이 아니었다……. 민선은 그 자리에 주저앉아 머리를 쥐어뜯으며 오열했다.

"민선아!"

"동정이래……. 이게 동정이래! 왜, 왜!"

선우는 민선의 어깨를 끌어안으며 그녀를 진정시켰다. 잔뜩 오열해도, 더 이상 정우는 그녀를 찾아오지 않았다. 회사를 찾아가도, 집 앞을 가도, 정우를 만날 수 없었다. 한순간에 증발해 버린 사람처럼.

돌이켜 생각해 보면 정우의 말이 맞았던 거 같았다. 그저 세상에서 내 편을 잃었다는 슬픔이 그녀를 강타했을 뿐, 사랑하는 사람에 대한 아픔은 없었다. 엄마가 자신을 두고 떠나갔을 때와 비슷한 종류의 감정들이었다.

우리는 서로를 너무 몰랐다. 그저 빈 옆자리를 채우기 위해 이제껏 버팀목처럼 서로를 지탱해 가며 의지하고 버텼던 것이 아니었을까.

누군가의 온기가 필요했고, 그 온기를 위해 서로를 이용했던 것뿐이었다. 그것을 가족애로 고급스럽게 포장해, 서로의 감정들을 묵인하고 덮었었다.

우린 동질감과 값싼 동정심으로 맺어진 관계였을 뿐이었다.


민선이 가고 난 후, 하연은 더 착잡해졌다. 생각하지 않으려 노력했다. 정우에 대한 기억을 지우거나 잊으려 하진 않았지만 무의식중에 떠오르는 생각에 휘둘리지 않으려 노력했다. 하지만 민선이 가고 난 후, 마음이 진정이 되질 않았다.

나쁜 마음인지 모르겠지만 민선과 함께 있는 게 아니라는 말에 안도감 같은 것이 생겼다. 정우를 되찾아 오겠다는 마음을 먹은 것도 아니었다. 단지, 악마의 속삭임처럼 그녀가 내뱉은 말에 작게 기뻐하는 자신을 발견할 수 있었다.

웃음이 났다. 이런 생각까지 하는 자신이 너무도 한심해서.

하연은 퇴근길을 홀로 걸었다. 세준이 같이 가길 원했지만 몇 번을 밀어냈다. 밀어내는 마음조차 미안해질 지경이었다.

그녀에게 스미듯 다가오는 세준이 싫지는 않았지만 그렇다고 그것이 사랑은 아니었다. 아직 널 잊지 못하는 내 마음 때문일 테지.

네가 항상 날 기다리던 골목길 가로등이 나갔다. 며칠 전부터 깜빡거리며 자신의 남은 수명을 알리더니 이제는 완전히 불이 나가 버렸다. 하연은 어두운 그 길을 홀로 걸었다.

어둠에 익숙하지 않았지만 그 자리를 몇 번씩 돌아보지 않아서 다행이었다. 그곳만 다가오면 이상하게도 가슴이 떨렸다. 이제 더 이상 볼 수도 만날 수도 없는 너인데, 묘한 기대감에 온몸이 바짝 긴장하곤 했다.

아마 나는 너를 완벽히 잊을 수는 없을 거 같다. 이따금씩 기억이 나는 너와의 추억까지 완벽하게 지울 순 없을 테니까.

영은이 쉬는 날이었다. 오전부터 저녁까지 바쁜 하루였지만 몸이 고되면 그만큼 생각도 줄어들어 좋았다. 민선이 다녀간 후, 하연의 마음이 더 착잡해진 탓이었다.

차라리 얘기 나누기 전에 단호하게 그녀를 돌려보낼 것을……. 뒤늦은 후회를 해 봐도 일어난 일을 뒤바꿀 수는 없었다.

세준이 가게 불 일부를 끄고 테이블을 정리하는 하연을 바라봤다.

"하연 씨, 오늘 힘들었죠? 영은이가 여행을 가 버려서. 알바 하나 더 뽑아야 할까 봐요."

"전 괜찮아요. 영은이가 힘들까 걱정이죠."

맛집 블로그에 몇 번 소개가 된 탓에, 하연의 커피 맛을 보기 위해 사람들이 조금씩 몰려들고 있었다. 선주가 수선을 떨며 캡쳐를 해 몇 번 보내 주기도 했다.

약간 얼떨떨하긴 했지만 그 사실이 기뻤다. 정우를 위해서가 아닌 다른 사람을 위해 만든 커피였다. 정우를 위해서 시작한 일이었지만 이제는 온전히 하연 혼자의 일이 되어 버렸다.

"안 그래도 구인광고 올려놨어요. 내일 면접 보러 몇 명 오기로도 했구요. 다 하연 씨와 영은이가 잘해 준 덕분이에요."

"뭘요. 항상 맛있는 케이크 만들어 주시는 사장님 덕이죠."

"얘기가 그렇게 되나요? 하연 씨, 우리 잠깐 차 한 잔 할까요? 제가 만들어 드릴게요."

"네."

하연은 창가 테이블에 앉아서 이미 어두워진 밖을 바라봤다. 완연한 봄볕이 따스한 나날이었다. 이 계절이 가면 또 여름이 올 것이다.

매일 떠올랐던 정우의 얼굴이 이제는 조금씩 흐릿해지고 있었다. 어떤 표정으로 웃었는지, 어떤 목소리로 자신에게 이야기를 했는지, 그 기억들이 흐릿해지고 있었다. 그 날의 일이 어제 일처럼 또렷한데, 이상하게 그에 관한 것은 점점 흐릿해졌다.

"마셔요."

하얀 우유 거품 위에 캐러멜 시럽으로 하트 모양을 그려 액체가 넘실거렸다. 정교하게 그려 넣은 모양이 차마 먹기 아까울 정도였다.

"잘 먹을게요."

"풉."

캐러멜 마끼아또를 마시던 하연이 어리둥절한 표정으로 세준을 바라봤다.

"왜요?"

"하연 씨, 눈치 없다는 소리 좀 듣죠?"

"네?"

"하연 씨 마음 이제 듣고 싶어요. 저랑 사귀어 주세요."

세준은 언제 준비했는지도 모를 꽃다발을 그녀의 앞에 내밀었다. 붉은 장미 향에 머리가 어질해질 정도였다. 머리 위에 있는 전구가 깜빡거렸다.

"저는……."

자신의 대답을 기다리고 있는 세준의 눈빛이 너무도 강해, 차마 입이 떨어지지 않았다.

"조금만…… 조금만 생각할 시간을 주세요."

세준은 안도의 한숨을 내쉬며 쓰러지듯 테이블 위에 기대어 누었다. 그 한마디를 꺼내기 위해 잔뜩 긴장했던 모양이었다.

"그래도 완벽한 거절은 아니라 다행이에요. 사실 거절당할 거라 생각했거든요. 그래도 저 너무 오래 기다리게는 하지 말아 주세요."

안심하며 웃는 세준의 얼굴을 보자 하연도 덩달아 기분이 편안해졌다. 동시에 마음 한 곳이 무거워졌다. 그의 고백이 좋지도, 기쁘지도 않았다.


고백을 받은 지, 꼬박 일주일이 됐다. 아직까지 하연은 마음의 갈피를 잡지 못했다. 선주에게 이야기를 하자, 잘됐다는 말과 함께 이제는 사랑받는 여자가 되라고 했다.

세준이 좋은 사람인 것을 알지만, 과연 누군가를 사랑하고 사랑받을 수 있을지가 문득 두려워졌다.

하연은 시내에 있는 카페에 앉아 달콤한 햇살을 맞이하고 앉았다. 베란다에 넣어 두었던 정우의 물건을 죄다 버리고 온 참이었다.

그 물건들을 버리고 나니 홀가분하기보다 오히려 착잡해졌다. 그리고 새록새록 다시금 떠오르는 추억들이 그녀를 잠시 흔들어 놨다. 안고 가야 할 추억이라 생각했지만, 잊어야 할 추억이기도 했다.

"오래 기다렸어요?"

"아니요. 온 지 얼마 안 됐어요."

세준이 반갑게 인사를 하며 그녀의 앞에 앉았다. 결정을 못 하고 있는 하연에게 세준이 데이트를 제안했다. 그러면 마음을 더 편하게 정할 수도 있을 거라고.

하연은 그 제안을 받아들였다. 확실히 세준은 옆에 있으면 편안한 사람이었으니까.

"요새 얼굴 많이 야윈 거 알아요?"

걱정하며 묻는 세준의 말에 하연은 멋쩍은 듯 얼굴을 쓰다듬었다.

"맛있는 거 먹으러 가요. 살 좀 쪄야 할 거 같아요."

반쯤 남은 아메리카노를 그대로 두고 세준의 손에 이끌려 일어섰다. 밖에 나와 본 게 언제인지 모르겠다. 정우와의 이별여행 이후로 그녀는 한동안 집에서만 지냈다.

정우에 대한 추억을 끌어안고 있었지만, 그것이 예전처럼 많이 슬프지는 않았다. 그리고 이별을 담담하게 받아들이려 노력하는 중이었다. 그 노력들에 오늘 버린 정우의 추억도 포함되어 있었다.

세준과 사람이 많은 거리를 걸었다. 그녀가 누군가와 부딪칠 뻔하자 세준이 얼른 그녀의 어깨를 감쌌다.

"고마워요."

"별말씀을요."

하연의 어깨를 감쌌던 손이 스르륵 풀렸다. 아마도 그녀에게 부담을 주지 않으려는 배려 중 하나일 것이다. 그런 자잘한 배려가 좋았다.

너무 빨리 다가오지 않고 그녀의 마음을 헤아려 주는 세준이 좋았다. 단지 그것이 사랑이 아니란 점이 그에게 미안할 뿐이었다. 혼자 하는 사랑이 얼마나 힘든 것인지 알기에 하연도 세준에게 쉽사리 다가갈 수 없었다.

"하연 씨, 저기 좀 들러도 괜찮아요? 살 게 있어서요."

"네. 괜찮아요."

세준이 가리킨 곳은 쥬얼리 샵이었다. 자주 갈 곳은 아니어서, 하연은 이곳에 들어가는 게 조금 어색했다.

다행히 매장 안이 한산했다. 세준이 직원과 무언가 얘기하는 사이 하연은 천천히 그곳을 구경했다. 그러다 한 곳에서 발걸음이 멈췄다. 시선이 닿은 곳에 있는 것은 낯익은 작은 다이아몬드가 박힌 하트 모양의 목걸이였다.

차마 버리지 못한 그 목걸이는 화장대 서랍에 넣어 두고 잊었다. 씁쓸한 웃음이 타고 흘렀다.

아마 잊지 않았다 해도, 차마 버리진 못했을 것이다. 그때의 정우의 마음을 버리는 것 같아서…….

"하연 씨, 그거 마음에 들어요?"

언제 돌아왔는지, 세준이 그녀의 뒤에서 물었다.

"한번 해 보세요. 꺼내 드릴게요."

"네, 그래 주세요."

"아니요. 괜찮아요."

하연은 목걸이를 꺼내려는 점원을 저지했다. 그리고 추억에 빠졌던 목걸이에서도 시선을 거둬들였다.

"왜요? 잘 어울릴 거 같은데."

"아니요, 저 저런 거 좋아하지 않아요. 그냥 멍하니 아무 곳이나 바라본 것 뿐이에요."

하연의 말에 세준이 어깨를 으쓱거렸다. 아마 그는 자신의 마음조차 알지 못할 텐데, 그것을 들킬 것 같아 못내 불안하기만 했다. 가슴속에 미안함을 쌓아 두며 하연은 그 목걸이를 한 번 더 바라봤다.

"하연 씨, 이만 나가요. 저 볼 일 다 끝났어요."

하연은 직원에게 죄송하다는 말을 건네고 세준을 따라나섰다.

"배고프죠? 우리 얼른 맛있는 거 먹어요."

세준을 따라 거리를 걸으면서도 하연의 시선이 그곳을 배회했다. 잊었던 감각들이 다시금 깨어나는 것 같았다.

후후, 하찮은 자신의 감정에 하연은 세준 모르게 웃음을 터트렸다. 이 상황이 모두 우습게 느껴졌다.

세준과 근처 파스타가게에 들어가 앉았다. 그와의 식사는 생각보다 유쾌했다. 잠시 떠올렸던 정우의 생각들을 잊을 수 있을 만큼.

"아, 어쩌죠?"

막 식사를 끝내고 후식을 먹을 즈음이었다. 휴대폰을 들여다보던 세준이 난처한 듯 눈썹을 찌푸렸다.

"무슨 일 있어요?"

"새로 온 알바가 갑자기 못 나온다네요."

"얼른 가 보세요."

"처음으로 하는 데이튼데……."

못내 아쉬운 듯 세준이 하연을 바라봤다.

"다음에 또 하면 되죠."

"정말이죠? 약속!"

천진난만한 아이처럼 세준이 새끼손가락을 내밀었다. 안 하겠다는 하연의 오른손을 끌어다가 결국 손가락까지 걸고서 세준이 급하게 자리를 떴다.

세준이 먼저 가고 하연은 집에 들어가고 싶지는 않아 근처 백화점에 들렀다. 집에 커튼을 바꿀 생각이었는데 아무래도 오늘 사야 할 거 같았다. 그렇게 하나둘씩 바꾸면 정우와의 추억들도 자연스럽게 밀리겠지 했다.

하연은 커튼 매장으로 올라가 연한 핑크와 연두색이 어우러진 커튼을 샀다. 어둡기만 하고 찬기가 가득했던 집이, 환하게 바뀌었음 하는 바람에서 일부러 환한 색을 샀다.

하연은 직원에게 배송을 부탁하고 막 1층으로 내려왔다. 정우와 헤어진 뒤로 장을 본 적도 없었다. 항상 그를 위해 채워 두었던 음식들이 더 이상 필요 없어졌기 때문이었다.

혼자 사는 것이 참 그랬다. 대충 먹으면 될 거라는 생각에 간단한 인스턴트를 더 많이 찾았고, 무언갈 해 먹기보단 사 먹는 쪽이 많았다.

지하로 가는 에스컬레이터를 타기 위해 에스컬레이터를 갈아타던 하연의 발걸음이 우뚝 멈춰 섰다. 공교롭게도 그곳이 정우와 만났던 그 장소였다. 후후, 정말 짧은 세월은 아니었구나. 웃음이 설핏 났다. 어디를 가던 그와의 추억이 묻어 있었다.

고개를 절레절레 흔들며 지하로 가려던 하연의 발걸음이 다시 멈춰 섰다. 자신의 앞을 가로막고 있는 그림자 때문이었다.

시간은 그에게 독이었다. 거꾸로 흘러가는 시간은 눈을 뜨는 순간부터 고통을 알렸다. 일을 하고 있는 와중에도 집요하게 괴롭히는 것은 너에게 못해 준 그 시간들이었다.

하나둘씩 또렷하게 와 닿았다. 네가 어떤 표정을 짓고, 어떤 얼굴로 나를 바라봤는지. 나를 봐 달라 애달픈 표정을 짓고 웃고 있는 너의 모습까지도…….

술을 마시면 마실수록 더 집요하게 따라다니는 기억의 파편들은 그를 쉽사리 놓아주지 않았다.

"무슨 일 있으십니까?"

보다 못한 비서가 물었다. 그럴 만도 했다. 의무적으로 밥을 먹지만 반도 먹지 못하는 경우가 허다했다. 밤마다 술로만 지새웠으니, 몰골이 말이 아닌 게 정상이었다.

"괜찮아요. 홍차 한 잔만 가져다줘요."

커피를 마시질 못했다. 두려웠다. 모든 것이 너에게 연결되어 있는 내 생활들이…….

하지만 하연이 잘 지냈으면 했다. 자신은 고통 속에 하루하루 말라 가고 있었지만, 하연은 그저 웃길 바랐다.

환하게 웃는 그 모습을 한 번만이라도 더 보고 싶었다. 그런 생각조차도 그에겐 결국 욕심이었다.

자조적인 웃음이 타고 들었다. 담배 한 개비가 절실하게 생각났다. 담배를 피우던 것을 지독히도 싫어하던 너였는데…….

정우는 품 안에서 담배를 꺼내 입에 물었다. 매캐한 연기가 폐부를 타고 흘러들어 갔다. 옆에서 귀여운 잔소리를 할 거 같던 하연의 목소리는 이제 더 이상 들리지 않았다.

내 시간은 예전으로 거꾸로 흘러가고 있었다. 하지만 그 속에 네가 없었다. 너에 대한 추억으로 하루하루 살아갈 뿐, 삼 개월이 흘러도 일 년이 흘러도 내 시간은 너와 함께한 5년 속에 머물고 있었다.

"실장님, 차 대기시켰습니다."

그곳에 갈 때까지도 설마 너를 만나리라고 상상도 하지 못했다. 그저 너와 마주쳤던, 그곳에서 발걸음이 안 움직여졌을 뿐이었다.

하연은 앞에 앉아 있는 정우에게 무슨 말을 꺼내야 할지 알지 못했다. 멍하니 그를 바라보는 하연에게 차 한 잔 하자고 제안한 것은 정우였다.

하지만 막상 그의 제안을 수락하고 마주 앉으니 또 잠시 후회가 됐다. 그의 뒤를 따라오며 본 그의 야윈 어깨가 가슴에 아프게 박혀 왔기 때문에.

"잘 지냈어?"

정우의 목소리가 탁하게 갈라져 있었다.

"응."

어색한 침묵에 하연은 입술을 꽉 깨물었다. 그리웠던 정우의 얼굴을 막상 보니 화가 났다. 잘 지내고 있을 거라 생각했다. 바짝 야위어 버린 그의 모습은 그녀가 봐 왔던 그의 모습이 아니었다.

한때는 그가 미워 차라리 고통 속에서 살았으면 했다. 너도 내가 당했던 그 이별의 아픔을 맛보게 해 달라 빌었다. 하지만 막상 그것을 눈으로 보니 가슴이 먹먹해졌다.

"다행이다."

"너는⋯⋯?"

"잘 지냈어."

우리는 어떤 말도 꺼내지 않았다. 이상했다. 하연을 만나면 참 할 말이 많을 것이라 생각했는데, 막상 얼굴을 보니 그 많았던 말들이 기억이 나질 않았다.

그저 너의 얼굴을 보고 있는 것만으로도 좋았다. 차갑게 굳었던 가슴이 뜨겁게 다시 일렁이는 거 같았다.

"만나게 될 줄 몰랐어."

어렵사리 정우가 겨우 말을 건넸다. 그것은 하연도 마찬가지였다.

이곳에 올 때까지도 너와 이렇게 마주치게 될 줄 상상도 하지 못했다. 그저 가끔씩 생각을 했었다. 우리가 다시 만나게 된다면 어떤 모습일까를.

과연 이 자리에서 우리가 무슨 대화를 더 나눌 수 있을까. 내일 다시 만날 사람처럼 애써 웃으며 헤어졌지만, 이제는 더 이상 환하게 웃으며 인사를 고할 사이는 아니었다. 지금 우리의 만남은 아픈 가슴을 헤집는 시간밖에 되질 않았다.

하연은 한숨을 삼키며 자리에서 일어났다.

"미안해. 먼저 가야 할 거 같아."

하연은 그 자리에서 도망쳤다. 가슴속에서 증폭되는 그리움이란 녀석을 이길 자신이 없어 결국 도망쳤다. 가슴이 아렸다. 나는 잘 지내고 있었는데……. 왜 너는…….

차라리 웃으며 잘 지내지. 허탈한 웃음이 입 밖으로 새어 나왔다.

하연이 떠난 자리를 정우는 무연히 바라봤다. 목구멍까지 가득 찬 말들을 결국 하나도 내뱉을 수 없었다. 자신의 목을 할퀴어 대는 단어들에 숨을 쉴 수 없었다.

정우는 한숨을 삼키며 두 손에 얼굴을 파묻었다. 내가 너에게 무슨 얘길 할 수 있을까. 완벽하게 그녀의 앞에서 모습을 드러내고 싶지 않았다.

하지만 욕심처럼 너의 모습을 봤을 때, 자신도 모르게 그곳에 멈춰 섰다. 그리고 너와 눈이 마주쳤을 때, 심장이 멎는 것 같았다.

환영인 줄 알았다. 지금 내 앞에 있는 너의 모든 것이.

그렇게 그리워하던 너였는데……. 막상 무슨 말을 꺼내야 할지 몰랐다. 떠나가는 네 모습도, 냉정하게 가는 네 모습도, 너무도 그리웠다.

"하연아……."

네가 떠나가고 난 그 자리에 서서 네 이름을 다시 불러 봤다. 너는 들을 수 없을, 그리고 내뱉지 않으려 애써 노력했던 너의 이름을 나는 다시 불렀다. 통절한 내 마음을 담아서…….

그래도 이렇게나마 너를 볼 수 있어 다행이었다.

어떻게 집까지 왔는지 기억이 나질 않았다. 그저 너와 만난 그 시간이 모두 꿈같았다. 너의 야윈 얼굴을 보는 내내, 머릿속이 몽롱하고 어지러웠다.

아마 이것은 모두 꿈이었을 것이다. 정우가 자신을 보며 그런 표정을 할 리 없었으니까.

생각보다 너를 만나게 되면 흔들릴 거라 생각했던 마음이 차분해졌다.

하연은 텔레비전 볼륨을 높였다. 사실 네가 어떤 얼굴이었는지, 나는 잘 기억이 나질 않는다. 항상 자신만만했던 너의 눈동자가 애달프게 흔들렸다는 것밖에는.

네가 어떤 얼굴로 나를 바라봤는지, 흐릿하게 남아 곧 잊혀질 것만 같았다. 너를 보면 웃으면서 인사를 할 수 있을 것이라 생각했던 내가 얼마나 어리석었는지 이제야 알겠다.

하연은 자조적으로 웃음을 터트렸다. 그리고 다시금 생각했다.

우리는 정말 헤어졌구나.

"하아……."

입가를 타고 나직한 한숨이 흘러나왔다. 머리가 아파 왔다. 눈앞의 사물이 이지러지듯 어지럽게 교차되었다.

이 알 수 없는 감정들은 무엇일까. 가슴속에 남아 있는 미련의 파편이 그녀를 괴롭히는 것인지도 모르겠다. 하연은 소파에 몸을 기댄 채 눈을 감았다.

쾅쾅쾅, 누군가 문을 거칠게 두드렸다.

"누구세요?"

하연은 미처 떨어지지 못한 눈물을 쓰윽 닦고 문을 열었다. 물기에 젖은 자신의 손등을 보고서야 알았다. 내가 울고 있었구나.

"누구세요?"

반쯤 문을 열었던 하연이 그 자리에서 굳어 버렸다.

"왜…… 네가……?"

이것도 꿈일지도 모르겠다. 정우가 이곳에 다시 올 리가 없으니까. 석상처럼 굳어진 몸으로 한참을 널 멍하니 올려다봤다.

마치 네가 아닌 것 같았다. 내가 잘못 본 것이라 생각했다. 탁하게 갈라진 너의 목소리를 듣고서야, 환영이 아니구나 생각했다.

"이대로 너를 놓친다면 후회할 거 같았어……. 내가 너를…… 이렇게 보내면……."

물기 어린 네 목소리가 내 마음을 천천히 적셨다. 너의 젖은 눈동자가 내 눈가를 촉촉하게 적셔 나갔다. 뺨을 타고 흐르는 눈물들이 바닥으로 후드득 추락했다.

"미안해……. 너를 아프게만 한 내가 이제 와서 이렇게 말을 하니까……. 너를 떠나는 게 널 위한 일이라고 생각했어. 내가 없는 편이 네가 더 행복할 거라고 생각했어. 하지만 오늘 널 보면서 깨달았어. 이기적이지만 너를 떠나고 내가 살 수가 없다는 걸……. 미안해, 정말 미안해……. 너를 놓아주지 못해서……. 미안해……. 널 아프게 만들어서……."

이곳에 오기까지 몇 번을 망설였는지 모른다. 너를 내가 잡을 자격이 있을까. 다시 널 아프게 하지 않을까. 내 존재만으로도 네가 더 힘들어지지 않을까. 몇 번을 망설이고 또 망설인 끝에 찾아왔다.

아직 확신은 없었다. 단지 알 수 있는 건 너의 예쁜 웃음을, 너의 예쁜 눈망울을, 너의 모든 것들을 내가 잊을 수 없다는 것이었다.

이기적인 생각들로 가득 찬 자신이 비열하고 졸렬해 보이지만 도저히 하연을 떠나보낼 수가 없었다. 하연이 밀어낸다 해도 이제 순순히 물러날 자신이 없었다.

그녀를 본 순간 깨달았다. 가슴속에 막혀 있던 숨이 탁 트이는 그 기분을 느끼며 알았다. 네가 없이는 숨조차 쉬기 힘들다는 것을.

"정우야, 난……."

"보고 싶었어……."

하연이 자신 때문에 울고 있었다. 정우는 그 눈물들을 천천히 손으로 닦아 냈다. 그 눈물을 모조리 자신이 거둬 갔으면 좋겠다.

눈앞이 흐릿하게 번져 들었다. 묵직한 눈꺼풀을 도저히 이겨 내지 못한 채, 정우가 하연의 품 안으로 쓰러졌다.

"정우야!"

하연이 품에 안긴 정우의 뺨을 때렸다.

"정우야, 눈 떠 봐!"

쓰러진 정우가 고른 숨소리를 내자, 그제야 하연이 안심한 듯 한숨을 삼켰다.

하연은 쓰러진 정우를 겨우 방 안에 옮겨 눕혔다. 한 손으로 이마를 짚자, 이마가 불덩이처럼 뜨거웠다. 찬 물수건을 가져와 그의 이마에 올려 두고 야윈 뺨을 천천히 어루만졌다.

밥을 못 먹지는 않았다. 밤새 울었지만 낮에는 최소한 웃었다. 나름 잘 지내고 있었다. 왜! 왜! 나와는 다르게……. 너는……!

하연은 답답해진 가슴을 치며 눈물을 삼켰다. 하얗게 말라 버린 입술이, 거뭇거뭇해진 너의 눈가가, 빨갛게 충혈됐던 너의 눈이, 나를 질책하듯 날카롭게 후벼 팠다.

"하아……."

그런 정우를 볼 수 없어 하연은 도망치듯 방을 나왔다. 마치 정우를 자신이 이렇게 만든 거 같은 죄책감이 그녀를 괴롭혔다.

차라리 잘 지내지……. 멍청한 너의 모습이 마치 나 같아서, 너무도 한심하고 가여워서, 하연은 쓰러지듯 방문에 기대어 울었다.

❀　❀　❀

하연의 꿈을 꾸었다. 자신이 하연을 찾아가는 꿈이었다.

꿈을 꾸고 있다는 걸 인식하는 순간 정우가 감고 있던 눈을 번쩍 떠서 주위를 두리번거렸다. 그리고 얼른 거실로 달려 나갔다.

"하연아! 하연아!"

"왜 그래?"

주방에서 음식을 만들던 하연을 보자마자 정우가 그녀를 끌어안았다.

"꿈인 줄 알았어."

"꿈 아니야."

부드럽게 느껴지는 심장의 울림에 하연이 느릿하게 눈을 감았다. 거칠게 요동치던 심장이 점차 안정을 찾아갔다.

"미안해. 정말 미안해……."

"뭐가?"

"이기적인 거 아는데……. 널 놓아줄 수가 없어……."

하연의 눈을 바라보며 정우가 그녀의 양 뺨을 부드럽게 그러쥐었다.

"우선 밥부터 먹어."

하연은 정우를 떼어 내며 그의 앞에 죽 그릇을 내려놓았다. 정우는 머뭇거리듯 그 앞에 서 있었다. 과연 이걸 먹을 자격이나 될까, 마음이 불편했던 탓이다.

"뭐 해, 앉아."

"응."

"어서 먹어."

불안한 마음에 쉽사리 숟가락을 뜨지 못했던 정우가 하연의 말에 죽을 한 숟가락 입에 넣었다. 따스함이 목구멍으로 밀려들어 왔다.

그리웠던 온기였다. 따스했던 그 시절 너의 마음이 고스란히 전해지는 거 같았다.

한 숟갈, 한 숟갈 입안으로 넣을 때마다 밀려오는 그리움이 커져 갔다. 하연을 보고 있는 이 순간도, 그녀가 떠나갈까 두려워졌다.

하연은 정우가 먹는 모습을 묵묵히 지켜보았다. 한 그릇을 다비워 낸 정우가 머뭇거리며 하연의 눈치를 살폈다.

"이제 그만 돌아가 줘."

"하연아!"

"부르지 마. 그럼 내가 네가 돌아온다고 기뻐서 당장이라도 안길 줄 알았어? 돌아가. 네 얼굴 보고 싶지 않아."

하연은 정우가 먹은 죽 그릇을 개수대에 넣으며 눈물을 훔쳤다.

차라리 평소처럼 아무렇지 않은 모습으로 오지! 왜 이렇게 사람을 나쁜 년을 만드는지 모르겠다. 답답함과 한심함에 하연은 가슴을 툭툭 쳤다.

하연의 야윈 어깨가 파르르 떨려 왔다. 그녀의 표정을 보지 않아도 알 수 있었다.

내가 또 너를 울게 했구나, 내가 또 너를 아프게 했구나.

"하연아…… 날 봐! 제발!"

정우가 하연의 몸을 돌리며 소리쳤다. 그것은 제발 나를 봐 달라는 절규였다.

"왜! 왜! 왜! 나만 나쁜 년을 만들어! 난 잘 살고 있었는데! 너는 왜!"

"하연아……."

가슴팍을 때리며 울분을 토하는 하연의 한쪽 팔을 잡고 자신의 쪽으로 당겼다. 맞닿은 가슴에서 울리는 그 고동에 정우의 한쪽 뺨에 눈물이 스르륵 떨어졌다.

차가웠던 가슴이 뜨거워진다. 너의 그 울림만으로도. 항상 잊지 못하던 그 체취가 잃어버린 감각들을 일깨워 준다.

그리웠다. 그리워, 밤새 술로 너를 잊어 보려 몇 달을 노력했다. 하지만 그 자취는 지울수록 더 거대해져, 자신을 더 피폐하게 만들었다.

정우는 하연을 안고서 그녀를 느끼려 더 꽉 끌어안았다. 마약처럼 그녀를 안고 있을수록 더 놓을 수가 없었다.

"미안해. 정말 미안해……. 너를 또 아프게 만들어서 미안해……. 그런데, 한 번만 날 더 봐주면 안 돼?"

정우의 마주친 눈동자가 너무도 아파서, 하연은 입술을 꾹 깨물었다. 뜨겁도록 타오르는 가슴이 아려서, 너의 눈을 차마 외면할 수가 없었다.

어쩌면 처음부터 알고 있었는지도 모르겠다. 네가 이곳에 온 그때부터.

아니, 너와 다시 만난 그때부터 나는 너를 거부할 수 없고, 너를 놓지 못했다.

하연이 정우의 목을 끌어안았다. 서러움에 터져 나오는 눈물이 그의 옷을 조심스럽게 적시고 있었다.

"왜, 이제 왔어……. 왜……."

"미안해……. 정말 미안해……. 널 잡을 자격도 없는 내가, 이렇게 너를 붙잡아서……. 널 놓아줄 수 없는 이기적인 나라서 정말 미안해……."

하연의 눈을 바라보며 정우가 그녀의 양 뺨을 부드럽게 그러쥐었다.

"응……."

촉촉하게 젖은 눈이 서로의 얼굴을 애틋하게 바라보았다. 정우의 말라 버린 입술이 그녀의 입술에 닿고 천천히 입을 맞췄다. 첫 키스의 설렘보다 더 조심스럽게, 그리고 애정을 담뿍 담아서…….

이제 더 이상 홀로 외롭게 하는 사랑이 아닌, 완벽하게 마주한 사랑이었다.

입술을 떼고 하연과 정우가 서로를 보고 부드럽게 미소를 지었다.

더 이상 우리가 아프지 않길 빌면서…….


다음 날, 하연은 세준과 카페에 마주 앉았다. 딱딱하게 굳은 하연의 표정에서 세준은 어렴풋이 짐작을 한 것 같았다. 늘 웃던 얼굴이 어둡게 변해 있었다.

"죄송해요. 사장님 마음을 받을 수 없을 거 같아요."

"그 사람인가요?"

자신의 상황을 지레짐작하듯 세준이 담담하게 물어 왔다.

"네. 저는 정우를 사랑해요."

"그렇군요. 축하해 줘야 하는데……."

"안 그러셔도 돼요."

"미안해요."

항상 웃고 따스하게 감싸 준 세준에게는 미안했지만 마음이 돌아서질 않았다. 하연은 그의 얼굴을 보며 처음이자 마지막으로 따스한 미소를 지어 보였다. 자신보다 더 좋은 여자를 만나길 빌면서.

"언니……."

영은이 문 앞까지 따라 나왔다.

"미안해."

"괜찮아요. 꼭 연락해요."

"응."

영은의 눈을 제대로 쳐다볼 수 없었다. 자신을 언니처럼 따라 준 영은에게 미안해서 선뜻 말을 꺼낼 용기가 잘 나지 않았다.

정우를 얻으면서 세준을 잃고, 영은을 잃었지만 자신의 선택에 후회는 없었다. 그들에게 미안함 마음이 남아 있었지만, 자신의 사랑하는 사람을 아프게 하는 것이 더 힘겨웠으니까.

그리고 그 날 카페도 같이 그만두었다.

그 뒤로 한 달이라는 시간이 다시 지났다. 여름이 다가오듯 날이 더워지고 있었다. 초여름 어귀였다.

"정우야, 저건 저기에 둬야 해."

"알았어."

선주는 그녀의 선택에 노발대발하긴 했지만 나중엔 자신의 선택을 존중해 줬다. 만약 정우가 바람피우면 같이 그 여자를 처단하러 가자는 말과 함께.

"화장대는 저기다 두자."

"응."

오늘은 이삿날이었다. 하연은 정우와 함께 살게 되었다. 아직 결혼식은 올리지 않았지만 더 이상 떨어져서 지내고 싶지 않았다. 해서 하연이 정우의 집으로 들어오게 된 것이었다.

하연의 물건만 합치면 되는 간단한 일인 줄 알았지만 생각보다 간단하진 않았다.

하연의 짐을 차곡차곡 정리하고 그녀의 가구를 정우의 방에 새로 배치해야 했다.

"배고프지? 밥 얼른 차릴게."

"아니야, 내가 할게."

주방으로 들어가는 하연을 얼른 저지하며 정우가 주방으로 들어갔다. 하연은 그를 말리지 않고 식탁에 앉았다.

요 며칠간 새로 느낀 재미 중 하나였다. 요리하는 정우의 뒷모습을 눈에 담고 가슴으로 기억하는 일이.

빨간색 체크무늬 앞치마를 입고 정우가 김치를 통통 썰고 있었다. 아직은 어설프지만 요리가 꽤 늘어 이제는 하연보다 잘하는 요리도 몇 개 있었다.

하연은 그사이 부지런히 반찬을 꺼내 와 식탁에 올렸다. 그리고 숟가락 젓가락을 나란히 놓고 다시 앉았다. 정우가 찌개를 식탁 가운데에 내려놓고 하연과 마주 보고 앉았다.

"먹어 봐."

정우는 내심 기대하는 표정으로 하연을 바라봤다. 하연은 못 말린다는 듯 웃음을 억지로 참으며 국물을 떠 입에 넣었다.

"어때?"

"맛있어."

"정말?"

"어. 이제 네가 나보다 요리 더 잘하는 거 같아."

"거봐. 내가 안 해서 그렇지 잘한다고 했잖아."

하연이 풋, 웃음을 터트렸다. 정우도 그런 하연의 얼굴을 보며 해사하게 웃었다.

그동안 아팠던 마음을 보상받듯 이제 진정한 행복을 느끼게 되었다.

우리가 알지 못했던 소소한 재미들, 우리의 연애에 빠져 있었던 애틋함까지. 그리고 새삼 정우의 몰랐던 모습까지 보게 되니 그 재미가 쏠쏠했다.

"하연아, 사랑해."

"응."

"너는?"

자신의 대답을 자못 궁금해하는 표정으로 정우가 바라보자 하연이 씨익 웃었다.

"글쎄?"

이제는 사랑한다는 말을 입버릇처럼 해 댔다. 한때는 그의 그 말 한마디가 너무도 듣고 싶어 가슴속에 사무쳤는데, 이제는 그 마음까지 사르르 녹는 거 같았다.

정우가 살짝 삐친 표정을 짓자, 하연은 그 모습이 귀여워 정우의 양 뺨을 잡고 입을 쪽 맞췄다.

"나도 사랑해."

"우리 더 이상은 헤어지지 말자."

"응."

도란도란 서로의 웃음소리가 식탁 앞에서 끊이질 않았다. 우리는 그 봄 새로운 사랑을 시작했다. 그 전까지의 아픔까지 모두 치유시킬 그런 사랑을.

에필로그

몸이 물을 가득 먹은 스펀지처럼 묵직했다. 팔다리가 제 것이
아닌 것처럼 쑤시고 살짝만 스쳐도 아팠다. 으으, 앓는 소리를
내며 하연이 무거운 눈을 느릿하게 떴다 감았다.

"괜찮아?"

탁하게 가라앉은 목소리가 막 잠에서 깬 듯 보였다. 어둠에
익숙해지기 위해 다시 눈을 감았다 떴다. 어스름이 내려앉은 새
벽녘이었다.

"정우……?"

"응, 나야."

하연은 몸을 일으켜 자신을 내려다보고 있는 정우의 목을 와
락 껴안았다. 정우는 그런 하연을 꼭 그러안아 등을 다정하게 토
닥였다.

"안 좋은 꿈 꾼 거야?"

"그냥……. 옛날 꿈."

차마 이야기하지 못했다. 냉정하게 등을 돌려 가던 정우의 옛 기억들이 떠올랐다. 넌 참 나에게 냉정하고, 못된 사람이었었는데…….

씁쓸하게 웃는 하연과 눈을 맞추며 정우가 그녀의 양 뺨을 두 손으로 잡았다.

"미안해."

"뭐가?"

"네가 이런 표정 지을 땐 항상 내가 있었잖아."

하연의 입에 가볍게 입을 맞추고 그녀를 품에 안았다. 쿵쿵쿵, 귓가에서 들리는 기분 좋은 울림에 하연의 기분이 한결 나아졌다. 예전 같으면 상상도 할 수 없던 일이었겠지.

너는 항상 다정했지만, 마음에서 우러나온 다정함이 아니었다. 너는 세심했지만 그것은 그저 몸에 배어 있던 세심함이었다.

하지만 이제는 나를 위한 완벽한 다정함, 세심함에 마음이 안심됐다.

"열 있다."

"아…….."

"기다려. 약 가지고 올게."

정우가 하연을 떼어 놓고 거실로 나갔다. 온몸이 묵직하다 했더니 열이 있었던 모양이다. 하연은 순간 현기증이 나, 침대에 그대로 누웠다. 몸은 아프지만 혼자가 아니니 서럽진 않았다.

정우가 없을 때, 아프면 혼자 누워 서러움의 눈물을 흘리곤 했었다. 몸이 아픈데 나를 챙겨 줄 사람 하나 없다는 것이 얼마나 서러운지 하연은 뼈저리게 알고 있었다.

정우가 약과 물을 가지고 침대에 걸터앉았다. 정우는 약을 삼키는 하연을 확인하곤 그녀의 이마를 손으로 짚었다.

"더 아픈 데는?"

"없는 거 같아. 그냥 가벼운 감긴가 봐. 하루 자고 나면 나을 거야. 안아 줘."

하연이 정우를 향해 두 팔을 뻗었다. 그녀는 항상 솔직하지 못한 편이었다. 자신의 감정, 자신이 원하는 것을 말하는 것이 두려워서 피했었다.

하지만 이제는 자신의 감정을 편안하게 정우에게 전했다. 자신이 무엇을 원하는지 분명하게. 그 덕분인지 하연의 어리광이 늘었다.

정우는 이런 하연을 사랑스럽다는 듯 바라보며 그녀를 안고 다시 침대에 누웠다.

"얼른 자."

"응."

하연의 뺨에 붙은 머리카락을 다정하게 떼어 주며 눈을 꼭 감고 있는 그녀를 내려다봤다. 왜 진작 몰랐을까. 그녀를 이렇게 안고만 있어도 행복하다는 것을.

"너도 자."

"그런데 말이야. 네 꿈속에서 내가 많이 못됐었어?"

"궁금해?"

웃음기를 담뿍 담은 표정으로 하연이 물었다. 초조한 표정으로 자신을 바라보는 정우가 재밌는 모양이었다.

"예전 일이잖아. 대신 다시 한 번 더 그러면 가만 안 둘 거야."

"내가 정말 더 잘할게."

하연은 흐뭇하게 웃으며 정우의 품에 폭 안겼다. 코끝에 스며드는 달콤한 살 내음을 느끼며 약 기운에 감기는 눈을 스르륵 감았다. 콩콩콩, 설렘이 가득한 심장 소리를 느끼며.


창문 사이로 깨끗한 햇살이 쏟아졌다. 하연은 안쪽으로 몸을 파묻으며 정우에게 안기기 위해 옆자리로 몸을 비틀었다.

그런데 시트 위를 더듬더듬 찾아봐도 온기가 느껴지지 않았다. 하연은 느릿하게 눈을 뜨며 정우의 부재를 확인했다.

까무룩 잠이 든 거 같았는데 정우가 없었다. 하연은 몸을 일으켜 침대를 내려갔다. 푹 자고 나니 몸이 한결 나아졌다.

"정우야."

문을 열고 방을 나가자, 바로 보이는 주방에서 정우가 앞치마를 두른 채, 무언가를 만들고 있었다.

"깼어?"

하연의 부름에 정우가 몸을 돌려 그녀를 바라보고 환하게 웃었다. 하연은 그제야 안심이 된 듯 덩달아 미소를 지었다.

"뭐 하는 거야?"

"너 배고플 거 아니야. 얼른 앉아. 다 됐어."

하연은 식탁에 앉아 정우가 하는 것을 지켜보았다. 그녀의 앞에 숟가락, 젓가락을 가지런히 놓고 반찬들을 작은 접시에 담아 깔끔하게 내려놓았다. 그녀가 해 주었던 그대로였다. 하연은 설핏 웃음이 났다.

다 지켜보고 있었구나. 후후, 기분 좋은 웃음소리를 내며 턱을 괴고 정우를 지켜보는 행복을 만끽했다.

밥과 국까지 그녀의 앞에 내려놓고는 정우는 제자리로 돌아가지 않고 그녀의 이마를 짚어 보았다.

"열은 내렸네? 다른 데 아픈 데는?"

"자고 일어났더니 괜찮아졌어."

정우가 그녀의 이마에 자신의 이마를 콩 부딪히며 맞대었다.

"아프지 마."

"응."

내 마음처럼 되는 것은 아니겠지만 하연은 다정한 그 말에 다시 웃어 버렸다. 예전엔 너와 있으면 억지로 웃곤 했는데 이제는 웃을 일이 많아졌다. 진심으로 행복해서.

가끔 선주가 물어 왔다. 너의 선택을 후회하지 않느냐고. 예전엔 정우를 사랑한 것을 후회했다. 그렇지 않았다면 그리 아프지도 그리 힘들어하지도 않았을 텐데……. 헤어졌던 그 날 동안 많은 것들을 후회했었다. 하지만 이제는 그 시간까지도 소중했다.

너무 멀리 돌아온 우리였지만, 너무 힘겹게 만들어 낸 사랑이지만, 이제는 완전하니까.

아직은 모든 것이 불안정하고 불안한 감이 있긴 했지만, 그래도 옆에 있으면 행복했다. 거짓으로 웃는 자신의 모습이 아닌, 진정으로 행복해서 웃는 자신의 모습이 좋았으니까.

"밥 먹고 약도 한 번 더 먹어. 혹시 모르니까."

"응, 알았어."

하연은 맑은 된장국을 한입 떠먹었다. 그러고는 고슬고슬하게 갓 지은 밥을 크게 떠서 국에 넣었다.

"어때?"

"맛있어."

하연의 대답에 정우가 자신도 국에 밥을 말았다. 티 내지 않으려 했지만 하연이 맛없다고 할까 봐 내심 불안해한 것 같았다. 하연은 정우의 먹는 모습을 보면서 자신도 밥 한 그릇을 다 비워 냈다.


하연은 정우의 셔츠에 타이를 해 주며 만족한 미소를 지었다. 설거지까지 하려는 정우를 서둘러 말렸다. 하연의 출근이 정우보다 느린 탓이었다.

그녀는 그동안 모아 뒀던 돈과 전에 살던 집 보증금으로 집 근처에 작은 카페를 차렸다. 정우는 그녀의 일을 말리지 않았다. 묵묵히 봐 주는 것만으로도 하연은 든든하고 안심이 되었다.

굉장히 작은 카페였다. 작은 테이블 네 개 정도를 겨우 놓을 만한 공간이었지만, 하연은 그곳이 좋았다.

온전히 얻은 자신만의 공간을 자신의 손으로 꾸미고, 자신이 원하는 대로 움직이고, 조금씩 늘어나는 손님들을 볼 때마다 흐뭇해졌다.

"다녀올게."

"응. 잘 갔다 와."

정우는 하연의 입술에 입을 가볍게 맞추고는 그녀를 꽉 껴안았다.

"가기 싫다."

"얼른 다녀와."

정우는 하연을 한참을 안고 있다가 겨우 품에서 그녀를 떼어 놓고 엘리베이터에 올랐다. 문이 닫히는 내내 다정한 미소를 잃지 않으며.

매일 아침 익숙한 광경이지만 이 시간이 소중하고 모든 것에 감사했다. 하연은 닫힌 문을 가만히 바라보다 집 안으로 들어섰다. 그리고 자신도 출근 준비를 하기 위해 방으로 들어갔다.

[일찍 올게.]

정우의 문자 메시지에 저절로 지어지는 웃음을 막을 수가 없었다. 하연은 알았다는 답장을 얼른 하고 욕실 안으로 뛰어 들어갔다.


9시 30분, 하연이 매장에 출근해서 준비하는 시간이었다. 오픈은 11시부터였지만, 그 시간 동안 청소를 하고 원두 기계 예열을 하고 남아 있는 설거지를 하며 오픈을 준비했다. 하연은 볶은 원두를 기계에 넣어, 초수를 맞췄다.

아직 하연과 정우는 결혼하지 않았다. 언젠가 결혼을 한다면 당연히 정우와 할 것이지만, 아직은 좀 더 연애를 즐기고 싶었다.

하연은 부모님께 처음으로 남자친구가 있다고 얘기를 했다. 그동안은 정우를 누구에게 소개할 자신이 없어 말을 하지 않았다.

아빠가 꽤 서운해하는 눈치였지만 정우를 만나 본 엄마는 그를 꽤 좋아하셨다. 단지, 같이 산다는 이야기는 하지 못했지만.

딸랑, 한참 분주하게 움직이던 그녀가 종소리에 고개를 돌렸다. 머리가 희끗희끗한 중년의 신사와 키가 큰 남자와 함께 들어왔다.

"저, 죄송하지만 아직 오픈 시간이 아니라서요."

"김하연 씨 되십니까? 저희는 손님이 아니라……."

"그만 나가 보게. 잠시 얘기 좀 나눌 수 있겠습니까? 나는 정우 아비 되는 사람입니다."

하연의 분주하게 움직이던 손이 굳어 버렸다. 정우에게서 이미 가족에 대한 이야기를 들은 터였다. 그래도 아버지께 인사를 가야 하지 않냐는 하연의 물음을 무섭게 내쳐 버린 것도 정우였다.

어머니가 돌아가시고 나서도 바쁘다는 핑계로 얼굴도 제대로 비추지 않았다는 분이셨다. 정우가 힘들어할 때, 매정하게 방관하신 분이었다. 어린 시절부터 아버지의 관한 기억은 좋은 것이 하나도 없다 했다.

"잠시 앉아 계시겠어요? 커피 괜찮으세요?"

"괜찮아요."

하연은 커다랗게 심호흡을 하며 드립커피를 내렸다. 마치 이건 시험을 보는 자리 같았다. 불안하고, 떨리고. 온도를 맞춰 가며 물을 붓는 하연의 손끝이 자잘하게 떨려 왔다.

커피를 조심스럽게 정우의 아버지 앞에 내려놓고 하연이 맞은편에 앉았다. 말없이 커피 한 모금을 마시던 정우의 아버지가 마침내 입을 열었다.

"향이 좋군."

"감사합니다."

갑작스러운 그의 방문이 영 어색하기만 했다. 여우처럼 애교가 많은 성격도 아니었고, 말도 많은 편이 아니었다. 어떤 말을 꺼내야 하나 고심하던 때, 조용히 커피만 음미하던 정우의 아버지가 말을 건넸다.

"어렵게 생각하지 말아요. 단지 그 녀석과 만나고 있는 여자가 누군지 궁금했을 뿐이니까. 아가씨는……."

정우의 엄마와 많이 닮았다는 말을 하려던 그가 입을 꾹 다물었다. 얼굴이 닮은 것이 아니었다. 조용하게 풍기는 그 이미지가 정우의 엄마와 너무나 닮아 있었다. 허탈한 웃음을 지었다. 결국 이것조차도 자신을 향한 원망일 테지.

"말씀 편하게 하세요."

하연이 생긋 웃자, 정우의 아버지가 편안한 미소를 지었다.

"얘기 들었을지 모르지만 우리는 그리 살가운 사이가 아니야. 어려서 그 녀석에게 못 할 짓도 많이 했지. 내게는 며느리고를 자격이 없다네. 하지만 그 아이가 잘못된 길을 간다면 아비의 역할 정도는 할 생각이지. 난 내 역할이 딱 거기까지라고 생각해."

그 생각은 정우가 태어났을 때부터 변함이 없었다. 스스로도 아버지의 사랑을 받고 자라지 못해 어떻게 사랑을 주는지도 모르는 사람이었다.

부성애보다는 그저 자신이 챙겨야 할 사람이 하나 더 늘어난 것이라 생각했다. 그래서 정우가 자신을 아빠라 칭하며 따라와도 별다른 감흥이 없었다.

자신은 늘 바빴고, 정우는 정우의 엄마의 몫이라 생각했다. 결국 지쳐 정우의 엄마와 이혼했을 때도, 그저 떠나가나 보다 했다. 아이가 그립지도 않았다. 의무적으로 만났을 뿐.

또 정우의 엄마가 죽었을 땐, 차마 그 자리에 오래 있을 수도 없었다. 뒤늦은 후회를 하기엔 너무 늦은 탓이었다. 영정사진 속 환하게 웃고 있는 정우의 엄마를 바라볼 때면 그 죄책감이 가중되는 것 같았다.

"외람된 말씀이나, 정우는 아버님의 이런 생각들을 모를 거 같습니다. 제게 말씀해 주시기보다는 정우에게 직접 말씀하시는 편이 정우나 아버님 사이에 더 낫지 않을까요?"

하연은 조심스럽게 말을 건넸다. 정우의 아버지는 허허 웃기만 했을 뿐이다.

처음 정우의 아버지가 등장했을 때, 꽤 날카로운 눈을 가진 남자라 생각했다. 가진 것에서 느껴지는 품격이며 카페를 둘러보는 냉정한 눈이며, 주위를 압도하면 권위며. 하지만 지금 자신의 앞에서 웃고 있는 남자는 그저 이제는 나이가 들어 지친 아버지의 모습일 뿐이었다.

"우리는 그렇게 해결될 관계가 아니야. 그저 지금 상태를 유지하는 것이 낫다고 생각할 뿐이지. 그래도 자네라서 다행이군. 전에 정우를 찾아왔던 그 여자의 눈에선 탐욕밖에 보이지 않았거든."

전의 그 여자란 아마 민선을 지칭하는 말인 듯했다. 정우의 아버지가 민선을 알리라고 생각하지 못했기 때문에 하연은 순간 당황했다.

"놀란 모양이군. 아무리 정 없이 산 세월이 오래라지만 아비는 아비라, 신경을 전혀 안 쓸 순 없더군. 물론 정우에게는 말하지 말아 주게. 아마 내가 저를 감시한다고 생각할 게야."

아마 정우의 아버지 말이 맞을 것이다. 어긋난 관계에선 어떤 행동도 다 어긋나 보이니까.

정우의 아버지는 그녀의 앞에 하얀 봉투를 내밀었다.

"결혼 준비를 하다 보면 이것저것 챙길 게 많을 거야. 이걸로 써 주게."

"아니, 이러지 않으셔도 됩니다."

"넣어 둬. 내가 해 줄 수 있는 게 이것밖에는 없어서 하는 것이니. 너무 부담 갖지 않아도 돼."

"……그럼 감사히 받겠습니다."

하연은 봉투를 조심스럽게 받았다. 아마 이것이 저분이 마음을 전할 수 있는 서툰 표현 방법 중 하나일 테니까. 도저히 거절할 수가 없었다.

정우의 아버지가 돌아가고 하연은 테이블을 치웠다. 어쩌면 생각했던 것보다는 좋은 분일지도 모르겠다. 아마 표현하는 방법을 몰랐을 것이다.

정우의 아버지가 돌아가며 언제든 힘든 일이 있으면 찾아오라고 말했다. 아마 그분을 좀 더 좋아하게 될지도 모르겠다.

하연은 오늘 일찍 퇴근을 했다. 내일이 정우의 생일이라 백화점에 들러 생일 선물을 사기 위함이었다. 항상 **빼앗기기**만 했던 날을 이제는 온전히 그녀가 가질 수 있었다. 아울러 정우 자체도.

한 시간 정도 여유를 두고 정우와 약속도 잡았다. 오랜만에 데이트도 즐길 생각이었다. 한동안 일 때문에 바쁜 정우와 저녁 시간조차 느긋하게 지내지 못했었다.

하연은 정우의 선물로 향수를 골랐다. 아직도 뿌리고 다니는 그 라일락 향이 싫지는 않았지만, 자꾸만 잊었던 기억들이 떠올랐다. 그 아픔까지 사랑으로 극복하기엔 자신의 마음이 옹졸한 모양이었다.

생각했던 향수를 포장하고 화장품 코너를 빠져나왔다. 선주가 다음 달이면 결혼을 한다. 그것도 혼수로 예쁜 아이까지 갖고서.

선주가 아이를 갖자 자신도 아기용품이 보고 싶어졌다. 하연은 에스컬레이터를 타고 4층으로 올라갔다. 아들인지 딸인지 아직은 알 수 없지만 아이의 신발 하나는 꼭 사 주고 싶었다.

시간적 여유가 있어서인지 하연은 느긋하게 백화점 매장을 돌았다. 손바닥보다 작은 예쁜 아기 신발을 손 위에 올려 보기도 하고 저렇게 작은 게 아기한테 맞을까 싶은 옷도 보았다.

유독 여자아이들 용품이 예뻤는데, 이런 걸 보니 얼른 아이가 갖고 싶었다.

정우와 피임을 하고 있지 않았지만 아직 아이 소식은 없었다.

하연은 초롱초롱한 눈으로 매장을 돌아다녔다. 그러다 낯익은 사람과 마주쳤다.

"아…… 오랜만이에요."

"네, 잘 지냈어요?"

어색한 인사. 우리는 이렇게 지나가다 마주쳐도 인사할 사이가 되지 못했다. 하연의 눈이 볼록하게 나와 있는 민선의 배에 닿아 있었다. 그리고 다시 그녀를 봤을 때 그녀는 편안한 미소로 화답했다.

"어디 가서 잠깐 차 한 잔 할까요?"

민선의 제안이었다. 하연은 선주에게 줄 선물을 사야 한다는 생각도 잊어버렸다.


근처 카페에 민선과 마주 앉았다. 이것을 어떻게 받아들여야 할까. 의심하면 안 됐지만 그 일이 있은 후 6개월 정도밖에 흐르지 않았다. 설마…….

"아니에요. 정우랑 나는 그런 사이가 아니었어요."

"아……."

"저번에 하연 씨 가게에 나 데리러 왔던 그 사람 아이예요."

모든 것이 혼란스러웠다. 마주친 민선도, 그리고 민선의 임신도…….

"정우는……."

이제 잊은 거냐고 물을 참이었다. 어쩐지 자신이 물을 수 있는 말이 아닌 거 같았다. 아니, 잊지 않았다면 그녀가 해 줄 수 있는 것이 없었다. 다시 피어오르는 불안감을 잠재우기가 힘들었다.

"잊지 않았어요. 하지만 하연 씨가 생각하는 그런 거 아니에요. 하연 씨도 혼란스럽겠지만 저 역시 아직도 혼란스러워요. 근데 그 사람이 한 가지를 알려 주더군요. 정우를 향했던 내 마음은 그저 집착이라는 것을요."

"집착이요?"

"정우에게 집착했어요. 정우마저 날 떠나가면 내가 외톨이가 되어 버리니까. 내 방패막이가 사라지니까요. 정우가 나랑 같은 위치가 된 걸 기뻐했어요. 엄마도 돌아가시고 아빠는 방관하고. 나랑 같은 처지인 게 너무 좋았어요. 그래서 정우의 마음이 변하는 것을 알면서도 일부러 무시하고 더 붙잡았어요. 나와 같은 처지인 정우가 떠나는 것이 싫어서요……."

민선은 말꼬리를 흐리며 차를 한 모금 마셨다. 목소리를 가다듬은 그녀는 다시 말을 이어 나갔다.

"그래서 매일같이 말해 줬어요. 너와 나만이 서로를 이해할 수 있다고. 나를 보호하기 위한 방패막이일 뿐이었죠, 저에게 정우는. 하지만 여전히 그 생각들이 잘못됐다는 생각은 들지 않아요. 저, 상담받고 있어요."

하연은 고개를 끄덕였다. 자신처럼 민선도 아직은 혼란스럽고 불안한 모양이었다.

"아직은 잘 안 돼요. 하지만 그 사람이 있고, 아기가 있으니 이제 나는 괜찮을 거 같아요. 좋은 엄마가 되어 보려구요. 언젠가 하연 씨를 다시 꼭 만나고 싶었는데……. 이렇게 만나게 돼서 좋네요."

민선은 끝까지 정우의 안부를 묻지 않았다. 혹시라도 정우의 생각을 꺼내게 된다면 다시 집착하지 않을까, 하는 불안함 때문인 것 같았다. 우리는 말없이 서로를 바라보지 않은 채 테이블만 응시했다.

"저는 이만 가 봐야겠어요. 그 사람이 근처에 온 모양이에요."

휴대폰을 확인하던 민선이 그녀에게 말했다. 그리고 자리에서 일어서며 그녀에게 손을 내밀었다.

"미안했어요. 정우에게도, 하연 씨에게도……."

민선이 홀가분한 미소를 지으며 카페를 나갔다.

정우와 다시 만나고 그에게서 들은 얘기로는 그 남자는 민선의 헤어졌던 남자친구라고 했다. 정우를 향한 민선의 집념에 지쳐 떠나갔던 남자가 결국 민선을 잊지 못하고 다시 돌아왔던 것이었다.

사고 소식에 가장 먼저 뛰어온 것도 그 사람이라고 했다. 그리고 그 사람을 바라보는 민선의 눈빛을 보고 알았다고. 저 사람을 사랑한다는 것을. 정우가 하연을 보던 그 눈빛과 같은 눈빛이라 했다.

결국 우리는 서로의 감정을 속이고 다른 사람을 바라보고 있었던 것이었다.


　민선과 헤어지고 하연은 기분이 좋지 않았다. 그녀를 만났던
자체가 달갑지 않았던 것은 아니었다. 아직도 마음속에 잠재되
어 있는 이 불안감들이 그녀를 이렇게 만들었다.
　민선의 사랑이 집착이라 했다. 그렇다면 자신의 사랑도 다르
지 않다는 것이었다.
　결국 내가 정우에게 느끼는 것은 그저 집착일 뿐일까.
　후두둑 뺨으로 눈물이 한두 방울씩 떨어졌다. 우리가 다시 만
난 지 삼 개월이 지나고 있지만 아직도 마음속의 불안감은 여전
했다.
　행복했지만, 떠나갈 행복을 두려워하는 사람처럼 한 발짝 더
나아가지 못하는 것도 사실이었다.
　"왜 그래?"
　하연에게 다가오던 정우가 울고 있는 그녀에게 물었다. 그녀
는 그저 눈물만 흘려 댈 뿐 말을 하지 않았다. 마치 자신이 말을
꺼내면 정우가 예전처럼 냉정하게 돌아설까 봐, 갑자기 모든 것
이 두려워졌다.
　정우는 무슨 일이냐며 허리를 낮춰 그녀와 눈을 맞추고 묻다,
그녀를 품에 안고 달랬다.
　"무슨 일인데? 응? 말해 봐."
　애처롭게 묻는 정우에게 갑자기 화가 났다. 이 모든 것이 다

정우 때문이었다. 누구를 탓해선 안 된다고 생각하지만 갑자기 누구에게라도 화를 내고 싶었다. 그래야만 내 사랑이 꼭 정당해지는 것 같아서.

하연은 정우의 가슴팍을 주먹으로 때렸다. 이게 다 너 때문이라는 원망을 안고서.

꽤 아플 텐데, 정우는 아픈 기색도 없이 그녀의 주먹을 다 맞아 주었다. 한참을 울면서 그를 때리다 보니 속에 차 있던 울분이 조금 가셨다. 하연의 행동이 멈추자, 정우가 괜찮다는 듯 하연의 머리를 쓰다듬었다.

"무슨 일 있었어?"

하연은 고개를 도리질 쳤다.

"그럼?"

"그 여자를 만났어. 근데…… 그 여자가 임신한 걸 보자마자 나도 모르게 널 의심했어. 미안해."

정우는 고개를 숙이고 있는 하연의 뺨을 두 손으로 잡고 눈을 맞췄다.

"그리고? 네가 하고 싶은 말 더 있잖아."

"그냥 네가 했던 일들이 다 떠오르면서 화가 났어. 그리고 내가 널 사랑하는 게 아니라 마치 집착 같아서……."

정우는 다정하게 웃으며 하연을 꽉 껴안았다. 그러곤 그녀의 등을 손으로 어루만졌다.

"괜찮아. 네가 사랑이 아니라 집착이래도 난 다 괜찮고, 네가 이렇게 날 때려도 괜찮아. 나를 의심해도 다 괜찮아. 내가 널 안 떠날 거니까. 그저 내 옆에 네가 있는 것만으로도 고마워, 난."

"정말이야?"

"응, 난 네가 속에 담아 뒀던 말을 이렇게 해 줘서 고마운걸? 때려도 언제든 다 맞아 줄 테니까, 담아 두지 마. 그리고 내가 너한텐 죄인이잖아. 넌 나한테 미안해하지 마."

하연은 울던 것도 멈추고 자신도 모르게 미소를 지었다. 그런 그녀의 양 뺨을 부여잡고 정우가 입을 맞췄다. 농밀하고, 진하게. 그리고 애정을 담뿍 담아서.

입술을 떼고 서로의 얼굴을 보다가 가볍게 다시 입을 맞추고 웃었다.


하연은 정우와 야경이 보이는 자리에 앉아 서로를 바라봤다. 가볍게 와인을 마시며 별처럼 쏟아져 있는 불빛들을 바라보며.

눈은 퉁퉁 부어서 야경을 바라보며 좋아하는 하연을 보자 정우는 괜스레 웃음이 났다. 그런 하연이 귀엽고 예뻐 보여서. 자신 때문에 우는 것은 싫었지만, 실컷 자신에게 투정을 부려 주는 것은 좋았다.

하연이 속마음을 잘 말하지 않아서 항상 걱정이었다. 그 속에 들어 있는 아픔들을 도저히 가늠할 수 없어서 항상 힘이 들었다.

정우는 스테이크를 썰어 하연의 접시에 올려 주었다.

"이것도 먹어 봐."

"너도 어서 먹어."

하연이 파스타를 우물거리며 말했다. 정우는 알았다는 뜻으로 얇게 썬 스테이크를 입에 넣었다. 그녀가 이런 기분으로 항상 자신을 바라봤을 것이다. 그녀가 잘 먹는 것만으로도 이리 좋으니.

근사한 곳에서 그녀와 이렇게 마주할 수 있다니 모든 것이 꿈만 같았다. 하루하루, 품 안에 잠드는 그녀를 보며 정우는 감사해했다. 이렇게 다시 하연을 만날 수 있다는 것도, 그녀와 매일 아침 눈을 뜬다는 것도, 모두 다 감사했다.

이런 행복들을 미리 알았으면 이리 먼 길을 돌아오지도 않았을 것을. 뒤늦은 후회들에 잠시 마음이 무거워졌지만 애써 다독였다.

지금 네가 내 옆에 있으니까.

"아, 맞다. 생일 축하해."

하연이 해사하게 웃으며 선물을 건넸다.

"고마워."

정우는 그 자리에서 선물을 풀어 보았다.

"향수네."

정우가 살짝 웃으며 향수를 손목에 뿌려 지그시 향을 맡았다.

"향 좋다."

"다행이다. 너무 은은한 거 아닌가 살짝 걱정했는데."

"네가 주는 건 모두 좋아."

팔불출 같은 멘트에 하연은 엉겁결에 다시 풋, 웃음을 지을 수밖에 없었다. 이제 완전히 그녀의 향기로 정우는 물들 것이다. 아픔을 가져다주었던 그 향기가 아닌.

※　※　※

며칠이 흘렀다. 막상 생일 당일은 정우가 아침부터 회의가 있어 느긋한 아침을 즐기지 못했다.

아쉬운 마음에 도시락을 싸 줬더니, 잘 먹었다는 인증 샷을 보내왔다. 어정쩡하게 브이를 그리는 비서까지. 하연은 그 모습을 보며 한참을 웃었더랬다.

"캐러멜 마끼아또랑 아이스 아메리카노 한 잔 주세요."

"9,600원입니다."

계산을 하고 하연은 어깨를 두드리며 커피머신 기계로 왔다. 그때 딸랑, 하는 종소리와 함께 문이 열렸다.

"어서……. 어? 정우야?"

너무 놀라 그만 크게 그의 이름을 불러 버렸다. 아직 한참 일을 해야 할 시간이었는데 정우가 매장으로 들어온 탓이었다.

"이 근처에 일이 있어서 잠깐 왔어."

"뭐 마실래?"

"응. 아메리카노."

"조금만 기다려."

정우는 한쪽 구석 의자에 앉아 하연이 일하는 모습을 바라보았다. 무언가 골똘히 집중하기도 했고, 바쁘게 손을 움직이기도 했다. 집중할 때면 미간을 찌푸리곤 했는데 미간을 손가락으로 꾹 눌러 주고 싶었다.

하연이 커피와 쿠키를 가지고 정우의 맞은편에 앉았다.

"일은 힘들지 않아?"

"그냥 괜찮아. 근데 알바를 써야 할 거 같아. 요즘 손님이 좀 늘어서 바쁘네."

"그래. 무리하지 말고 쉬엄쉬엄해. 그래야 나랑 있는 시간도 좀 더 늘잖아."

정우는 개구진 미소를 지으며 쿠키를 와작 깨물었다.

"아, 참. 며칠 전에 아버님 오셨다 가셨어."

쿠키를 먹던 정우의 눈빛이 꽤 서늘해졌다.

"그 사람이 왜?"

"그런 표정 짓지 마. 아무 말씀도 안 하셨으니까. 그냥 나중에 결혼 준비할 때 쓰라고 봉투 주고 가시더라. 그게 아버님 표현인 거 같아."

정우의 아버님이 가고 나서 열어 본 봉투에 꽤 큰 금액이 있어 놀랐더랬다. 그 돈을 돌려드릴까도 생각했지만 그것은 또 마음을 무시하는 거 같아 그냥 두었다. 그의 아버지 말씀대로 정말 쓸 일이 있으면 그때 쓰면 되겠지.

"별일이네. 그 사람 그런 사람 아닌데."

"너무 그러지 마. 너도 많이 생각하시는 거 같더라."

"이거 맛있다."

말을 돌리는 정우를 보며 한숨을 내쉬었다. 아무래도 깊게 생긴 골이 쉽게 메워지지는 않을 거 같다. 차츰차츰 줄여 가는 수밖에는 없었다.

"나 너한테 줄 거 있어서 온 거야."

"줄 거?"

"응. 손 내밀어 봐."

하연은 어리둥절한 표정으로 오른손을 내밀었다.

"그리고 눈 감아 봐."

"뭔데 그래?"

"얼른 감아 봐."

정우의 재촉에 하연이 하는 수 없이 눈을 감았다. 정우는 자신의 품 안에서 케이스를 꺼내어 그것을 열어 반지를 꺼냈다. 그러고는 하연의 하얀 손가락에 조심스럽게 끼웠다.

손에 드는 차가운 금속 느낌에 하연이 두 눈을 동그랗게 떴다.

"선물이야. 널 묶어 두는 선물."

"정우야……."

한때 그와 함께 끼는 반지가 갖고 싶어 쥬얼리 샵에서 항상 발걸음이 멈추곤 했다. 하지만 요구할 수가 없었다. 너는 내게 속박되는 존재가 아니었기에.

항상 그가 선물하던 목걸이, 팔찌 등은 아무 의미가 없는 것들이었다. 그래서 그것들이 하연의 마음을 긁어 댔었다. 하지만 투명한 다이아몬드가 반짝이는 이 반지의 의미를 알 거 같아 하연은 눈물을 흘렸다.

"사랑해."

정우가 고개를 숙이며 하연에게 다정하게 속삭였다. 몇 번이고 들어도 질리지 않는 말. 그것은 아마 너이기에 그랬을 것이다. 따스하고 다정한 속삭임.

"나도 사랑해."

정우가 따스하게 웃는다. 그 어느 때보다 행복하게.

우리는 그렇게 그 이듬해 결혼식을 올렸다. 그동안의 아픔도 모두 잊고, 앞으로의 행복만 생각하자 했다. 평생 우리는 그렇게 함께할 것이다. 봄 햇살보다 더 따스하게.

*—fin*

작가 후기

　드디어~~! 너와 헤어지던 그 날이 끝이 났습니다. 짝짝짝! 사실 저는 엔딩을 바꾸느라 잠시 놓았던 정신 줄을 겨우 다잡고 후기를 쓰고 있습니다.

　절 너무 잘 아는지라, 초가을에 시작했는데 배경을 겨울로 잡았었는데요. 결국 입춘이 지나고 나서야 완결이 나네요. 이제 봄입니다. 다음엔 절 더 잘 헤아리고 두 계절 뒤로 배경을 잡아야겠어요. ㅎㅎ

　너와 헤어지던 그 날은 사실 별다른 생각 없이 썼던 글입니다. 그냥 가을이니 먹먹한 거 하나 써 볼까, 해서 시작을 했는데 생각 외로 꽤 즐겁게 써져서 저 스스로도 놀랐습니다. 물론 중간에 다른 시놉 사이에서 살짝~ 방황을 좀 하긴 했습니다. 하지만 잘 써지는 이쪽으로 발을 담갔죠. 다음엔 꼭 다시 로코를! 불끈!

글이 전반적으로 감정 묘사가 많은 글이어서 참 주인공 심리 잡기가 힘이 들었네요. 특히 정우 같은 경우는 유독 힘이 들었어요. 남자주인공의 심리묘사는 참 힘든 거 같아요. 혼자 욕을 하며 정우를 부득부득 쓰긴 썼는데 사실 잘 된 건지 모르겠어요. 이제 나머지 평가는 독자님들의 몫이겠죠. 그래도 어느 정도 끝이 나니 역시 즐거웠던 글이구나~ 싶네요.

우리 아가들이 욕을 좀 많이 먹긴 했지만(미안해ㅜㅜ) 그래도 제 새끼들이라 그런지 저한테는 참 예쁘네요. 이제부터 먹는 욕은 모두 저와 아이들의 몫이겠죠. 쿨해져야 하는데…… 쿨해져야 하는데…… 되, 될는지는……?ㅎㅎ


우선 우리 그린나래 작가님들(은영언니, 단, 김나혜, 강율, 지수안, 이해음, 설연), 그리고 회원님들 모두 감사드립니다. 사실 눈팅을 주로 했지만 올해는 꼭 많이 활동할게요. ^^

저는 다음에 더 즐거운 글로 찾아뵙겠습니다!^^


2015년 2월 어느 날

민희서

# 너와 헤어지던 그 날

초판 1쇄 찍음 2015년 2월 23일
초판 1쇄 펴냄 2015년 2월 27일

지은이 | 민희서
펴낸이 | 정　필
펴낸곳 | 도서출판 **뿔미디어**

편집장 | 이재권
기획 · 편집 | 정사연, 이은정

출판등록 | 2002년 9월 11일 (제1081-1-132호)
주소 | 경기도 부천시 원미구 소향로 17, 303(두성프라자)
전화 | 032)651-6513 / 팩스 | 032)651-6094
E-mail | dahyangs@naver.com
블로그 | http://blog.naver.com/dahyangs
홈페이지 | http://bbulmedia.com

**값 9,000원**

ISBN 979-11-315-6286-4 03810

www.bbulmedia.com

www.bbulmedia.com